Stephan Sänger

Wo die Schwäne Trauer tragen

STEPHAN SÄNGER

WO DIE SCHWÄNE TRAUER TRAGEN

Stephan Sänger

Wo die Schwäne Trauer tragen

1. Auflage 2023

Dr. Stephan Sänger

Gartenstraße 8

61206 Wöllstadt

Die Deutsche Bibliothek verzeichnet diese Publikation in der Deutschen Nationalbibliografie; detaillierte bibliografische Angaben sind im Internet abrufbar über: www.dnb.de

Umschlaggestaltung	Buchcover Design: Désirée Lothmann, www.kiwibytesdesign.com
Bildlizenzen	Adobe Stock: dottedyeti #527188380, golubovy #9781630, Galushchenkova #298139354
Lektorat & Satz	LiberAles Verlag mit der Grasmücke Constanze Grasmück
Bildnachweis	Buchblock: alle Fotos/Grafiken kostenfrei von Pixabay Frontispiz: Eukalyptus… Siggy Nowak Paginierung: Eukalyptuszweig: Alina Zayshla Schwan schwarz: Dawn *(Alle Motive als Grafik bearbeitet von C. Grasmück)*
Schrift	gesetzt aus der Minion Pro und der Calibri
ISBN:	**978-3-00-074701-4**

Zur Erinnerung an die schönste Urlaubsreise,
die ich mit meiner Familie je erlebt habe.

Für diejenigen, die dabei waren.

Traue Niemandem.
Nie-man-dem.
Nie-mals.
Nie.

Teil 1

Prolog

Sonntags morgens höre ich auf dem Weg zu meiner Joggingstrecke im Auto immer die gleiche Radiosendung. Es geht stets darum, dass eine mehr oder weniger bekannte Person ins Rundfunkstudio eingeladen und interviewt wird. Der Gast erzählt dann aus seinem Leben, wird jedoch mit einem gewissen Fragenschema konfrontiert. Eine Frage, die immer gestellt wird, da sie einen wunderbaren Einstieg zum Small Talk garantiert, ist:

„Welches war Ihr schönster Urlaub?"

Ist der Interviewte dann zwischen 45 und 70 Jahre alt und hat Kinder, dann wird sehr oft ein Urlaub genannt, bei dem die Eltern ihr Kind besuchten, das weit entfernt von zu Hause lebt, arbeitet oder ein Praktikum, Auslandssemester oder freiwilliges Jahr absolviert. In diesem Zusammenhang werden häufig exotische Länder wie Australien und Neuseeland genannt. Dem kann ich mich nur anschließen… Dieser Erdteil ist fantastisch und verspricht Abenteuer – und davon kann ich was erzählen…

22. November 2021, Psychiatrische Klinik, Zimmer 323, Sydney, Australien

Ein Mann brüllt seit zwei Tagen ununterbrochen stereotype Phrasen aus sich heraus:

„Blut, Blut, Blut muss fließen,
Schmerz, Schmerz, Schmerz muss sein.
Blut, Blut, Blut muss fließen,
Schmerz, Schmerz, Schmerz muss sein..."

Am dritten Tag ist der Anfall vorbei. Der Mann hat sich beruhigt, spricht aber mit keinem Menschen. Nicht mit den Pflegern, dem Psychiater und nicht mit dem Pfarrer, der ihn besucht. Der Psychiater diagnostiziert eine „Posttraumatische Belastungsstörung", will aber auch eine Schizophrenie nicht ausschließen.

Hainstadt, ein Ort, ca. 30 Kilometer nördlich von Frankfurt, Deutschland

Nadja

Nadja ist aus besonderem Holz geschnitzt; sie war grundsätzlich die Größte in ihrer Klasse und gab den Ton an. Bereits im Kindergarten zeichnete sich ab, dass Nadja nicht vorhatte, ihr Leben in der zweiten Liga zu spielen. Auch während ihrer Schulzeit wurden beispielsweise sämtliche Hauptrollen bei Theateraufführungen oder sonstigen Veranstaltungen prinzipiell mit ihr besetzt. Das ist im übertragenen Sinn bis heute so geblieben

Bei sämtlichen Klassenarbeiten, egal in welchem Fach, gab es nur eine Note, die sie zufrieden stellen konnte und das war die Note *„sehr gut."* Alles andere war für sie indiskutabel.

„Immer besser, immer schneller und immer weiter," … das ist ihre Devise.

Obwohl ihr Freund Louis (sozial, aufgeschlossen, unterhaltsam und noch etwas verspielt) nicht immer diesem Anspruch genügt, sind er und Nadja bereits seit vielen Jahren glücklich zusammen. Vielleicht, weil Louis in vielen Punkten einen gegensätzlichen Charakter besitzt, was vermutlich zur Harmonie und Ergänzung der beiden beiträgt. Louis plant nicht – er lässt die Dinge einfach auf sich zukommen.

Nadja, meine ältere Tochter, hat an der Frankfurter Goethe-Universität Molekularbiologie studiert und absolvierte 2017 ihr achtes Semester als Auslandssemester. Studienbedingt arbeitete sie im ersten Vierteljahr in Cambridge am „Massachusetts Institute of Technology", und anschließend an der „Monash University" in Melbourne am „Institute of Anthropology".

Wir planten Nadja nach Abschluss des Praktikums in Melbourne zu besuchen und, verbunden mit einer knapp zweieinhalbwöchigen Urlaubsreise durch die australischen Bundesstaaten Victoria und New South Wales, gemeinsam mit ihr nach Deutschland zurückzukehren. Soweit so gut…

Mila

Mila, meine jüngere Tochter, hingegen war immer die Kleinste in ihrer Klasse gewesen. Ihre Größe allerdings verhielt sich umgekehrt proportional zu ihrer Durchsetzungskraft. Wenn sie sich etwas in den Kopf gesetzt hatte, dann wurde das auch gemacht:

Als Kindergartenkind wollte sie unbedingt eine Katze haben und so bemühten wir uns, ihr eine zu besorgen. Mila konnte es kaum aushalten, das im Tierheim ausgesuchte Kätzchen nach Hause zu bringen. Bei der Begehung unseres Hauses durch die Expertin des Tierheims wurde aber festgestellt, dass unser Haus nicht katzengeeignet sei, da es über eine offene Treppe verfügt. Für Mila brach eine Welt zusammen. Mit dieser Beurteilung wollte sie sich nicht abfinden und so nahm sie die Sache selbst in die Hand. Sie lockte sich eine Katze aus der Nachbarschaft an, fütterte sie regelmäßig und überzeugte das Tier davon, dass es besser sei, bei uns zu wohnen. Die ursprüngliche Katzenbesitzerin war froh, dass sie für eine Findlingskatze weniger zu sorgen hatte und übergab uns gerne die Verantwortung inklusive Impfpass. In ihren 16 Jahren bei uns fiel die Katze kein einziges Mal durch unsere offene Treppe. (Wir hätten damals wohl besser die Katze fragen sollen; diese wäre vermutlich die versiertere Wohnraumexpertin gewesen...)

Irgendwann hatte Mila das Verlangen, das Reiten zu erlernen. Niemand konnte es ihr ausreden – und so wurde sie zum Reitunterricht angemeldet.

Als Mila in der 11. Klasse auf die Idee kam, die Schule zu wechseln, machte sie das auch. Den Grund erfuhren wir als Eltern nie. Sie organisierte das selbstständig.

Auch Mila war eine sehr gute Schülerin und legte nach dem Abitur einen Traumstart an der Universität hin. Mit Jura hatte sie das zu ihrem Charakter genau passende Studienfach gewählt und hierbei einen enormen Ehrgeiz entwickelt. Es war Mila, die uns davon überzeugte, dass wir Nadja in Australien besuchen und dort gemeinsam Urlaub machen mussten.

Mila und ihr Freund Lukas sind seit ihrer Schulzeit zusammen. Der technisch und mathematisch hochbegabte Lukas (es gelingt ihm, Rubik‘s Cube innerhalb weniger Sekunden aus jeder Position wieder in seine Grundeinstellung zu drehen), ist der geborene Informatiker. Er kann ohne Unterbrechung Tag und Nacht am Computer arbeiten, bis das Programm, das er geschrieben hat, wirklich so läuft, wie er sich das vorstellt. Allerdings kann er aber auch genauso gut tagelang nichts tun, wenn er keine ihn fordernde Aufgabe hat.

Sabine

Meine Frau Sabine ist der Mittelpunkt der Familie. Sie organisiert alles und hat alles fest im Griff. Die Gesundheit und der Schutz ihrer Familie ist ihre liebevolle Leidenschaft. Nach der Geburt unserer Kinder im Krankenhaus war ihre größte Angst, man könne ihr Kind vertauschen. Deswegen wurde es zu meiner obersten Bürgerpflicht, das Neugeborene zu bewachen. Krankheiten und Gefahren erkennt Sabine, bevor sie überhaupt auftreten. Sie verfügt über eine Art „siebten Sinn“, der sie selbst aus dem Tiefschlaf aufwachen lässt, wenn ein Familienmitglied auch nur den kleinsten Atemaussetzer hat. Andererseits kann sie beim größten Krach tief und fest schlafen, wenn sie weiß, dass alles um sie herum in Ordnung ist.

Sabine hat ein großes Herz. Vielleicht sogar zu groß. Irgendetwas zwischen Altruismus und Helfer-Syndrom.

Wenn im Supermarkt jemand kollabiert oder wenn nach einem Verkehrsunfall jemand blutend auf der Straße liegt, dann ist sie die Erste, die hingeht und eine professionelle Erstversorgung durchführt. Sie kümmert sich rührend um ihre pflegebedürftige Mutter und hat eine Engelsgeduld im Umgang mit kranken und alten Menschen. Ihre Nächsten, also wir, ihre Familie, nehmen dabei den höchsten Stellenwert in ihrem Herzen ein. Auf unsere Kinder ist sie stolz und stets bereit alles zu geben. Sie kann aber auch zur gefährlichen Löwin werden, wenn ihren Kindern Gefahr droht oder eine Ungerechtigkeit widerfährt.

Wie alles begann

2017

Mit dem Fokus, Nadja in Melbourne abzuholen, planten wir unsere erste Australienreise detailliert mit Hilfe eines renommierten Reisebüros. Alle Hotels, Lodges, der Mietwagen, die Fährverbindung, die Versicherungen, – alles wurde von Deutschland aus gebucht; mit deutscher Gründlichkeit. Selbst das Navi für den Mietwagen mit unseren Reisezielen, den Hotels und Sehenswürdigkeiten auf unserer Route wurden bereits in Deutschland einprogrammiert. Das auf unsere Wünsche abgestimmte Navi nahmen wir dann im Flugzeug mit.

Es brauchte sechs Besuche im Reisebüro, um unsere Route umzuplanen, Versicherungen abzuschließen, Zollformalitäten zu klären und Reisedokumente entgegen zu nehmen. Nichts wurde dem Zufall überlassen. Der Aufwand für die Reisevorbereitung war immens, wurde aber später belohnt. Das Einzige, was wir und das Reisebüro im Planungseifer außer Acht gelassen hatten, war, uns ein wenig mit der Kultur der einheimischen indigenen Bevölkerung vertraut zu machen.

15. März 2017, Frankfurt am Main, Deutschland

Pünktlich um halb sieben Uhr morgens starteten wir unsere Urlaubsreise nach Australien, auf die wir uns so wahnsinnig gefreut hatten. Wir, das waren meine Frau Sabine, meine jüngere Tochter Mila, ihr Freund Lukas und ich, Dr. Claus Fischer. Louis war damals (bei dieser ersten Reise) nicht dabei.

Abflug: Heimatflughafen „Frankfurt Airport", Zwischenstopp in Doha/Katar. Ich hatte immer geglaubt, bei Langstreckenflügen über eine so große Entfernung würde den Passagieren mehr Beinfreiheit zugestanden – dem war leider nicht so. Für mich war der Flug ein einziger Horrortrip und ich wusste gar nicht mehr, wie ich meine Knochen sortieren sollte, als ich mich nach langen 22 Stunden aus dem Sitz schälte...

„Selbst schuld," dachte ich mir. *„Hättest für etwas mehr Bequemlichkeit halt ein paar Euro mehr auf den Tisch legen müssen."*

Endlich in Melbourne gelandet, erwartete uns eine fröhliche Nadja. Wir sahen sie zum ersten Mal nach sechs Monaten wieder. Die Wiedersehensfreude war riesengroß!

12. Januar 2001,
ein Aboriginaldorf in der Nähe der Stadt Wentworth, irgendwo im Outback des australischen Bundesstaates New South Wales

Das Mädchen fragt seine Mutter: „Mama, wer ist eigentlich der Ockerman?“

Die Mutter zuckt zusammen, schaut ängstlich ihr Kind an und fragt zurück: „Wer hat dir denn vom Ockerman erzählt?“

„Das war meine Freundin,“ antwortet das Mädchen und fährt fort: „Sie hat von ihrer Schwester erzählt bekommen, dass er ihr furchtbar weh getan hat. Die Schwester hat gemeint, sie würde lieber sterben, als das noch einmal erleben zu müssen.“

Die Mutter nimmt ihr Kind ganz fest in den Arm und weint.

16. März 2017, Melbourne, Australien
Mit dem von Nadja gebuchten Großraumtaxi fuhren wir in unser Hotel in der Melbourner Innenstadt. Für unsere Akklimatisierung in Melbourne waren zwei Tage vorgesehen – für eine Metropole dieser Größenordnung vielleicht etwas knapp kalkuliert.

Mich persönlich interessierte an Australien in erster Linie die Natur, die Pflanzen und die Tiere. Insofern war die Zeitplanung für mich in Ordnung.

Bei wunderschönem Wetter und dem Besuch des großen Parks „Carlton Gardens“ erholten wir uns von den Strapazen des langen Flugs.

Hier fielen uns als erstes die riesigen Eukalyptusbäume mit ihren weißen Stämmen auf. Es gab so viele von ihnen, dass es überall wunderbar nach Eukalyptus roch. Den ersten Vogel, den wir erblickten, ähnelte einer Elster, ist aber nur entfernt mit dieser verwandt. Beeindruckt hat uns dieser Vogel mit seinem wunderschönen Gesang, der an eine Flötenmelodie erinnert. Deshalb heißt der Vogel im Deutschen auch Flötenvogel. Diese, in Australien weit verbreitete Vogelart, begleitete uns fast den ganzen Urlaub hindurch.

Durstig geworden, wollten wir uns etwas zu trinken besorgen. Lukas und ich waren sehr gespannt, wie australisches Bier wohl schmeckt. Um das auszuprobieren, gingen wir in einen Alkoholshop und fragten nach Foster's Bier, weil das das einzige australische Bier war, das wir dem Namen nach kannten. Der Verkäufer lachte uns aus.

„Ich frage mich, wer euch Touristen immer einredet, in Australien würde jeder Foster's trinken. Das ist nur was für Touristen. Die Australier trinken VB – *Victoria Bitter* – erst recht, wenn man im Bundesstaat Victoria ist“, belehrte er uns und lachte freundlich.

„Und noch etwas gebe ich euch mit auf den Weg“, ergänzte er. „Weil es in Australien meistens heiß ist, trinkt man das Bier hier immer eiskalt. Auch im Alkoholshop gibt es *immer* gekühltes Bier. Wenn euch irgendwo in Australien irgendjemand ungekühltes Bier anbietet oder verkaufen will, dann lehnt das ab. Dann stimmt etwas nicht.“

10. Juli 2021, Hainstadt, Deutschland

Draußen sind es 36°C. Ich habe mir für diesen Tag vorgenommen, den Rasen zu mähen, ...also mähe ich den Rasen. Sabine ist der Meinung, ich hätte nicht alle Tassen im Schrank, bei diesen Temperaturen im Garten zu arbeiten. Nach getaner Arbeit setze ich mich auf die Terrasse, schenke mir ein eiskaltes Bier ein und betrachte zufrieden mein Werk. Ich überlege gerade, ob ich die Tomatenpflanzen gießen sollte, als das Telefon klingelt. Mein erster Gedanke: „Oh nein, wer will jetzt schon wieder etwas von mir? Lasst mich doch alle einfach in Ruhe mein wohlverdientes Feierabendbier trinken."

Schließlich nehme ich doch den Hörer ab. „Fischer, hallo?", melde ich mich. Nichts. Dann, nach einigen Sekunden, ertönt fremdartige Musik. Tiefe, rhythmisch sich wiederholende Töne, gespickt mit einer Art Klopfen. Es echot und klingt wie „Doing, doing, doing, doing."

Ich erkenne die Musik sofort. Sie wird mit einem Didgeridoo gespielt, jenem traditionellen Musikinstrument der indigenen Einwohner Australiens – den Aboriginals. Ich höre noch ein bisschen zu, da mir diese Musik gefällt und weil sie mich an unseren Urlaub in Australien 2017 erinnert.

Ich frage mich, welche Marketing-Idee hinter diesem Anruf steckt. Es wird aber weder eine Nachricht noch eine Werbung eingespielt.

18. März 2017, Melbourne, Australien

Es war ein wunderschöner warmer Morgen als wir unseren Mietwagen abholten. Das Reisebüro in Deutschland hatte uns einen „Toyota Kluger" empfohlen, der in Australien sehr populär ist (In Europa ist dieses Modell eher unbekannt.) Beim „Kluger“ handelt es ich um einen siebensitzigen SUV mit großem Kofferraum; ideal um fünf Personen mit enorm viel Gepäck zu befördern. (Im Reisebüro wurde darauf bestanden, dass wir das Fahrzeug mit Allradantrieb zu nehmen hätten, da es einige Straßen gäbe, wo diese Antriebsart sogar polizeilich vorgeschrieben sei.) Die Wagengröße reichte für uns und unser Gepäck gerade so aus…

In freudiger Erwartung verließen fünf gut gelaunte deutsche Touristen in einem vollgetankten, allradgetriebenen Fahrzeug bei bestem Wetter Melbourne. Wir fühlten uns alle unbeschreiblich frei. Die Strapazen der Anreise waren längst vergessen. Jetzt konnte das eigentliche Abenteuer beginnen!

„Das wird ein anderer Urlaub werden als die, die wir auf Amrum, Föhr oder in den Ferienanlagen auf Rhodos oder Fuerteventura verbracht haben,“ kündigte ich an.

„Mach mir keine Angst“, erwiderte Sabine lachend.

„Deswegen sind wir hier“, ergänzte Mila.

17. Juli 2021, Hainstadt, Deutschland

Eine Woche nach dem ersten Anruf, erhalten wir erneut einen Anruf, begleitet mit Didgeridoo-Musik. Dieses Mal allerdings mit einem eindeutigen Sprachhinweis am Ende.

„Don't visit Australia again. You're not welcome“, spricht jemand mit australischem Akzent.

„Was soll das denn?“, fragt Mila mich, die den Hörer abgenommen hat und fährt fort: „Sag das bloß nicht der Mama, sonst wird das nichts mit dem Urlaub.“

Wir sind nämlich gerade dabei, einen zweiten Urlaub nach Australien zu planen. Ich bin froh, dass wir es endlich geschafft haben, noch einmal einen Termin zu finden, der zeitlich allen passt. Das ist gar nicht einfach, weil jeder von uns inzwischen im Berufsleben steht.

„Wer sollte etwas dagegen haben, dass wir einen Urlaub in Australien verbringen wollen?", bohrt Mila weiter.

„Ich kann es dir nicht sagen. Das war schon der zweite merkwürdige Anruf dieser Art", antworte ich ihr. Auch bei diesem Anruf ist die Telefonnummer unterdrückt. Unser geplanter zweiter Australien-Urlaub beginnt einen seltsamen Dämpfer zu bekommen.

19. März 2017, irgendwo im Bundesstaat Victoria, Australien

Es war schon eine gewaltige Umstellung, als Autofahrer rechts in das Auto einzusteigen, weil das Lenkrad bei Autos, die in Ländern mit Linksverkehr fahren, nun einmal auf der rechten Seite angebracht ist. Es brauchte eine Woche bis ich mich daran gewöhnt hatte. Zum Glück sind die Mietwagen in Australien in der Regel mit Automatikgetriebe ausgestattet. Ich besaß keine Routine darin, mit der linken Hand einen Schaltknüppel zu bedienen.

Überhaupt hat der Linksverkehr seine Tücken, wenn man ihn nicht gewohnt ist. Auf Landstraßen ohne Autoverkehr sind wir gewohnheitsmäßig anfangs des Öfteren auf der rechten Spur gestartet, und dann panikartig auf die linke gewechselt. Wenn Autos fuhren, an denen man sich orientieren konnte, war es einfacher. Von besonderer

Herausforderung war die Autofahrt in den Städten. Ich bekomme heute noch Schweißausbrüche, wenn ich an die mehrspurigen Kreisel mit Linksverkehr zurückdenke. Das Gebrüll im Auto habe ich immer noch in den Ohren.

„Du musst links, nein nicht links abbiegen, links halten, aber rechts abbiegen", schrie es von den hinteren Sitzen. Wenn man rechts im Auto sitzt, sieht man auch nicht so gut, wie viel Platz auf der linken Seite ist.

„Fahr weiter rechts, sonst landen wir gleich im Straßengraben. Nein, nicht zu weit. Wie müssen ja auf der linken Spur bleiben", waren die typischen Kommentare der Mitfahrer, die auf der linken Seite des Wagens saßen. Erfreulicherweise wurde unsere Fahrweise nicht nur kritisiert, sondern auch mit viel Lachen und Humor quittiert – und glücklicherweise ging alles gut.

Unsere erste Autofahrt in Australien führte uns nach Foster, von wo aus wir den „Wilsons Promontery Nationalpark" besuchten. Der 490 Quadratkilometer große Park liegt auf einer Halbinsel an der Südspitze des Bundesstaates Victoria. Der „Wilsons Promontery Nationalpark" ist der beliebteste Nationalpark in Victoria. Er bietet 130 Kilometer Küstenlandschaft mit wunderschönen Sandstränden. Wir erblickten ausgedehnte Wälder, jede Menge Kängurus, Emus und Papageien, aber auch durch Europäer eingeschleppte Vogelarten wie Amseln und Stare.

Was wir allerdings so gut wie nie antrafen, waren Menschen. Genauso hatte ich mir den Urlaub vorgestellt! Dieser erste Nationalpark zeigte uns, wie viel Platz in Australien ist. Als wir einen der riesigen Parkplätze mit

Hunderten von Stellplätzen ansteuerten, staunten wir nicht schlecht.

„Wo soll man denn hier bloß parken?“, scherzte Nadja. Auf der riesigen Parkfläche, die Platz für hunderte von Autos bot, stand tatsächlich gerade mal ein einziges Fahrzeug. Der Park bot wunderbare Wandermöglichkeiten in allen Schwierigkeitsstufen. Hier hätten wir gerne eine komplette Woche oder mehr verbringen können, hatten aber nur zwei Tage eingeplant, um anschließend unsere nächste Station Phillip Island anzusteuern.

24. Juli 2021, Hainstadt, Deutschland

Eine Woche nach dem zweiten Anruf, erhalten wir wieder einen Anruf mit Didgeridoo-Musik und einem weiteren Sprachhinweis. Diesmal wird uns schon richtig gedroht!

„Don't visit Australia again. We can't guarantee your safety“, spricht erneut der Mann mit australischem Akzent. Jetzt hört der Spaß auf! Sabine ist die Erste, die den Urlaub absagen will. Mila schlägt vor, die Polizei einzuschalten. Die allerdings findet wenig Zeit für uns und unser Anliegen. Allerdings hält man den Fall für recht interessant. Wir erzählen dem Polizisten, dass wir 2017 in Australien Urlaub gemacht hatten und aktuell eine zweite Reise dorthin planten.

„Endlich mal was Anderes als Verkehrsunfälle, Einbruch, Nachbarschaftsstreitereien, Proletengepöbel und Messerstechereien in den sogenannten sozialen Brennpunkten“, meint der Polizist augenzwinkernd. Viel helfen kann er nicht, schlägt dennoch vor, den Anruf zurückzuverfolgen.

Nach ein paar Tagen meldet sich die Polizei. Der Polizist teilt uns mit, dass die Anrufe tatsächlich aus Australien stammten. Allerdings von einem Satellitentelefon, das nicht näher geortet werden konnte. Wir sollen uns überlegen, ob wir uns bei unserem ersten Urlaub einen Feind gemacht hätten und wie unser Feind an die Information kommen konnte, dass wir erneut nach Australien reisen wollten. Wir wissen von nichts. Danach bekommen wir keinen Telefonanruf mehr aus Australien.

20. März 2017, Bundesstaat Victoria, Australien

Auf Phillip Island besuchten wir den „Wildlife Park". Auf den ersten Blick wirkte er vielleicht etwas heruntergekommen. Von diesem Eindruck darf man sich aber nicht täuschen lassen. Der „Wildlife Park" ist ein nicht sehr großer Zoo, der ausschließlich einheimische Tierarten zeigt. Diese werden aber sehr schön präsentiert. Von Wombats über alle Känguruarten, Emus, gefährliche Kasuare, Dingos, Tasmanische Teufel, Greifvögel und Papageienarten bis hin zu den Reptilien wird alles gezeigt. Viele Tiere sind handzahm und können per Hand gefüttert und gestreichelt werden.

Solch einen Zoo kenne ich aus Deutschland nicht – auch kein Vergleich zu den von Menschenmassen bevölkerten Zoos in unserer Heimat.

Unser Vorteil war, dass wir den Zoo bereits vormittags besuchten. Wir hatten im Eingangsbereich Tierfutter gekauft und die zum Teil freilaufenden Tiere hatten noch nicht gefrühstückt. Die waren froh, als wir die Fütterung übernahmen und kamen deshalb fast bis auf Tuchfühlung an uns heran. Als wir einige Stunden später den „Wildlife

Park“ wieder verließen, waren viele der Tiere gut satt. Die nach uns eintreffenden Gäste wurden dann nicht mehr so stürmisch begrüßt wie wir.

Am Abend besuchten wir dann die Hauptattraktion von Phillip Island, die „Pinguin-Parade“ am Strand. Hierbei handelt es sich um ein Ritual einer sehr kleinen Pinguinart, die hier lebt und allabendlich aus dem Meer kommt, um zu ihren Sandhöhlen zu watscheln. Das Ganze sieht sehr lustig aus und wird von der australischen Tourismusbehörde anscheinend weltweit vermarktet. Die Folge davon ist, dass Abend für Abend ganze Busladungen von Touristen aus aller Welt zu diesem Ereignis herangekarrt werden. Es wurde eine Art Arena um diesen Strandabschnitt gebaut, damit alle Gäste das Spektakel mit verfolgen können. Ein Ranger führt durch das Abendprogramm. Ganze Scharen von Mitarbeitern passen auf, damit niemand fotografiert. Durch den Blitz könnten die Pinguine sonst erschreckt und davon abgehalten werden, zu ihren Bruthöhlen zu watscheln. Das Ganze ist schön anzusehen. Mit australischer Wildnis hat das aber nichts zu tun.

31. Juli 2021, Hainstadt, Deutschland

An diesem Tag bekomme ich eine merkwürdige E-Mail. Mit „No-Reply-Adresse“, sodass der Absender nicht zuzuordnen ist. Die E-Mail enthält keinen Text, nur ein angehängtes Foto. Als ich den Anhang öffne, traue ich meinen Augen nicht. Das Foto zeigt eindeutig unsere Terrasse vom Garten aus. Unser Haus ist klar zu erkennen, unser Apfelbaum und der Eingang zur Waschküche. Das

Foto ist jüngeren Datums, denn man sieht unsere neue Terrassenüberdachung aus dem letzten Jahr. Wir erkennen unsere Terrassenmöbel, den Tisch und die Stühle. Auf einem Stuhl sitzt eine Person, die dort nichts zu suchen hat – ein Aboriginal. Das Gesicht des Mannes ist geschmückt mit roten, weißen und schwarzen Strichen; der Körper mit weißen Symbolen bemalt. Einige erinnern an Tiere, andere an symmetrische Punkt- und Strichmuster. Ich zeige das Foto meiner Frau. Ich will sie nicht verunsichern, aber es ihr auch nicht verheimlichen. Sie bekommt Angst und fragt mich:

„Was will der Kerl auf unserer Terrasse? Meinst du, das Foto ist echt?" Ich sende das Foto per E-Mail an Nadja und Mila weiter. Auch sie können sich keinen Reim darauf machen.

21. März 2017, Bundesstaat Victoria, Australien

Pünktlich um 8:00 Uhr starteten wir zur vielleicht schönsten Reisestrecke dieses Urlaubs. Wir fuhren mit dem Auto bis zum Hafen in Sorrento und nahmen von dort die Fähre nach Queenscliff. Unterwegs begleiteten uns Delfine durch die gesamte Bucht. Der einzige Wermutstropfen war das schlechte Wetter. Es regnete, war windig und kalt. Von Queenscliff aus fuhren wir zur Great Ocean Road, jener legendären Küstenstraße im Bundesstaat Victoria, die zu den Hauptattraktionen Australiens zählt.

Die mit Regenwald bewachsenen Berge des Hinterlandes reichen hier an manchen Stellen bis ans Meer. Beeindruckend waren die extrem dicken, weißen Stämme der dort heimischen Eukalyptusbaumart, die ihren Duft überall hin verbreiteten.

Weltberühmt sind die „12 Apostel." Hierbei handelt es sich um Kalksteinsäulen im Meer, die durch Meereserosion aus der Steilküste hervorgegangen sind.

Die „12 Apostel" sind – nach dem Berg „Uluru" – die am zweithäufigsten fotografierte Touristenattraktion Australiens. Und das aus gutem Grund. Es ist einfach eine unglaublich großartige Kulisse, auch wenn in der Zwischenzeit nur noch sieben der ehemals zwölf Apostel übriggeblieben sind. Die anderen fünf „Apostel" wurden von den Fluten verschluckt.

Wir übernachteten in Port Campbell und fuhren am nächsten Morgen weiter in den Grampians-Nationalpark nach Halls Gap. Wenn ich nicht selbst am Steuer saß, fuhr Sabine. Unsere Kinder und Lukas waren noch keine 25 Jahre alt und durften deshalb in Australien aus versicherungstechnischen Gründen keinen Mietwagen fahren, obwohl sie einen internationalen Führerschein besaßen.

Wenn ich mich also nicht auf die Straße konzentrieren musste, hatte ich Zeit, mir die Gegend anzuschauen. Dabei fiel mir eine weitere Vogelart auf, die sehr häufig vorkam und meistens auf Telefon- und Stromleitungen saß. Die Vogelart, mit der Figur eines Eisvogels, aber deutlich größer und nur unspektakulär braun gefärbt, wird im Deutschen „Jägerliest" genannt. Besser bekannt ist sie unter dem Namen „Lachender Hans." Das rührt daher, dass der „Lachende Hans" einen Ruf von sich gibt, der sich wie lautes Lachen eines Menschen anhört. Man kann diesen Vogel wirklich nicht verwechseln, wenn man ihn hört, genauso wenig wie den Flötenvogel.

25. August 2021, Hainstadt, Deutschland

Es ist in diesem Jahr ein erstaunlich kühler Augusttag. Vor dem Verlassen des Hauses laufe ich über unsere Terrasse zu den Mülltonnen, um Altpapier zu entsorgen. Plötzlich höre ich den Gesang eines Vogels, den ich seit fast viereinhalb Jahren nicht mehr gehört hatte. Zuerst traue ich meinen Ohren und dann meinen Augen nicht: In unserem Apfelbaum sitzt tatsächlich und zweifelsfrei ein australischer Flötenvogel, der seinen melodischen Gesang zum Besten gibt.

Ornithologie ist mein Hobby und daher kenne ich mich recht gut in der einheimischen Vogelwelt aus. Deshalb fiel mir der Flötenvogel sofort auf. Träume ich – bin ich wach? Der Piepmatz passt jetzt wirklich nicht hierher! Ich renne ins Haus, um Sabine zu holen und ihr den Vogel zu zeigen, damit sie bezeugen könne, falls mir niemand diese Geschichte glauben wollte. Als sie kommt, ist der Vogel verschwunden.

22. März 2017, Bundesstaat Victoria, Australien

Der Grampians-Nationalpark wurde uns im Reisebüro wärmstens empfohlen, weil er so hervorragende Wandermöglichkeiten biete und ideal sei, wenn man Ruhe suche. Wie alles in Australien ist auch er riesengroß und bietet unermesslich viel Platz.

Unser Cottage befand sich in einer Anlage mitten im Wald. Hier hielten wir uns die drei Tage vom 22.03. bis zum 25.03.2017 auf.

Als wir uns im Büro der Anlage anmeldeten, zeigte uns die Dame an der Rezeption eine große Weltkarte, die an der Wand hing und in der alle Kontinente und Länder eingezeichnet waren. Jeder Besucher, der kam, sollte ein Fähnchen in sein Heimatland stecken, damit man sehen konnte, woher ihre Gäste kamen. Bei den meisten Ländern steckte eine überschaubare Anzahl von Fähnchen. Nur ein Land fiel vollkommen aus dem Rahmen: Es war so vollgesteckt, dass ich meine Mühe hatte, mein Fähnchen noch dazu zu platzieren. Die Sehnsucht aus dem engen Gewimmel in Deutschland auszubrechen hatten wohl vor uns bereits viele andere Menschen gehabt.

Bei den Touren im Nationalpark begegneten uns über den Tag gerechnet ungefähr so viele Menschen, wie in einer Minute auf der Toilette im Frankfurter Hauptbahnhof – nämlich: ungefähr zehn Personen. Genauso hatte ich mir den Urlaub in Australien vorgestellt; Kängurus und Hirsche kamen jeden Morgen und jeden Abend zu Besuch. Sittiche und andere Papageien flogen auf die Terrasse. Und den Flötenvogel und den „Lachenden Hans" hörte man ebenfalls. Hier verbrachten wir drei wirklich tolle Tage.

26. August 2021, Hainstadt, Deutschland

Einen Tag nachdem ich den Flötenvogel in unserem Garten gesehen und gehört habe, wiederhole ich einen Kontrollgang durch den Garten. Es dämmert bereits. Jetzt höre ich wieder einen Vogel, der hier absolut deplatziert ist – das eindeutige Lachen eines „Lachenden Hans." Ich fühle Panik in mir aufkommen, Schweiß bricht mir aus und meine Atmung wird schneller. Ich versuche mich zu beruhigen; rede mir ein, es könne der Nachbar bei geöffnetem Fenster laut gelacht haben. Ich hole eine Taschenlampe und leuchte die Bäume in unserem Garten an. Schließlich finde ich den gesuchten Vogel. In demselben Baum, in dem einen Tag zuvor der Flötenvogel gesessen hat, sitzt nun genauso zweifelsfrei ein „Lachender Hans."

Diesmal versuche ich nicht mehr, einen Zeugen für das Geschehen zu holen. Ich könnte den Vogel dieses Mal sogar fotografieren, da mein Handy griffbereit in der Hosentasche steckt. Ich tue es nicht und beginne, langsam an meinem Verstand zu zweifeln.

Habe ich zu viele Psycho-Krimis gelesen oder unbemerkt gar irgendwelche bewusstseinserweiternden Substanzen zu mir genommen? Sehe und höre ich Dinge, die es nur in meiner Fantasie gibt? Ich spüre die Angst; Angst vor etwas Unbekanntem; Angst vor mir selbst. Ich eile ins Haus zurück, schließe alle Türen, kontrollierte sie mehrfach und trinke mehrere Flaschen Bier, um mich zu beruhigen. In dieser Nacht schlafe ich sehr schlecht.

Im Traum sehe ich mich auf einer Art Anklagebank sitzen. Ein Mann, möglicherweise ein Staatsanwalt, es könnte aber auch eine Art medizinischer oder psychiatrischer Gutachter sein, fordert mich auf, meine Erlebnisse mit den australischen Vögeln in unserem Garten zu schildern. Ich habe das Gefühl, dass, egal was ich auch sage, mir nicht geglaubt wird. Der Fragende will von mir wissen, warum ich mir so sicher sei, dass es sich bei den beobachteten Vögeln wirklich um die genannten Spezies handele. Ich antworte wahrheitsgemäß, dass ich mich privat intensiv mit der Ornithologie als Hobby beschäftige und mich dies-

bezüglich gut auskenne. Als Beweis hierfür möge meine jahrzehntelange Mitgliedschaft in einem wissenschaftlichen Vogelverein dienen. Außerdem weise ich darauf hin, dass ich – auch wenn ich von Beruf Chemiker sei, als drittes Prüfungsfach bei meiner Promotionsprüfung seinerzeit das Fach Biologie – Schwerpunkt Ornithologie – gewählt und mit sehr gutem Erfolg abgeschlossen hätte. Der Fragende unterbricht daraufhin die Sitzung, weil er meine Aussagen auf ihren Wahrheitsgehalt hin überprüfen lassen will. Zwei Männer in Uniform treten auf mich zu und fordern mich auf, die Hände nach vorne zu strecken. Ich folge den Anweisungen, woraufhin mir Handschellen angelegt werden. Schließlich werde ich abgeführt. Einer der Wachmänner wendet sich noch in einem väterlichen Ton an mich:
„Keine Angst mein Lieber. Das kriegt der Onkel Doktor schon wieder hin. Jetzt gehen wir mal schön brav in die Zelle und ruhen uns ein bisschen aus."

Danach wache ich schweißgebadet auf.

25. März 2017, Bundesstaaten Victoria und New South Wales, Australien

Wir fuhren weiter nach Mildura. Eigentlich wollten wir hier nur eine Zwischenstation machen, um am nächsten Tag in die Bergbaustadt Broken Hill zu fahren. Da wir diese Route großzügig geplant hatten, blieben vor unserem Grillabend noch einige Stunden Zeit. Da meldete sich unser Navi und machte uns auf eine Sehenswürdigkeit in der Nähe aufmerksam. Anhand unseres geplanten Routenverlaufs wurden wir auf interessante Ziele hingewiesen, die sich in einem bestimmten Radius um die Reiseroute befanden. Dies konnten Sehenswürdigkeiten sein, Nationalparks, Strände oder kulturell wichtige Orte.

In diesem Fall waren es die „Perry Sandhills“ in der Nähe der Stadt Wentworth, auf die wir hingewiesen wurden. Wir machten den Abstecher.

Über heilige Orte oder Rituale zu sprechen, ist ein Tabu für Aboriginals, das nicht gebrochen werden darf. Vielleicht war dies der Grund, warum dieser Ort auf den ersten Blick für uns nicht als Kultstätte zu erkennen war. Vielleicht waren wir aber auch nur von der Schönheit der „Perry Sandhills“ so geblendet, dass wir das nicht besonders große Hinweisschild am Parkplatz übersahen und nur so schnell wie möglich diese unglaublich anziehenden Wanderdünen erklimmen wollten. Oben angekommen erwartete uns eine atemberaubende Kulisse wie in einem Abenteuerfilm; mit ewig weiten Dünen aus ganz feinkörnigem, rotem Sand. Man musste einfach die Schuhe und Strümpfe ausziehen und barfuß durch diesen feinen Sand schlendern, Fotos machen und alle nur erdenklichen Gangarten in diesem Sand ausprobieren.

Wir befanden uns ganz alleine auf den Perry Sandhills. Kein Auto stand auf dem Parkplatz davor. Kein Tourist, kein Einheimischer, keine menschliche Seele war vor Ort. Wieder einmal.

Lebt man in Deutschland, im Einzugsbereich einer Großstadt, so wie wir, dann kann man, egal an welchem Ausflugspunkt, im Umkreis von fünfzig Kilometern davon ausgehen, dass immer jemand vor einem dort ist. In der Regel auch nicht nur einer, sondern viele; nach meinem Geschmack: meistens viel zu viele. Dann ist man froh, wenn man einen Parkplatz ergattert und sich nicht in einer Schlange anstellen muss.

Und hier in Australien, auf diesen wunderschönen „Perry Sandhills", findet man außer uns keine weitere menschliche Seele. Das war genau mein Ding. Auch deswegen wollte ich nach Australien. Zu diesem Zeitpunkt wussten wir noch nicht, was es mit diesem Ort auf sich hat.

Und dann sahen wir „ihn" – er war nicht zu übersehen! Ich bin mir sicher, dass selbst ein Blinder ihn wahrnähme. Jeder – mit welchem Sinn auch immer – spürte seine Anwesenheit.

Seine mystische Ausstrahlung zog uns an wie ein Magnet den Eisennagel. So wie die Sirenen in der griechischen Mythologie die Seefahrer anlockten, die sich nicht dagegen wehren konnten, so empfanden wir bei seinem Anblick. Es war ein unglaublich schöner, uralter, riesengroßer Eukalyptusbaum, der solitär mitten auf den Dünen stand. Es war: Der „God Tree."

Wie konnte dieser Baum in dieser Trockenheit existieren? Als wir den Eukalyptus erreicht hatten, erkannten wir, dass fast der gesamte Stamm von den Dünen, so wie sie derzeit formiert waren, begraben war. Vor hunderten von Jahren musste dies anders gewesen sein. Der Baumstamm hatte einmal freigelegen. Die Dünen verliefen noch anders und die Wurzeln des Baums standen vermutlich in feuchtem Bodengrund, der vom Wasser des Darling beziehungsweise Murray River gespeist wurde. Entsprechend tief mussten die Wurzeln des Baums sein und sind es heute noch. Weil aber aktuell die Dünen um den „God Tree" gewandert sind, war der eigentliche Baumstamm im Sand begraben. Man konnte bequem über die Seitenäste in den Baum bis in die Krone klettern und im Schatten die Aussicht genießen. Das taten Lukas und ich auch. Weil der Baum voller Samen hing, war es ein Leichtes, einige Samen zu pflücken.

Erst als wir wieder die Dünen herunter geschlittert und am Parkplatz angekommen waren, bemerkten wir das Hinweisschild, auf dem knapp die „Perry Sandhills" und der „God Tree" beschrieben waren. Erst jetzt wurde uns klar, dass wir soeben ein wichtiges Kultobjekt der Aboriginals mit unserem Besuch entweiht hatten.

Uns war sofort bewusst, dass wir den „God Tree" niemals hätten erklettern dürfen. In Lukas und mir verbreitete sich direkt ein wirklich schlechtes Gewissen gegenüber den Aboriginals und ihrer Kultur. Welche Folgen unsere unbedarfte Kletterpartie im „God Tree" Jahre später für uns haben sollte, konnten wir zum damaligen Zeitpunkt nicht ahnen.

Auf der Weiterfahrt im Auto fragte Nadja: „Habt ihr die beiden Schwäne bemerkt, die unter dem Baum saßen und weggeflogen sind als wir näher kamen? Das sind doch Wasservögel. Was suchen die hier in den Sanddünen? Hier gibt es doch weit und breit keinen Tropfen Wasser!" Auch mir als Hobby-Ornithologe fiel keine Antwort ein.

16 Jahre zuvor, 21. März 2001,
ein Aboriginaldorf in der Nähe der Stadt Wentworth, irgendwo im Outback des australischen Bundesstaates New South Wales

Das Mädchen fragt seine Mutter:

„Mama, es heißt doch, dass man keinem Tier weh tun soll, es sei denn man will es schlachten, um es zu essen."

„Das stimmt", antwortet die Mutter.

„Und wenn das Tier das eigene Totem ist, darf man es auch nicht schlachten, um es zu essen. Man darf ihm überhaupt nicht weh tun. Stimmt das?" fragt das Mädchen weiter.

„Auch das ist richtig", erklärt die Mutter. Das Kind fragt weiter:

„Wenn man den Tieren nicht weh tun darf, warum darf man dann den Mädchen weh tun?"

06. September 2021, Hainstadt, Deutschland

An diesem Abend ereignet sich in unserem Garten ein Vorfall, den ich mit solcher Heftigkeit noch nicht erlebt hatte. Ich wurde schon einmal beim Joggen im Wald von einem Habicht attackiert, weil ich wohl seinem Nest zu nahe gekommen war. Er verletzte mich aber nicht wirklich, sondern holte mir lediglich die Mütze vom Kopf und flog dann Scheinangriffe auf mich.

Dieses Mal allerdings werde ich ohne Vorwarnung von hinten am Kopf mit mehreren festen Schnabelhieben angegriffen. Der Vogel zerkratzt mir auch den Hals und die Schulter. Fürchterlich erschrocken drehe ich mich sofort um und kann den wegfliegenden, schwarz-weißen Vogel gerade noch sehen. Ich kenne nur zwei Vogelarten in dieser Größe und mit dieser Färbung: Die eine Vogelart ist unsere einheimische Elster, die zweite Vogelart ist – ich wollte eigentlich nicht mehr darüber nachdenken – der australische Flötenvogel.

Ich habe einige ordentliche Schnabelhiebe abbekommen. Der Vogel muss sich mit voller Wucht auf mich gestürzt haben. Die Wunden bluten ordentlich und mein weißes T-Shirt kann ich wegwerfen. Nachdem Sabine mich erstmal „notärztlich" versorgt und mir mehrere Pflaster auf die Wunden geklebt hat, ist schnell alles wieder in Ordnung. Um Dinge nicht erklären zu müssen, die ich nicht erklären kann, erzähle ich allen, es sei eine Elster gewesen. Dabei bin ich mir ganz sicher, dass genau die es nicht war! Mittlerweile zweifele ich ernsthaft an meinem Verstand.

Nach diesem Vorfall allerdings erinnere ich mich an eine Reportage, die ich während unseres Urlaubs 2017 im australischen Fernsehen angesehen habe. Darin ging es um den Flötenvogel, der sich in jenem Jahr wohl während der Brutzeit in fast allen australischen Bundesstaaten ganz besonders aggressiv verhalten hatte. Es wurde von etlichen Angriffen dieses Vogels auf Erwachsene und Schulkinder berichtet. Alle Betroffenen schilderten die Angriffe gleich: Die Vögel griffen immer von hinten aus dem Hinterhalt und ohne Vorwarnung an. Es wurde immer der Hinterkopf angegriffen. Die Vögel attackierten sowohl Fußgänger als auch Fahrradfahrer. Einige Kinder verletzten sich, weil sie vor Schreck vom Fahrrad fielen. Die Polizei verriet im Fernsehen einen Trick, wie man sich vor den Angriffen wirksam schützen konnte: Da die Vögel nie von vorne angriffen, kam eine Mutter auf die Idee und klebte ihrem Kind zwei Aufkleber, die wie Augen aussahen, hinten auf den Fahrradhelm. Mit diesem kleinen Trick konnten Angriffe verhindert werden, weil die Vögel glaubten, in das Gesicht des Opfers zu blicken. Diese Maßnahme machte Schule und wurde von der Polizei dahingehend unterstützt, dass man sich auf jeder Polizeistation solche Augen-Aufkleber kostenlos abholen konnte.

Ich verdränge meine Begegnungen mit australischen Vögeln bei uns zu Hause im Garten und tue so, als ob es sie nie gegeben hätte.

25. März 2017, Bundesstaat New South Wales, Australien

An diesem Tag besuchten wir, wie geplant, Broken Hill, eine Bergbausiedlung im Westen New South Wales, das an der Grenze zum Bundesstaat South Australia liegt. Bis Wentworth, wo sich die „Perry Sandhills“ mit dem „God Tree“ sowie die Einmündung des Darling River in den Murray River befinden, liegen ca. 280 km.

Unsere Kundenbetreuerin im Reisebüro hatte uns diese alte Bergbaustadt wärmstens empfohlen, falls wir etwas über die jüngere Geschichte Australiens erfahren wollten. „Australien ist mehr als Melbourne, Sydney, das Great Barrier Reef, die Great Ocean Road und der Uluru“, hatte sie gesagt. „Um das Jahr 1900 arbeiteten rund 10.000 Bergleute in Broken Hill. Das war kein leichter Job. Die gesamte Gegend lebte vom Bergbau und zog viele Abenteurer an, die hier ihr Glück suchten. Ihre Nachkommen leben heute meistens nicht mehr hier, weil die Bodenschätze zum größten Teil ausgebeutet sind. Es gibt aber noch kleinere Minen. Ein Besuch lohne sich aber, weil die Stadt ihr Flair als Bergbaustadt beibehalten habe", hatte sie von Broken Hill geschwärmt.

Bereits Mitte der 1850er Jahre wurde in der Gegend um Broken Hill nach Gold gesucht. Es kam zu einem regelrechten Goldrausch, der aber wieder schnell abebbte, weil die erwarteten Goldvorkommen nicht besonders groß waren. Die enormen Silbervorkommen wurden anfangs übersehen.

Erst dreißig Jahre später entdeckte man die reichhaltigen Silber-Blei-Erzvorkommen, was zu einem erneuten Rausch auf Silber führte.

Heute ist der Bergbauboom vorbei. Dennoch werden immer noch in großen Mengen Blei-Silber-Zink-Sulfid-Erze abgebaut. In den vergangenen Jahren kamen dann die sogenannten Seltenerdmetalle hinzu, die ebenfalls in Broken Hill vorkommen und früher, weil man ihnen noch keine Bedeutung zumessen konnte, schlichtweg übersehen worden waren.

Mit diesem Hintergrundwissen machten wir eine Führung durch eine stillgelegte Mine. Man konnte erahnen, unter welch unmenschlichen Bedingungen hier früher gearbeitet wurde. Die ganze Gegend um Broken Hill ist mit riesigen Abraumhalden umsäumt. Die 170 Jahre Bergbaugeschichte haben die Landschaft enorm verändert. Aus dem ehemals flachen Wüstengelände entstand aus Millionen Tonnen Abraummaterial eine regelrechte Hügellandschaft, die in dieser Gegend ihres Gleichen sucht.

Ich wollte mir die Halden näher ansehen und machte einen Spaziergang zu einer der großen Abhänge. Da die anderen kein großes Interesse an Abraumhalden zeigten und lieber den Hotelpool aufsuchten, war ich dann alleine unterwegs.

Bei uns zu Hause wären solche Halden längst überwachsen gewesen und weniger aufgefallen. Hier in der Trockenheit war dies nicht der Fall. Überhaupt schien Wasser beziehungsweise Wassermangel in dieser Gegend ein großes Problem zu sein. Es wuchsen nur ganz vereinzelt kleine Büsche, und die sahen sehr vertrocknet aus. Das Abraummaterial war staubtrocken. Teilweise hatte der Wind die Sandanteile verweht und man konnte das Gestein gut erkennen. Mir fielen sofort einige Mineralien auf, die ich nicht zuordnen konnte. Ich bin zwar kein Geologe, aber als Umweltchemiker hatte ich im Laufe meines Arbeitslebens auch mit Gesteinsuntersuchungen zu tun. Ich fand in der Halde kleine Kristalle mit hexagonaler Gitterstruktur, die wie glasklare Plättchen aussahen. Außerdem fand sich noch ein violettes Mineral mit starkem Glanz, das ich ebenfalls nicht zuordnen konnte. Zu guter Letzt entdeckte ich noch einen Stein mit metallischen Einschlüssen. Ich packte von jedem dieser Mineralien eine Probe in meinen Rucksack und nahm noch einige weitere Steine mit. Ich wollte sie untersuchen, wenn ich wieder in Deutschland in meinem Labor war. Es interessierte mich, welche chemische Zusammensetzung diese merkwürdigen Mineralien hatten. Ich hätte gern noch mehr Proben mitgenommen – aber urplötzlich begann es, ziemlich gefährlich für mich zu werden.

Ich drehte gerade einen Stein um, als ohne Vorwarnung eine Schlange nach mir schnappte, die sich unter dem Stein versteckt hatte. Zum Glück traf sie mich nicht und ich entging ihrem Biss. Ich war aber sehr erschrocken und es wurde mir klar, dass man hier jederzeit und überall mit Giftschlangen rechnen musste. Im Reiseführer Australien wird ja immerhin ausdrücklich vor Giftschlangen gewarnt. An manchen touristischen Schwerpunkten hatten die australischen Behörden sogar Warnschilder aufgestellt, um auf die Gefahr hinzuweisen. So hatten wir auf einem Rastplatz entlang der Great Ocean Road eine Schlange gesehen, die sich direkt unter dem Warnschild sonnte. Quod erat demonstrandum… als ob das Schild für diese Schlange aufgestellt worden wäre.

Ich verhielt mich achtsamer, hatte mich jedoch noch nicht von dem Schlangen-Schreck erholt, da wurde es noch gefährlicher: Mit lautem Gebell rannten unvermittelt zwei große Hunde auf mich zu. Sie waren noch ungefähr fünfzig Meter entfernt. Einen Hundeführer sah ich nicht dabei. Die Tiere näherten sich schnell!

Ich erkannte, dass es sich um zwei Rottweiler handelte und brach in Panik aus. Wohin sollte ich flüchten? Es gab weder einen Baum, auf den ich hätte klettern, noch ein Haus oder eine Hütte, in der ich hätte Zuflucht finden können. Wegrennen erschien mir auch nicht erfolgsversprechend, da die Hunde, ungleich schneller als ich, mich ganz schnell eingeholt haben würden.

Zu Hause habe ich bei meinen Jogging-Runden für diesen Fall immer ein Abwehrspray dabei, was ich tatsächlich auch schon einsetzen musste. Da ich das Spray nicht bei mir trug, half es mir in der aktuellen Situation allerdings auch nichts – ich war quasi unbewaffnet.

Instinktiv suchte ich zwei dicke Steine, nahm sie in die Hände und hob die Arme in die Luft. Mit diesen Steinen wollte ich auf die Hunde einschlagen, wenn sie mich anfallen würden. Ich nahm Abwehrhaltung ein, ergab mich meinem Schicksal und war gewillt, meine Haut so teuer als möglich zu verkaufen. Ohne Gegenwehr wollte ich mich nicht zerfleischen lassen. Mit scharfen Rottweilern ist nicht zu spaßen!

Glücklicherweise kam es nicht zum Angriff, denn ungefähr einen Meter vor mir drehten die Hunde urplötzlich ab. Offensichtlich hatte meine Körperhaltung dazu geführt, dass sie auf den Angriff verzichteten? Ich war von mir selbst überrascht, diese beiden Riesenhunde mit meiner Drohgebärde in die Flucht geschlagen zu haben. Kaum, dass ich aufgeatmet hatte, erschien wie aus dem Nichts ein brüllender Mann, der sehr zornig auf mich zugelaufen kam. In der Hand trug er ein Gewehr. Ich dachte bei mir: „Schlimmer geht immer." Der Bewaffnete beschimpfte mich, dass ich hier überhaupt nichts verloren hätte, das Gebiet hier Privatbesitz der Bergbaugesellschaft FMP sei und hier draußen kein Besuch geduldet werde. Ich musste ihm meinen Pass vorzeigen. Er fotografierte ihn mit dem Handy und fragte mich nach meinem Hotel. Ärgerlich wie er war, beteuerte er rüde, dass er noch heute seine beiden „Dreckskötеr" erschießen wolle, weil die nicht im Stande gewesen wären, mir in den Arsch zu beißen. Er werde sich zwei neue Hunde besorgen, die nicht so feige wären und dann ginge eine solche Begegnung nicht so glimpflich aus. Er schloss mit dem Hinweis, ich solle mich hier nie wieder erwischen lassen und sofort verschwinden. Widerspruchslos folgte ich seiner Aufforderung.

Auf dem Rückweg zum Hotel sinnierte ich, dass ich niemals damit gerechnet hätte, in Australien von zwei „stinknormalen" Hunden totgebissen zu werden. Eher wäre zu vermuten gewesen, von einer Giftschlange, einer Giftspinne, einer Dingobande, einem Hai oder einem Krokodil ins Jenseits befördert zu werden. Allerdings verwunderte es mich auch, warum ich überhaupt so aggressiv vertrieben wurde. Schließlich war ich ja nur an einer Abraumhalde spazieren gegangen, die hier seit Jahrzehnten brach liegt und wahrscheinlich noch in weiteren Jahrzehnten hier liegen würde. Altlasten vom Bergbau eben. Das soeben Erlebte regte meine Fantasie an. Wem war ich hier ins Gehege gekommen? Ob möglicherweise in der Halde giftige Schwermetalle schlummerten, deren Existenz nicht unbedingt publik gemacht werden sollten? Aber das würde ich herausbekommen, wenn ich die eingesammelten Mineralien- und Gesteinsproben zur Untersuchung in Deutschland hätte. Schließlich bin ich Umweltchemiker.

Dann vernahm ich aus der Ferne zwei Schüsse und ein leises Gejaule. Der Zornige hatte sein angekündigtes Vorhaben in die Tat umgesetzt. Im Nachhinein war ich froh, dass der Rest meiner Familie mich nicht bei dem Spaziergang begleitet hatte. Wer weiß, was dann noch alles passiert wäre? Nüchtern betrachtet hat ein Mensch eigentlich keine Chance gegen zwei so große und scharfe

Hunde. Mir wurde bewusst, dass ich im Endeffekt großes Glück gehabt hatte.

12. Februar 2018, Toronto, Kanada

An diesem Tag begann das „14. Internationale Symposium über Heterogene Katalyse.“[1]

Wissenschaftler aus der ganzen Welt kamen zu diesem Symposium zusammen, um ihre neuesten Forschungsergebnisse vorzustellen. Schwerpunkt der Veranstaltung waren in diesem Jahr die Anwendungsmöglichkeiten von Katalysatoren bei Fragen der Energiespeicherung, der Abgasreinigung, der Wasserstoffgewinnung sowie beim Einsatz in Brennstoffzellen.Anhang2

Neben den bekannten Größen aus Industrie und Forschung kommen bei dieser Veranstaltung auch immer einige Newcomer zu Wort, sofern sie bei dem Auswahlverfahren im Vorfeld der Veranstaltung das Interesse der Juroren wecken konnten. Einer der Auserwählten war in diesem Jahr der junge Chinese Tao Dong, der am Lehrstuhl für „Heterogene Katalyse und Technische Chemie“ der RWTH Aachen seine Doktorarbeit zum Thema „Einsparpotential von Platinmetallen bei der Herstellung von Katalysatoren zum Einsatz in Wasserstoff-Brennstoffzellen“ vorstellte. Schwerpunkt seiner Arbeit war die Suche nach alternativen Katalysatormaterialien.

Herr Dong stellte gleich zu Beginn seines Vortrags dar, dass es derzeit nicht möglich sei, beim Betrieb von Wasserstoff-Brennstoffzellen gänzlich auf den Einsatz von

Platinmetallen als Katalysator zu verzichten. Was aber möglich sei, und das konnte er an Hand kinetischer Untersuchungen eindeutig nachweisen, das Platinmetall auf ein dreidimensionales Netzwerk eines ganz speziellen Titan-dotierten Zeolithen aufzudampfen, ohne dass sich dadurch die katalytische Wirkung verschlechtert. Mit diesem Trick können 95 Prozent der ursprünglichen Platinmetallmenge eingespart werden. Der Nachteil ist, dass der Katalysator bei relativ hohen Temperaturen betrieben werden muss, was zu erhöhtem Verschleiß führt. Dieses Problem konnte Herr Dong dadurch lösen, dass er statt des Platins Osmium als Katalysator einsetzte. Osmium ist ebenfalls ein Platinmetall, zeichnet sich aber durch einen besonders hohen Schmelzpunkt aus, ist also temperaturstabiler als Platin.

Gleichzeitig konnte durch diese Substitution der Wirkungsgrad des Katalysators und damit auch der Brennstoffzelle, für die er konzipiert ist, von 60 auf 90 Prozent gesteigert werden.

Das Auditorium spendete Herrn Dong tosenden Applaus. Der Leiter des Symposiums, Prof. Dr. Neil Kimberlake, lobte die wissenschaftliche Vorgehensweise und speziell die dargestellte Reproduzierbarkeit der vorgestellten Experimente. Er hob aber hervor, dass es sich bei der vorgestellten Verfahrensentwicklung um eine rein akademische Arbeit handele, die als Grundlagenforschung zu verstehen sei und zu weiteren Forschungen ermutige. Gleichzeitig betonte er aber auch, dass der vorgestellte Katalysator niemals im industriellen Maßstab produziert und wirtschaftlich eingesetzt werden könne, da Osmium zu den seltensten und teuersten Elementen der Erde gehöre und somit nicht in ausreichender Menge zur Verfügung stehe.

Beim Empfang am Abend sprach ein Mann mittleren Alters Herrn Dong an. Er stellte sich als Leiter Forschung und Entwicklung der australischen Minengesellschaft Foster Mining Corporation (FMP) vor. Sein Name war Mason McKing. Er brachte ohne große Umschweife sein Anliegen vor:

„Herr Dong, ich gratuliere Ihnen zu Ihren hervorragenden Forschungsergebnissen. Auch wenn, wie der Symposiumsleiter betonte, keine praktischen Anwendungen aus Ihren Ergebnissen resultieren werden, interessiert mich Ihre Arbeit dennoch. Sie haben ja einige Jahre in Ihre Forschungen investiert. Ich wäre bereit, Ihnen diese Jahre zu vergüten, wenn Sie mir die Rechte an Ihrer Erfindung übertragen."

„Darüber können wir reden", war die Antwort von Herrn Dong. Man wurde sich noch am selben Abend handelseinig. Vier Wochen später meldete McKing die Erfindung beim Internationalen Patentamt an.

Die meisten australischen Bergbau-Projekte sind bezogen auf die Finanzierung heutzutage fest in chinesischer Hand. Im eskalierenden Handelskrieg zwischen China und den USA gibt es seitens der USA jedoch starkes Interesse daran, diesen Zustand zu ändern. Die australische Minengesellschaft Foster Mining Corporation (FMP) hat bereits Vorverträge mit der amerikanischen Solter's Group abgeschlossen, die eine großflächige Reaktivierung stillgelegter Silberminen in der Gegend um Broken Hill zum Ziel hat, nachdem neuere Untersuchungen der Minen hohe Gehalte an Neodym, Scandium und Lanthan (drei Elemente, die zu den Seltenen Erden zählen) ergeben hatten. Die Solter‘s Group spricht in diesem Zusammenhang von einem geschätzten Investitionsvolumen von 5 Milliarden US-Dollar. Hinzu kämen noch Staatsbeteiligungen der US-Regierung in Höhe von weiteren 5 Milliarden US-Dollar. Diese Zahlen demonstrieren anschaulich, wie wichtig diese Projekte für die USA und natürlich für Australien sind.

15. Januar 2018, Rapperswil am Zürichsee, Schweiz

Das erste Geheimtreffen fand an diesem Ort statt. Das riesige Haus mit parkähnlichem Garten und Bootsanleger, in dem sich die Akteure trafen, ist Eigentum von Brandon Whincup, dem Hauptaktionär und Vorstandsvorsitzenden der australischen Minengesellschaft FMP. Whincup erwarb die Immobilie vor einigen Jahren, weil er geschäftlich regelmäßig in die Schweiz reist und weil es als Zwischenstation auf dem Weg in die USA und England gut zu erreichen ist.

Außerdem ist das gesamte Anwesen durch geschickte gärtnerische Gestaltung so gestaltet, dass kein Mensch von außen einsehen kann, welcher Luxus sich hinter den Mauern und den riesigen Bäumen verbirgt.

Neben Brandon Whincup waren an diesem Tag noch anwesend:

- Juri Novikow als Gesellschaftervertreter der russischen Investorengruppe „Ruda Prom“
- Die australische Wirtschaftsministerin Pamela Cormack
- Der englische Geochemiker Prof. Dr. Paul Walker

Whincup begann mit der Begrüßung: „Sehr verehrte Gäste, dass wir hier in dieser kleinen Gruppe unter quasi konspirativen Bedingungen in der Schweiz zusammenkommen, hat, wie Sie sich sicherlich vorstellen können, seinen Grund. Wir werden diesen Kreis auch in Zukunft kleinhalten müssen. Um einige weitere Schwergewichte aus Politik, Wirtschaft und auch einigen Vertretern der Aboriginals werden wir aber nicht herumkommen, wenn wir das Projekt, das mir vorschwebt, realisieren wollen.

Das Ganze kann nur funktionieren, wenn wir im kleinen Kreis agieren und wenn die wenigen Beteiligten absolut vertraulich mit den Informationen umgehen, die sie heute und in naher Zukunft erfahren werden.

Ich kann Ihnen zum jetzigen Zeitpunkt aber schon sagen, dass es um sehr, sehr viel Geld geht, dass Australien und der Rest der Welt unglaublich davon profitieren werden und dass wir die Zukunft der Welt ein Stück weit mitbestimmen können, wenn wir das Projekt, das wir Ihnen heute vorstellen werden, gemeinsam realisieren. Wenn Sie jetzt denken, dass ich vielleicht etwas übertreibe mit meinen Visionen, dann warten Sie bitte noch einen Moment bis Prof. Walker zu Ihnen spricht.

Ich spreche in meiner Funktion als Vorstandsvorsitzender und Hauptaktionär der größten australischen Minengesellschaft zu Ihnen. Und wenn ich das tue, dann geht es, wie soll es auch anders sein, um Bodenschätze. ‚Das ist ja kein neues Thema bei uns in Australien', werden Sie denken. Das stimmt. Und dennoch ist dieses Mal alles ganz anders.

Es geht nicht um Gold, Silber, Zinksulfiderze, Kohle, Buntmetalle oder Eisenerz. Es geht auch nicht um den Run auf die Metalle der sogenannten ‚Seltenen Erden'.

Daran sollen sich die Chinesen und die Amerikaner die Zähne ausbeißen. Die haben bereits die ganzen alten Minen in Australien aufgekauft. Sollen sie glücklich werden damit. Diese Leute will ich aber in dem Projekt, um das es hier geht, nicht dabeihaben. Das anstehende Projekt wollen wir mit Investoren durchziehen, die Erfahrungen in wirklich ganz großen Bergbauprojekten mitbringen. Deshalb bin ich überglücklich, Herrn Novikow von der russischen Investorengruppe „Ruda Prom“ für unser Projekt interessieren zu können. Ob Uran, Edelmetalle, Erz, Energie oder sonstige Rohstoffe in der Wüste, im ewigen Eis oder in der Tiefsee. Die wirklich dicken Bergbau-Projekte dieser Welt laufen fast alle unter der Fahne von ‚Ruda Prom'.

Sie sehen schon jetzt, meine Damen und Herren, die Devise lautet: ‚*Nicht kleckern, sondern klotzen*'.

Und dass es sich bei dem geplanten Projekt um keine spinnerte Idee von mir handelt, erkennen Sie allein schon daran, dass keine geringere als unsere Wirtschaftsministerin Pamela Cormack persönlich zu unserem ersten Treffen aus Australien angereist ist, die ich hiermit herzlichst begrüße. Frau Ministerin, ich kann Ihnen jetzt schon sagen, dass Sie die lange Anreise nicht bereuen werden.

Und nun gelangen wir ohne weitere Umschweife zu unserem eigentlichen Thema:

In unserer wechselvollen Bergbaugeschichte waren wir schon des Öfteren so stark auf ein bestimmtes Metall beziehungsweise Erz fixiert, dass wir alles andere darum ignorierten. Wichtige andere Bodenschätze, die in den gleichen Minen vorkamen, wurden schlichtweg übersehen beziehungsweise waren zunächst nicht von Interesse. Das gilt für Silber, Zink, Buntmetalle ebenso wie für die aktuell stark begehrten ‚Seltenerdmetalle.' Chinesische und einige wenige amerikanische Investoren haben diese hausgemachten Fehler australischer Bergbaugesellschaften schnell erkannt und sich frühzeitig die Rechte an den vermeintlich erschöpften Minen gesichert und damit viel Geld in Australien verdient. So weit, so gut. Eine Winzigkeit haben diese Investoren aber zum Glück übersehen:

Es geht um das äußerst seltene chemische Element Osmium. Und zwar nicht in den stillgelegten Minen. Nein, es geht um das Abraummaterial, das in 170 Jahren Bergbaugeschichte in der Region um Broken Hill ausgebuddelt und in riesigen Halden abgelagert wurde und heute die Hügellandschaft dort bildet. Dieses Haldenmaterial enthält in Spuren das Platinmetall Osmium. Da das Abraummaterial bereits ausgegraben wurde, ist keine teure Minenarbeit mehr notwendig, um das osmiumhaltige Erz zu gewinnen. Das Wertvollste aller Edelmetalle könnte im Tagebau abgebaut werden.

Osmium ist so selten und so wertvoll, dass die Abraumhalden um Broken Hill eine ganz neue Bedeutung gewinnen werden. In der Vergangenheit waren sie nur Altlasten und damit eine Belastung für die Umwelt. Mit unserem heutigen Wissen stellen sie den vielleicht größten Schatz Australiens dar. Von zentraler Bedeutung hierbei ist, dass dieses Wissen so lange geheim bleibt, bis wir die Verträge mit unserem russischen Investor in trockenen Tüchern haben. Ein Teil der Abraumhalden befinden sich nämlich auf Gebieten, die nicht zur Foster Mining Corporation gehören und erst noch erworben werden müssen. Vorverträge sind bereits abgeschlossen. Sollten die Chinesen jedoch zu früh davon Wind bekommen, welcher Schatz hier schlummert, würden sie alle Hebel in Bewegung setzen, diese Übernahmen zu verhindern, um selbst zu investieren. Die Vergangenheit hat uns gelehrt, dass dann sicherlich nicht mit einer Reinvestition in australische Projekte und Infrastruktur zu rechnen ist.

An dieser Stelle gebe ich das Wort an Herrn Prof. Dr. Paul Walker, seines Zeichens Geochemiker am renommierten ‚Department of Earth Sciences' der Universität Oxford, weiter. Prof. Walker ist einer der führenden Spezialisten, wenn es um Abbau und Gewinnung von Platinmetallen weltweit geht."

Prof. Walker erklärte in seinem Vortrag die Bedeutung von Osmium wie folgt: „Osmium ist ein chemisches Element aus der Gruppe der Platinmetalle. Es ist nicht nur das seltenste Edelmetall, sondern eines der seltensten chemische Elemente der Erde überhaupt. 10.000 Tonnen Erz, aus dem es gewonnen wird, enthalten gerade einmal 30 g Osmium. Hinzu kommt, dass die Gewinnung aus den Erzen extrem aufwändig ist. Aktuell werden weltweit nur 120 kg Osmium pro Jahr gewonnen, Tendenz fallend.

Der Preis auf dem Spotmarkt ist entsprechend hoch und beträgt aktuell ca. 1.500 US-Dollar pro Gramm, Tendenz steigend. Zum Vergleich: Der Goldpreis liegt bei ca. 52 US-Dollar pro Gramm.

Wie alle Elemente aus der Gruppe der Platinmetalle zeichnet sich auch Osmium durch hervorragende katalytische Eigenschaften aus, die dieses Metall für spezielle Herstellungsprozesse in der chemischen Industrie, aber auch in der Elektronik-Industrie und der Verfahrenstechnik, unglaublich wertvoll machen.

Speziell werden osmiumhaltige Katalysatoren für bestimmte Hydrierungen und neuerdings als Elektrokatalysator für Wasserstoff-Brennstoffzellen eingesetzt. Das macht Brennstoffzellen für Fahrzeuge deutlich langlebiger und effizienter.

Die Eigenschaften von Osmium führen, im Vergleich zu denen der übrigen Platinmetalle, zu einer deutlichen Steigerung des Wirkungsgrades einer Brennstoffzelle, was diese Technologie zur Energieumwandlung enorm beflügeln würde.

Die gesamte Wasserstofftechnologie würde einen unglaublichen Impuls bekommen, was den zukünftigen Einsatz als Alternative zu fossilen Energieträgern, speziell in Fahrzeugen, Schiffen und Flugzeugen angeht, wenn es nur in ausreichender Menge zu Verfügung stünde, um die weltweit benötigten Katalysatoren für Brennstoffzellen bauen zu können. Auch die derzeit von der Politik favorisierte Alternative zu Verbrennungsmotoren in Form von Lithiumbatterien in Fahrzeugen mit Elektroantrieb, die zu erheblichen Umweltbelastungen bei der Gewinnung und Herstellung des benötigten Lithiums führt, wäre damit in Frage gestellt.

Mit anderen Worten ausgedrückt bedeutet dies: Die gesamte Energiewirtschaft zukünftiger Generationen könnte in eine andere Richtung gelenkt werden. Dies meinte Herr Whincup vorhin damit, als er behauptete, dass wir die Zukunft der Welt ein Stück weit mitgestalten können.

Und ich sage Ihnen, das ist keine Zukunftsvision, die vielleicht irgendwann einmal unter gewissen Umständen etc. Realität werden könnte. Nein, wir haben es jetzt in der Hand, den Schalter umzulegen.

Was glauben Sie, warum führende Industrienationen und solche, die es werden wollen, auf einmal wieder so ein starkes Interesse an Weltraummissionen, Mondlandungen und sogar Landungen auf dem Mars haben? Vielleicht weil es dort so schön ist und man schöne Bilder machen kann? Nein, nein meine Damen und Herren, so ist es nicht. Das hat ganz andere Gründe. Auf diesen Planeten gibt es nämlich Vorkommen seltener Metalle, unter anderem auch Platinmetalle wie Osmium, die dort abgebaut und auf die Erde transportiert werden könnten. Das ist aber in der Tat noch Zukunftsvision. Dennoch gibt es genügend Menschen, die bereits heute dazu bereit sind, große Summen in diese Idee zu investieren. Und das machen sie nicht, weil sie möglichst viel Geld verlieren möchten, sondern weil sie möglichst viel Geld verdienen wollen, weil sie das Potential dieser Edelmetalle erkannt haben."

16 Jahre zuvor, 04. Mai 2001,
ein Aboriginaldorf in der Nähe der Stadt Wentworth, irgendwo im Outback des australischen Bundesstaates New South Wales

Das Mädchen fragt seine Mutter: „Mama, warum machen die alten Männer das mit den Mädchen?" Die Mutter wird sehr traurig und antwortet:

„Sie sagen, weil die Ahnen das so wollen."

„Aber warum wollen die Ahnen das?," bohrt das Mädchen weiter.

„Sie sagen, weil es schon immer so war."

Das Mädchen lässt nicht locker und fragt weiter: "Kann der Papa mich denn nicht vor dem Ockerman beschützen?"

Die Mutter beginnt zu weinen und erklärt: „Das darf er nicht."

26. März 2017, Bundesstaaten Victoria und New South Wales, Australien

Am Morgen fuhren wir zurück nach Mildura und von dort aus in den Mungo Nationalpark. Hier fand man 1969 und 1975 zwei menschliche Skelette, die nachweislich 40.000 Jahre alt sind. Sie wurden von Wissenschaftlern nach ihrer Fundstelle als „Mungo Lady" und „Mungo Man" bezeichnet. Beide Menschen waren rituell beerdigt worden, woraus die Wissenschaftler auf eine sehr frühe Entwicklungsgeschichte der Menschen hier schlossen.

Heute ist die Gegend eine extrem trockene Wüstenlandschaft. Das war früher anders. Es gab in dieser Gegend einen riesigen See, den „Lake Mungo", der vor 14.000 Jahren komplett ausgetrocknet ist und eine riesige, sichelförmige Düne hinterließ, die durch Salz und Sand zusammengebacken ist und zum Weltnaturerbe der Vereinten Nationen zählt. Diese „Walls of China" genannten Dünen sind eine historische Aboriginal-Stätte, die bereits vor 40.000 Jahren von Menschen besiedelt waren. Die Dünen sind ständiger Erosion ausgesetzt, so dass eine Landschaft gewellter und wandernder Sanddünen entstand, die ihres Gleichen sucht. 1

Wir hatten zwei Übernachtungen in der Mungo Lodge im Nationalpark gebucht. Hier wird einer kleinen Anzahl von Gästen ein einzigartiges Outback-Erlebnis, gepaart mit herzlicher Gastfreundschaft am Rande des Mungo Nationalparks, geboten. Die Mungo Lodge besteht aus einem zentralen Gebäude mit Bar/Restaurant und einigen kleinen Ferienhäuschen auf einem weiträumigen Gelände, auf dem es sogar einen kleinen Flugplatz gibt. Wir waren die einzigen Übernachtungsgäste dort. Genau so wollte ich es haben.

Obwohl es im März in Australien bereits Herbst ist, herrschte im Mungo Nationalpark eine brüllende Hitze. In den einfachen Ferienhäuschen gab es zwar eine Klimaanlage und einen Deckenventilator, dennoch war es in den Häuschen unangenehm warm. Die Leistung der Kühlaggregate reichte einfach nicht aus, um die Raumtemperatur weiter herunter zu kühlen.

Etwas gewöhnungsbedürftig waren auch die vielen Feuerwanzen, die sich wohl deshalb in die Ferienhäuschen zurückgezogen hatten, weil ihnen die Außentemperaturen ebenfalls zu hoch waren. Man kennt diese circa 15 bis 20 mm langen, feuerroten Wanzen auch in Europa. Da wir nicht wussten, ob sie beißen, haben wir sie vorsichtshalber eingefangen und ins Freie befördert.

Meine Schuhe hatte ich über Nacht vor die Haustür gestellt. Als ich sie am nächsten Morgen anziehen wollte, erinnerte Sabine mich daran, dass sie im Reiseführer gelesen hatte, man solle seine Schuhe vor dem Anziehen kontrollieren, wenn sie über Nacht im Freien gestanden hätten. Es gäbe in Australien genügend nachtaktive Tiere, die sich gerne in Schuhen verstecken würden. Ich dachte natürlich in erster Linie an die Feuerwanzen. Also klopfte ich die Schuhe aus und staunte nicht schlecht. In dem ersten Schuh hatte sich eine Spinne stattlicher Größe versteckt. Ob sie giftig war, wusste ich nicht. Aus dem zweiten Schuh konnte ich eine kleine Echse herausklopfen.

Die uralten Kultstätten der Aboriginals mit den „Walls of China" befanden sich nicht weit entfernt von der Lodge, waren aber eingezäunt und durften nur zusammen mit einem akkreditierten Führer betreten werden, der Mitglied eines ortsansässigen Aboriginal-Stammes ist.

Unser Führer hieß Nick. Er war der erste Aboriginal, dem wir auf unserer Reise in Australien begegneten. Wir hatten uns die Aboriginals anders vorgestellt: Nicht so groß (wie wir Europäer), mit tiefschwarzer Haut, krausem, schwarzem Haar und dunkelbraunen Augen.

Nick hingegen sah anders aus: Er war riesengroß. Ein Hüne mit einer gewaltigen Körpermasse. Er sprach mehr oder weniger akzentfreies Englisch und war uns auf den ersten Blick sofort sympathisch. Am Auffälligsten aber waren seine rötlichen Haare und seine hellbraune Hautfarbe. Vom Alter schätzten wir ihn auf Ende zwanzig.

Nick nahm uns in seinem Jeep mit und wir fuhren zu den „Walls of China." Die Klimaanlage in seinem Auto funktionierte einwandfrei. Der Temperaturschock beim Verlassen des Fahrzeugs traf uns umso mehr. Nick führte uns durch diese merkwürdigen Dünen mit ihren höhlenähnlichen Einbuchtungen, erklärte uns ihre Entstehung am Rande des ausgetrockneten „Lake Mungo“ und ihre Bedeutung für die Aboriginals. Er legte uns ans Herz, das wenige Kilometer von unserer Lodge entfernte „Mungo Visitor Center“ zu besuchen, was wir auch taten.

Wieder einmal waren wir die einzigen Besucher. Auf dem Parkplatz stand kein einziges Fahrzeug. Das Besucherzentrum war glücklicherweise geöffnet, aber personell nicht besetzt. Im Außenbereich wurde mittels einer Tafel auf den Fundort der „Mungo-Lady“ hingewiesen. Im Innenbereich wurde mit Bildern, Videos und Audios sowie diversen Exponaten über die Jahrtausende alte Kultur der Aboriginals in dieser Gegend berichtet. Hier sahen wir zum ersten Mal ein echtes Didgeridoo und hörten zum ersten Mal authentische Didgeridoo-Musik der lokalen Aboriginals (vom Band). Man kann diese Art der Musik schlecht beschreiben. Im Grunde genommen ist ein Didgeridoo ein Blasinstrument, das aber rhythmisch eingesetzt wird. Durch Mund- beziehungsweise Lippenbewegungen und eine spezielle Atemtechnik können die Musiker die Ton- und Rhythmuselemente variieren. Manche Musiker sprechen auch ganze Wörter in ihr Musikinstrument. Die Didgeridoo-Musik kann man mit keiner anderen Musikrichtung vergleichen. Entweder man mag sie oder man mag sie nicht. Ich finde, sie passt wunderbar zum australischen Outback, zu Lagerfeuer und zum Südkreuz am Sternenhimmel. Ich hätte zum damaligen Zeitpunkt nicht im Traum daran gedacht, dass ich die Didgeridoo-Musik eines Tages so fürchten würde.

Die Gegend um die Mungo Lodge war ansonsten ziemlich karg. Das lag natürlich an den Außentemperaturen und der Trockenheit.

15. Juni 2018, Australien Capital Territory, Australien

Das zweite Geheimtreffen fand im Wirtschaftsministerium in Canberra, der Hauptstadt Australiens, statt. Geladen hatte zu diesem Treffen die Wirtschaftsministerin Pamela Cormack.

Als Gäste waren anwesend:

- Der australische Premierminister Wayne Johnson
- Brandon Whincup, Hauptaktionär der Minengesellschaft Foster Mining Corporation (FMP)
- Juri Novikow als Gesellschaftervertreter der russischen Investorengruppe „Ruda Prom"

Cormack gab nach einer kurzen Einführung das Wort direkt an Whincup weiter.

Der begann ohne Umschweife mit seinem Anliegen, da die Wirtschaftsministerin im Vorfeld darauf hingewiesen hatte, dass sie den Premierminister bereits über das geplante Projekt unterrichtet hätte und seine zur Verfügung stehende Zeit begrenzt sei.

Whincup begann wie folgt: „Sehr geehrter Herr Premierminister, sehr verehrte Gäste. Vorab bemerkt: Wir reden hier von einem geschätzten Investitionsvolumen von 100 Milliarden Australischer Dollar über mehrere Jahrzehnte.

Seit mehr als fünf Jahren wissen wir über die Osmiumvorkommen in Broken Hill Bescheid. So lange hat es gedauert, bis wir im Geheimen ein Verfahren entwickeln konnten, mit dem wir das Osmium aus dem Erz gewinnen können. Dieser Prozess ist nun abgeschlossen.

Die Finanzierung des Projektes ist gesichert. Unser russischer Investor ‚Ruda Prom' garantiert, den Großteil der zu erwartenden Gewinne in Infrastrukturprojekte und Industrialisierung in Australien zu reinvestieren. Die Details hierzu müssten natürlich mit Ihren Ministerien vertraglich fixiert werden. Die veranschlagte Projektdauer beträgt geschätzte 40-50 Jahre. Im Grunde genommen könnten die Verträge unterzeichnet werden, sobald die Einzelheiten mit ‚Ruda Prom' geklärt sind. Voraussetzung ist allerdings, dass wir Rückendeckung von der Politik bekommen. Es ist nämlich noch eine einzige Hürde zu nehmen:

Das Verfahren zur Gewinnung des Osmiums aus dem Erz benötigt größere Mengen Wasser. Wenn es etwas in Broken Hill und Umgebung aber nicht gibt, dann ist es genau das."

Der Premierminister hob die Augenbrauen. Whincup fuhr fort: „Aber auch hierfür haben wir eine Lösung, deren Finanzierung ebenfalls von ‚Ruda Prom' übernommen würde:

Die nächsten größeren Wasservorkommen sind im Murray-Darling-Basin. Das heißt mit anderen Worten: Es muss eine 280 km lange Pipeline vom Murray beziehungsweise Darling River bis nach Broken Hill gebaut werden."

Der Premierminister zuckte zusammen und belehrte Whincup gereizt: „In dieser Gegend sind die ‚Barkindji' beheimatet, ein Aboriginal-Stamm, mit denen die Regierung seit Jahren im Clinch liegt, wenn es um die Wasserrechte geht. Die weißen Farmer fordern immer intensivere Entnahmen von Flusswasser aus dem Darling beziehungsweise Murray River für ihre Viehherden. Die Aboriginals verlieren ihre Lebensgrundlage, weil bereits jetzt in heißen Sommern die beiden großen Flüsse an manchen Stellen austrocknen."

Mit grimmigem Blick wandte er sich an seine Wirtschaftsministerin: „Ich wusste, dass die Sache einen Haken hat. Wie um Himmels Willen sollen wir den ‚Barkindji' erklären, dass wir noch mehr Wasser aus ihren Flüssen entnehmen? Die Lage dort ist bereits derart angespannt, dass es in der Vergangenheit bereits zu blutigen Auseinandersetzungen zwischen den Farmern und den Aboriginals kam. Vergessen Sie das Projekt. Basta!"

27. März 2017, Mungo Nationalpark, New South Wales, Australien

Am Abend, als wir von der „Walls of China"-Tour zurückgekehrt waren, besuchten wir die Bar der Mungo Lodge. Auf dem Weg dorthin scherzten wir noch:

„Bei Nick haben sie wohl eine Ausnahme gemacht mit dem Aboriginal-Führer. Die können uns viel erzählen." Wir aßen zu Abend und spielten anschließend eine Runde Pool-Billard. Es war trotz Klimaanlage sehr heiß. Außer uns waren nur wenige Gäste anwesend. Eine Gruppe bestand aus drei europäisch-stämmigen Bergleuten, von denen einer, vermutlich der Vorarbeiter, Wortführer war.

Dieser fiel unangenehm durch seine extrem laute Stimme auf. Die zweite Gruppe, drei finster dreinschauende Aboriginals, sahen so aus, wie man sie aus dem Fernsehen kennt. Alle sechs Gäste standen am Tresen und tranken ein Bier nach dem anderen in einer wahnwitzigen Geschwindigkeit, mit der Folge, dass alle innerhalb kürzester Zeit total betrunken waren.

Der Lautstärkepegel stieg ins Unangenehme und wir beschlossen zu gehen. Die Typen am Tresen waren in ihrem Zustand nicht so richtig die Leute, mit denen man in Kontakt treten möchte…

Als Nick die Bar betrat und sich zu uns setzte, wurde es gemütlicher. Das laute Gebrüll der anderen Gäste verstummte, nachdem Nick sie zurechtgewiesen hatte. Wir blieben und tranken zusammen ein kaltes Bier, was bei den unglaublichen Außentemperaturen ein Genuss war, den man sich kaum vorstellen kann, wenn man diese Situation nicht selbst erlebt hat.

„Kein Wunder, dass es den finsteren Gestalten am Tresen so gut schmeckt", dachte ich noch.

Wir erzählten Nick von unserem Besuch der „Perry Sandhills" vor zwei Tagen, dem „God Tree" und dass wir einige Samen von dem Baum gepflückt hätten, die wir in Deutschland keimen lassen wollten, um einen Eukalyptusbaum daraus zu ziehen. Außerdem erzählte ich von eingesammelten Gesteinsproben aus Broken Hill, weil sie so eine ungewöhnliche Kristallstruktur aufwiesen. Weiter erwähnte ich noch, dass ich von Beruf Chemiker sei und vorhätte, die Gesteinsproben in Deutschland zu untersuchen. Nick entgegnete, wir müssten mit den Steinen und dem Samen vorsichtig sein. Die traditionell lebenden Aboriginals sähen es überhaupt nicht gerne, wenn irgendetwas aus der Natur entnommen würde.

Am nächsten Morgen beim Frühstück unterhielten wir uns mit der Besitzerin der Bar über die hervorragende Führung, die wir durch Nick erhalten hatten. Die Barbesitzerin lächelte und bestätigte, dass Nick der geborene Reiseführer sei und seinen Job sehr ernst nähme, aber auch immer einen Riesenhunger nach jeder Tour habe und bei ihr vorbeikäme, um in die Töpfe zu schauen.

Auf die Frage, ob Nick denn tatsächlich ein Aboriginal aus der Umgebung sei, bekamen wir zur Antwort, dass er zwar nicht dem hier verbreiteten großen Stamm der „Barkindji" angehöre, sondern einem kleinen, isoliert lebenden, Clan aus der Nähe von Wentworth. Er sei aber ein waschechter Aboriginal. Und was die rötlichen Haare und die hellere Hautfarbe angehe, so gebe es in seinem Heimatdorf etliche Bewohner, die ebenfalls diese Merkmale besäßen. Das habe wohl etwas mit der Herkunft dieser Menschen aus einem anderen Teil Australiens, vermutlich dem „Northern Territory", zu tun. Wir erfuhren, dass das Dorf, aus dem Nick stamme, seit Generationen hier existiere und dass ihre Bewohner, die genauso heißen wie ihr Dorf, nämlich „Mugnugari", eine ganz eigene Kultur pflegen mit anderen Sitten und Gebräuchen als die ortsansässigen „Barkindji." Unbestritten sei das enorme spirituelle Wissen, das die Religionsführer dieses Dorfes innehaben und von Generation zu Generation weitergeben.

Wir erfuhren weiterhin, dass die Dorfgemeinschaft, aus der Nick stamme, sich ihre Tradition und ihre Isolation bis zum heutigen Tag bewahren konnte. Lediglich Nick und seine Cousine, die bei der Stadtverwaltung in Wentworth arbeite, sowie eine Handvoll Stammesmitglieder, die entweder bei den Farmern in der Umgebung oder der Minengesellschaft FMP arbeiten, pendeln zwischen traditionellem und modernem Australien hin und her.

09./10. September 2021, Hainstadt, Deutschland

In dieser Nacht, elf Tage vor Beginn unseres geplanten zweiten Australien-Urlaubs, werde ich gegen 2:30 Uhr durch ein Geräusch geweckt. Ich bin mir zunächst nicht sicher, ob ich das Geräusch geträumt oder ob ich es mit meinen Ohren tatsächlich gehört habe. Dann ertönt ein furchtbar lauter Knall, der sich anhört, als ob jemand eine Scheibe zerschlägt! Ich ziehe mir hastig Hose und T-Shirt an und renne Richtung Wintergarten, aus welcher der Krach hergekommen ist. Ein komplettes Segment aus der Glaswand liegt zertrümmert da. Überall Glassplitter, und vor dem Fenster liegt ein großer Vorschlaghammer. Offensichtlich hat jemand von außen die große Fensterscheibe eingeschlagen. Mein gesamtes bisheriges Leben bin ich vor Einbrechern verschont geblieben – was eine absolute Ausnahme bedeutet, denn in unserer Nachbarschaft gibt es kein einziges Haus, in dem noch nicht eingebrochen worden ist; sei es bei Tag, bei Nacht, mit Wachhund oder Alarmanlage.

Jetzt sind wir dran!? Ich merke, wie das Adrenalin in meinen Körper einschießt. Auf eine solche Situation ist man eigentlich nie vorbereitet. Zunächst lausche ich, ob ich noch irgendein Geräusch wahrnehmen kann, denn von den Einbrechern ist nichts zu sehen und zu hören. Ich zittere am ganzen Leib und frage mich, was die Einbrecher aus dem Wintergarten stehlen wollen oder ob sie hier nur einen Zugang zur Wohnung gesucht haben. Da das Außenlicht – obwohl es an einen Bewegungsmelder gekoppelt – nicht angegangen ist, müssen es die Einbrecher anscheinend weggedreht haben, sodass es nicht funktionieren konnte.

In der ganzen Aufregung habe ich zuerst nicht registriert, dass der größte Gegenstand aus dem Wintergarten fehlt: nämlich der inzwischen zu einer stattlichen Größe von 2,50 Metern herangewachsene kleine „God Tree“, den wir aus dem mitgebrachten Samen gezogen haben. Das Eukalyptusbäumchen ist in den letzten vier Jahren in einem großen Blumentopf aus Ton aufgewachsen. Baum mit Topf und Erde ist mittlerweile so schwer und unhandlich, dass eine einzelne Person nicht imstande ist, ihn wegzutragen. Erst als ich die Haustür aufgeschlossen habe und über den Hof Richtung Straße gelaufen bin, bemerke ich zwei Gestalten, die doch tatsächlich unseren kleinen „God Tree“ hinter sich her schleifen und ihn in einen bereitstehenden VW-Bus T3 laden.

Noch überlegend, wie ich mich verhalten solle – immerhin sind die Einbrecher zu zweit und ich weiß nicht, ob sie bewaffnet sind – geht plötzlich der Rollladen meines Nachbars hoch. Er hat den Krach ebenfalls gehört. Unser Nachbar ist Hobbyjäger und folglich im Besitz von Schusswaffen. Ich verstehe mich gut mit ihm. Manchmal trinken wir ein Bier zusammen und er erzählt mir von seinen Jagderfolgen. Obwohl ich gar nicht gerne Wild esse, bestelle ich mir ab und zu ein Stück Wildfleisch bei ihm, Reh oder Wildschwein. Einfach nur, um sein Hobby zu würdigen und um ihm eine kleine Freude zu bereiten.

Die Anwesenheit meines Nachbarn gibt mir Mut und ich schreie den Einbrechern zu, dass die Polizei gleich einträfe, denn sie sei schon alarmiert. Leider gelingt es ihnen noch, den Baum ins Auto zu zerren und davon zu rasen.

Die kurze Zeit später eintreffenden Polizisten fragten mich, ob der Baum denn so wertvoll sei, dass man wegen ihm einen Einbruch wage. Ich erklärte ihnen, dass der Baum für uns einen hohen ideellen Wert habe, aber ansonsten sicherlich kein Mensch mehr als ein paar Euro für ihn bezahlen würde. Ich verstehe die Welt nicht mehr. Beim Weglaufen haben die beiden Einbrecher ein paar Worte gewechselt. Sie haben eindeutig russisch gesprochen.

Ich muss immer wieder an unseren kleinen „God Tree" denken. Wie liebevoll wir ihn aufgezogen hatten und wie grob die beiden Einbrecher mit ihm umgegangen waren. Ganz automatisch ballt sich meine rechte Faust.

In den Tagen nach dem Einbruch geht mir eine Sache nicht aus dem Kopf: Was wäre eigentlich gewesen, wenn die Einbrecher nicht nur das Eukalyptusbäumchen gestohlen hätten, sondern das ganze Haus nach Wertgegenständen durchsucht hätten. Und was wäre passiert, wenn sie dabei auf uns Hausbewohner gestoßen wären oder gezielt nach uns gesucht hätten? Ich denke an die merkwürdigen Vorfälle und Drohungen in der letzten Zeit. Zwangsläufig kommt mir auch mein Nachbar und seine Waffen in den Sinn, die er zwar in erster Linie für die Jagd angeschafft hat, die man aber natürlich auch anderweitig einsetzen könnte….

Schon früher befasste ich mich mit den Vor- und Nachteilen einer Bewaffnung zur Selbstverteidigung. Als junger Mann wurde ich zum Wehrdienst bei der Bundeswehr eingezogen. Dort lernt man natürlich den Umgang mit Waffen und das Schießen. Regelmäßig ging es auf den Schießplatz. Das Schießen mit Pistole, Gewehr, Maschinenpistole, Maschinengewehr und Panzerfaust wurde zur Routine. Ich wurde zum Wach- und Begleitsoldaten ausgebildet. Mit der Zeit erlangte ich gewisse Fähigkeiten im Umgang mit den Waffen. Ins-besondere das Schießen mit der Pistole Walther P1 und dem Gewehr G3 beherrschte ich irgendwann ziemlich gut und wurde sogar zu einigen Schießwettkämpfen entsendet.

Nach meiner Zeit als wehrpflichtiger Soldat war das Thema Schießen und Schusswaffen für mich nicht mehr von Interesse.

Erst einige Jahre später, in der Zwischenzeit war ich verheiratet und Vater von zwei kleinen Kindern, kam dieses Thema bei mir wieder auf. Jetzt hatte ich nicht mehr nur die Verantwortung für mich selbst, sondern für meine ganze Familie. Von mir wurde, wie von jedem Familienvater, erwartet, dass ich meine Familie nicht nur ernähren, sondern auch verteidigen kann. Im Fernsehen wurde von einem Einbruch berichtet, bei dem eine Frau vor den Augen ihrer Kinder und ihres Mannes von einem bewaffneten Einbrecher vergewaltigt wurde. Ich war damals total schockiert.

Als ein Jahr später in den Medien von einem abscheulichen Fall einer Kindesentführung mit Vergewaltigung und Tötung des Kindes berichtet wurde, besann ich mich auf meine Fähigkeit als guter Schütze bei der Bundeswehr und meldete mich beim Schützenverein an, um dadurch in den Besitz eines Waffenscheins zu gelangen. Das ganze Prozedere dauerte mir aber zu lange.

Deshalb beschloss ich, mir eine Waffe illegal zu besorgen. Das war in der Tat überhaupt kein Problem. Ich wusste aus meiner Zeit als Paketzusteller in Frankfurt (den Job hatte ich früher regelmäßig in den Semesterferien ausgeübt), dass ein Kiosk in der Taunusstraße in der Nähe des Frankfurter Hauptbahnhofs den Ruf hatte, Kontakte zum Milieu zu vermitteln. Dort fragte ich an und mir wurde unbürokratisch geholfen. Die Übergabe der Pistole fand in einer dunklen Seitenstraße im Osthafen statt. Ich musste 500 DM für die Pistole der Firma Glock inklusive 50 Schuss Munition bezahlen. Das war mir die Sache wert.

Es war schon ein erhebendes Gefühl, den Verbrechern dieser Welt jetzt nicht mehr hilflos ausgeliefert zu sein. Ich fühlte mich wie Charles Bronson, Clint Eastwood und Robert De Niro zusammen. Ich machte im Wald Schießübungen und erlangte ziemlich schnell eine gewisse Sicherheit im Umgang mit dieser mir bis dato nicht vertrauten Waffe.

Dieses Gefühl währte allerdings nicht lange. Irgendwann begann ich, meinen Impulsivkauf zu hinterfragen. Ich wusste, dass ich ein guter Schütze war, der nun eine Waffe besaß. Und wenn die Zeit käme, würde ich die Waffe einsetzen, das war mir vollkommen klar. Soweit kannte ich mich. Was aber, wenn ich die Waffe einsetzte, weil ich eine Situation falsch einschätzte oder in einer speziellen Situation, die gar nicht so gefährlich war, überreagierte? Der Gedanke ließ mir keine Ruhe mehr. Schließlich entsorgte ich meine Glock, in Einzelteile zerlegt, über die Mülltonne. Danach konnte ich wieder ruhig schlafen.

Erst jetzt, nach dem Einbruch, kommen in mir Zweifel auf, ob meine damalige Entscheidung klug gewesen ist. – Wehmütig denke ich an meine Glock 27.

31. August 2018, Adelaide, Australien

Das dritte Geheimtreffen fand als Besuch beim Dachverband der Aboriginals „Tasic" statt. Organisiert hatte dieses Treffen wiederum die australische Wirtschaftsministerin Pamela Cormack.

Anwesend waren jeweils ein Vertreter der drei größten Aboriginal-Stämme „Pitjantjatjara", „Arrente" und „Luritja", sowie ein Vertreter des „Barkindji"-Stammes, die im Murray-Darling-Basin beheimatet sind. Ansonsten war nur Brandon Whincup dabei.

Wortführerin war dieses Mal die Wirtschaftsministerin. Whincup hielt sich im Hintergrund.

Pamela Cormack sprach zunächst allgemein über die unbefriedigende Situation der Aboriginals in Australien. Ganz besonders schlimm hätte es jene Ureinwohner getroffen, die heute in den Städten zusammengepfercht leben müssten. Ihre Kinder gingen zwar zur Schule und hätten somit Zugang zu Bildung und Berufsausbildung. In der Regel würden sie aber Tonbemaler oder einfache

Arbeiter, wenn sie überhaupt einer Arbeit nachgingen. Diesen Zustand gelte es zu ändern. Die Ureinwohner müssten stärker in die Berufswelt eingebunden werden mit gutbezahlten Jobs und qualifizierter Arbeit. Gleichzeitig müssten die Ureinwohner die Möglichkeit erhalten, ihre Sitten und Gebräuche auszuleben. Das sei möglich und widerspreche sich nicht. Auf Grund gewisser glücklicher Umstände ergäbe sich aktuell die Möglichkeit für ein riesiges Wirtschaftsprojekt, das nur realisiert werden könne, wenn die Ureinwohner von Anfang an mit eingebunden würden. Dabei würden so viele neue Arbeitsplätze geschaffen werden, dass alle Australier, Ureinwohner wie Einwanderer, davon profitieren würden.

Sie gab das Wort weiter an Whincup, der das Projekt vorstellte, ohne allerdings konkret das Zielmetall zu benennen, um das es letzten Endes ging. Soweit traute er den anwesenden Teilnehmern noch nicht; auch wenn er genau wusste, dass kein Weg an ihnen vorbeiführte. Auch die geplante Pipeline erwähnte er nicht.

Schließlich übernahm die Wirtschaftsministerin wieder die Gesprächsführung: „Das wirtschaftliche Mammutprojekt, von dem wir alle stark profitieren werden, ist aber nicht umsonst zu bekommen“, erläuterte sie. „Es geht dabei auch ums Geld. Das Projekt ist nämlich nur realisierbar, wenn genügend Wasser zur Verfügung gestellt werden kann. In Broken Hill gibt es aber kein Wasser. Die nächsten größeren Wasservorkommen befinden sich im Murray-Darling-Basin. Das Wasser muss mit Hilfe einer Pipeline von dort bis nach Broken Hill gepumpt werden.“

Athan Wanganeen, der Vertreter des „Barkindji"-Stammes reagierte sofort: „Wenn einem ‚Barkindji' das Wasser genommen wird, dann ist es das Gleiche, als nähmen sie ihm das Blut. Sie töten ihn. Und so fühlen nicht nur die ‚Barkindji'. Auch die weißen Menschen werden das spüren. Wir singen dann nicht mehr unsere Lieder. Und wenn wir unsere Lieder nicht mehr singen, verlassen uns die Tiere. Wir lassen die Natur dann einfach sterben. Auch die Regenbogenschlange wird uns verlassen. Und wenn die Regenbogenschlange geht, werden die Flüsse komplett austrocknen. Zurück bleibt dann nur die Wüste."[2]

28. März 2017, Mungo Nationalpark, New South Wales, Australien

Am nächsten Tag trafen wir Nick abermals in der Bar der Mungo Lodge und kamen erneut auf den „God Tree" zu sprechen. Nick erklärte mir, dass der „God Tree" das wichtigste Kultobjekt seines Stammes sei.

„Der Platz um den Baum gilt als heilig und wird für verschiedene Rituale regelmäßig besucht." teilte mir Nick mit und ergänzte: „Außerdem wird an diesem Ort um den ‚God Tree' meditiert und geträumt. Dadurch erschaffen wir Indigenen die Geschehnisse der Traumzeit neu und erhalten sie am Leben." Mein schlechtes Gewissen meldete sich wieder.

Traumzeit

Die Philosophie der Traumzeit ist für Außenstehende schwer zu verstehen. Von Theologen wird sie als eine Art Parallelwelt beschrieben. Sie beinhaltet sowohl die Schöpfungsgeschichte der Welt, also alle wichtigen Ereignisse aus der Vergangenheit, als auch Ereignisse aus der Gegenwart und die Auswirkungen auf die Zukunft. Die Traumzeit der Aboriginals ist somit allgegenwärtig.

Vor vielen Millionen Jahren erträumten schöpferische Ahnen die Erde, die Sonne, die Sterne, den Menschen, die Tiere, die Pflanzen und die gesamte Natur.

Von herausragender Bedeutung war dabei die Regenbogenschlange, die Berge, Täler und Flüsse erschuf.

Auch die Regeln des sozialen Zusammenlebens wurden von Schöpfungswesen festgelegt.

Anders als bei anderen Religionen ist die Traumzeit aber nicht in Stein gemeißelt. Nur der Teil aus der Schöpfungsgeschichte ist festgelegt. Ansonsten gilt: Alles kann sich in alles umwandeln. Somit ist die Gegenwart mit der Vergangenheit und der Zukunft verbunden.[3]

Götter, wie wir sie kennen, gibt es bei den Aboriginals nicht. Von zentraler Bedeutung sind eher gewisse heilige Stätten wie z.B. der Berg Uluru, der Vulkan Wollumsbin, die Berge St.Mary Peak und Kalkajaka.

Aber auch für uns unscheinbare Orte oder Plätze können als heilige Stätte von enormer Wichtigkeit für Aboriginals sein. Als Beispiel sei der Standort eines Eukalyptus-Baumes auf den „Perry Sandhills“ in der Nähe der Stadt Wentworth im Bundesstaat New South Wales genannt. Für die Menschen des ortsansässigen Aboriginal-Stammes ist dieser Baum und seine Umgebung von zentraler Bedeutung. Die europäischen Einwanderer gaben ihm deshalb den Namen „God Tree“.

Die Aboriginals kannten vor der Ankunft der Europäer keine Schriftsprache. Die Traumzeitlegenden wurden mündlich, über Tänze, Lieder und Malereien von Generation zu Generation weitergegeben.

Zeremonien und Rituale werden gepflegt, um den Kontakt zur spirituellen Energie der Schöpfung zu halten. Das kennen wir auch von anderen Religionen. Im Unterschied zu einigen von diesen, wird der Mensch bei den Aboriginals jedoch nicht als die Krone der Schöpfung, sondern als ein Teil des Ganzen betrachtet. Dies erklärt den behutsamen Umgang der Aboriginals mit der Natur und dem unbedingten Willen, diese zu schützen und zu erhalten. Natur bedeutet für Aboriginals in diesem Zusammenhang nicht nur Menschen, Tiere und Pflanzen, sondern auch Berge, Wüsten, Steine, Flüsse und das Meer.

Nach dem Glauben der Aboriginals wurde ihnen als Menschen das Land, auf dem sie leben, nur anvertraut. Es gehört ihnen nicht. Sie dürfen es nur nutzen, und zwar so, dass alle Tiere und Pflanzen dort ebenso leben können wie sie selbst. Dies war in der Vergangenheit so und gilt genauso für die Gegenwart und die Zukunft. Aus diesem Grund darf der Mensch das Land auch nicht ausbeuten oder so verändern, dass ausschließlich der Mensch davon profitiert.

Das Denken und Handeln der Menschen müsse nach Ansicht der Aboriginals vielmehr auf ein Überleben der Erde und ihrer Geschöpfe hin ausgerichtet sein.

– Heutzutage nennen wir das „nachhaltiges Denken" und tun so, als wäre es unsere Erfindung.

Dreiviertel der Aboriginals haben sich heutzutage der westlichen Lebensweise mehr oder weniger angepasst. Ihre Tänze und Gesänge, die früher rituellen Zwecken dienten, werden Touristen gegen Bezahlung vorgeführt. Die Traumzeit ist zum Wirtschaftsfaktor geworden. Nur in wenigen traditionellen Dorfgemeinschaften wird sie heute noch gelebt.

Viereinhalb Jahre später, 30. November 2021,
Psychiatrische Klinik, Zimmer 323, Sydney, Australien

Der männliche Insasse beißt sich die Ader des linken Unterarms auf. Blut fließt. Dieses Blut benutzt der Mann, um die Fensterscheiben mit einer Art „Window Colour" zu verschönern. Die Symbole, die er malt, erinnern an Höhlenmalereien der Aboriginals vor rund 20.000 Jahren.

28. März 2017, Mungo Nationalpark, New South Wales, Australien

„Jede Person einer Aboriginal-Volksgruppe", erklärte uns Nick, „wird in ein sogenanntes ‚Totem' hineingeboren.

Dies bedeutet, er oder sie gehört lebenslang einer Gemeinschaft an, in der alle Mitglieder den Namen eines bestimmten natürlichen Objektes tragen, zum Beispiel eines Tieres, einer Pflanze oder auch Wasser, Sonne, Wolken oder Wind.

Es heißt bei den Aboriginals: Der Mensch ist das Totem und das Totem ist der Mensch. Das Totem ist eine Art Schatten oder Doppelgänger, der seinem Träger lebenslang Orientierungshilfe leistet und Verbindung zur Traumzeit hält.

Das Totem muss lebenslang beschützt werden. Im Falle eines Tieres oder einer Pflanze, darf dieses von Personen aus dieser Totem-Gruppe niemals gegessen, getötet oder ihm irgendein Leid zugefügt werden.

Eine weitere wichtige Funktion des Totems ergibt sich daraus, dass es Gebiete gibt, in denen sich das Totem befindet. Wird ein Kind geboren, so wird es in dasjenige Totem hineingeboren, in dem die werdende Mutter zum ersten Mal spürt, dass sie schwanger ist beziehungsweise in dem sie eine totemistischen Region besucht, mit der Absicht, schwanger zu werden."[4]

Ich fragte Nick, welchem Totem er denn angehöre.

„Ich wurde in das Totem des ‚Guti', des schwarzen Schwans, hineingeboren", antwortete er.

Wir verabschiedeten uns am Abend des zweiten Tages von Nick, tauschten aber zuvor die E-Mail-Adressen und Telefonnummern aus. Nadja erklärte ihm, dass sie ihr dreimonatiges Auslandspraktikum nicht allein deshalb in Australien verbracht habe, weil dies so ein wunderschönes Land sei, sondern hauptsächlich, weil sie unbedingt Erfahrungen im angesehenen „Institute of Anthropology" der Monash University in Melbourne sammeln wollte. Sie plane nämlich nach ihrem Masterabschluss an das „Institut für Populationsgenetik" der ETH Zürich zu wechseln, um dort ihre Doktorarbeit zu schreiben. Auch der Titel der Dissertation stand schon fest und sollte in etwa so lauten: „Untersuchungen zur genetischen Isolierung verschiedener Aboriginal-Stämme mit Hilfe neuer molekular-genetischer Methoden."

Nick schluckte und sagte: „Hört sich ziemlich kompliziert, aber auch interessant an." Nadja erklärte weiter, dass bereits einzelne Haare genügten, um solche Untersuchungen durchführen zu können. Sie zögerte einen Moment. Schließlich traute sie sich und fragte Nick, ob er vielleicht einige Haarproben von Personen aus seinem Dorf, natürlich nur mit deren Zustimmung, einsammeln und ihr zuschicken könnte. Dann hätte sie gleich die ersten Proben zur Untersuchung, wenn sie im neuen Institut anfange. Ganz besonders interessiere sie sich für den Phänotypus der hellerhäutigen Ureinwohner, so wie er selbst einer sei. Davon hätte sie nämlich bislang noch nie etwas gehört oder darüber gelesen. Nick antwortete, er wolle es versuchen, sei sich aber nicht sicher, ob die Dorfältesten das zuließen. Sie seien diesbezüglich nicht gerade weltoffen.

Drei Tage später schickte Nick Nadja eine Whats-App-Nachricht, in der stand, dass die Dorfältesten sich beleidigt gefühlt hätten und wütend geworden waren, als er Nadjas Anliegen vorgebracht hatte. Es tue ihm leid. Er könne ihr leider nicht weiterhelfen.

09. September 2018, Broken Hill, Australien

Whincup traf sich ein paar Tage nach dem letzten Geheimtreffen zum geplanten Großprojekt mit einem seiner Vorarbeiter. Er war seit vielen Jahren mit einem kleinen Bohrtrupp in der Gegend um den Mungo Nationalpark unterwegs, um nach Opalen zu suchen. Der Vorarbeiter war ein Mann der ersten Stunde und begleitete Whincup seit er in jungen Jahren in die Führungsetage von FMP aufgestiegen war. Das Geschäft mit den Opalen war anfangs sehr lukrativ. Über 200 Mann befanden sich in den 90er Jahren im Dienst der FMP auf der Suche nach den Halbedelsteinen. Nach einigen Jahren musste man aber immer tiefer schürfen, wenn man einigermaßen schöne Steine finden wollte. Richtig Geld verdienen kann man heutzutage mit Opalen eigentlich nicht mehr. Der kleine Bohrtrupp, der nur noch aus drei Mann besteht, hat sich eher zu einem Hobby Whincups entwickelt. Mehrmals im Jahr verbringt er einige Wochenenden mit der kleinen Truppe im Busch, um mit Schaufel und Hacke Opale zu suchen. Abends wird am Lagerfeuer Bier getrunken und nachts unter freiem Himmel geschlafen. Viele Australier lieben diese Goldsucherromantik.

„Du bist doch mit deiner Truppe nicht weit weg von Wentworth“, sagte Whincup zu dem Vorarbeiter. „Da gibt es doch in der Nähe dieses Aboriginaldorf, in das wir früher öfters eingekehrt sind.“ Whincup grinste als er das sagte.

„Ja, bis wir von ihrem Karadji Dorfbetretungsverbot erteilt bekamen. Ist eine Ewigkeit her“, entgegnete der Vorarbeiter, ebenfalls grinsend. „Da waren wir noch jung und knackig. War eine schöne Zeit damals.“

„Du hattest mir doch letztens erzählt, dass du immer noch ein paar lockere Kontakte dorthin hättest. Der Karadji von damals ist bestimmt schon lange tot und sein Nachfolger kennt uns ja nicht. Ich denke, es wäre nicht schlecht, wenn wir uns dort ein paar Freunde machen würden, um auf dem Laufenden zu bleiben, was die so treiben. Ich schlage vor, dass du ab sofort einmal die Woche an einem festen Wochentag dort hinfährst, suchst dir ein paar Kumpels, die sich für Whisky interessieren und bringst ihnen jedes Mal ein paar Flaschen mit. Vielleicht können wir ja auch irgendwann mal jemanden für einen kleinen Dienst gebrauchen. Suche und pflege den Kontakt“, wies er seinen Vorarbeiter an.

„Alles klar“, bestätigte der Vorarbeiter grinsend und ergänzte: “Es gibt schlimmere Aufgaben. So schön wie es früher da war, wird es aber vermutlich nicht mehr werden. Dazu sind wir inzwischen zu alt.“

„Muss es auch nicht“, beendete Whincup das Gespräch.

Der Karadji

In den traditionell lebenden indigenen Volksgruppen Australiens, den Aboriginals, gibt es eine Person, die als Hüter des überlieferten spirituellen Wissens einen besonderen Status inne hat. Dieser Mann ist für die Riten des Stammes verantwortlich. Er ist sowohl Medizinmann, Heiler, Priester als auch oberste moralische Instanz und Richter. Von den übrigen Mitgliedern des Stammes wird diese Person wegen ihres Wissens verehrt, aber ebenso auch gefürchtet. Bei den Aboriginals wird diese spirituelle Führungsperson Karadji oder Mekigar genannt. Die englische Übersetzung ist „*Clever-Man*."

Der Karadji fungiert als Vermittler zur Geisterwelt, weil nur er über die entsprechenden magischen Fähigkeiten verfügt, die man hierfür benötigt.

Nur ganz wenige auserwählte Mitglieder eines Stammes erhalten die Möglichkeit, selbst zu einem Karadji zu werden. Hierzu sind Berufung, besondere Befähigungen sowie das Durchlaufen langwieriger komplexer Riten und Prüfungen notwendig.

Nach einigen Jahren erhält der Anwärter von seinem Vater oder dem Vater seines Vaters die Mitteilung, dass der Große Baiame, der Schöpfungsgeist aus der Traumzeit, ihm anvertraut hat, dass er bereit sei, ihn zu treffen.

Bei einem Treffen von Karadji verschiedener Stämme erscheint dann Baiame.

Dieser kann von anderen Personen dadurch unterschieden werden, dass von seinen Augen ein gleißendes Licht ausgeht und aus seinem Mund „Gali", heiliges Wasser, fließt, das als flüssiger Quarzkristall betrachtet wird. Das „Gali" überströmt den Anwärter und dringt in ihn ein. Dies bewirkt den Wuchs von Federn, die sich dann in Flügel verwandeln. Dann singt der Baiame ein Stück Quarzkristall in den Kopf des Anwärters, worauf dieser die Fähigkeit zur Hellsichtigkeit erlangt. So wird es überliefert.

Bevor die Europäer nach Australien kamen, war Baiame immer unter den Menschen. Nach Ankunft der Europäer kehrte er in seine Heimat Kating-ngara zurück. Seitdem erscheint er nur noch zeitweilig, um Karadji-Initiationen beizuwohnen.[5]

Aboriginals sind kein einheitliches Volk. Sie haben höchst unterschiedliche Sitten und Gebräuche. Hinzu kommt, dass heutzutage die meisten von ihnen in Städten leben und ihre ursprüngliche Lebensweise verloren haben. Vom Rest leben viele in Reservaten oder abgeschottet in ihren Dörfern. Folglich gibt es nur wenige gemeinsame Interessen. Dies ist sicherlich der Hauptgrund dafür, dass es im Dachverband der Aboriginals keine feste Hierarchie gibt. Jeder indigene Stamm in Australien stellt ein Mitglied. Dies kann ein Ngurungaeta, ein Stammesführer, oder ein Karadji, ein spiritueller Führer, sein. Die Stadt-Aboriginals sind ebenfalls mit einem Abgesandten vertreten. Auch wenn sich die verschiedenen Stämme nicht immer grün sind und in den Jahren vor der Einwanderung der

Europäer teilweise auf das Heftigste bekriegt haben, sprechen sie heute dennoch von ihrem gemeinsamen Volk und ihrem Land, wenn sie sich von den Einwanderern abgrenzen wollen.

Der größte Stamm der Aboriginals ist der Stamm der „Pitjantjatjara." Zusammen mit dem Stamm der „Yankunytjatjara" und der „Ngaanyatjarra" benutzen diese als Selbstbezeichnung für australische Ureinwohner in der Uluru-Region das Wort „Anangu", was zeigt, dass eine gewisse Verbundenheit zwischen diesen Stämmen besteht und gleichzeitig eine Abgrenzung gegenüber Nicht-Aboriginals existiert. Ganz selten wird aber auch ein Weißer innerhalb einer Aboriginal-Gemeinschaft als „Anangu" eingestuft. Dies ist dann ein sicheres Zeichen der Akzeptanz und der Auserwählte wird als Ihresgleichen angesehen.[6] Marc Trembley, Vorsitzender der internationalen Nichtregierungsorganisation „Society for Human Rights of Indigenious People (SHIP)", genießt dieses seltene Privileg. Und zwar nicht nur bei den Stämmen der „Anangu", auch bei vielen anderen Stämmen, mit denen er im Laufe seiner Jahrzehnte währenden Arbeit in Australien zu tun hatte. Insbesondere zu den im Murray-Darling-Basin lebenden Ureinwohnern pflegt er beste Kontakte.

29. März 2017, Bundesstaat Victoria, Australien

Am frühen Morgen fuhren wir weiter nach Ballarat. Ähnlich wie Broken Hill war Ballarat Mitte des 19. Jahrhunderts ein Zentrum des Goldrausches. Hier fanden Goldgräber einen Gold-Nugget, der ganze 62,85 Kilogramm wog. Im Gegensatz zu Broken Hill füllte man in Ballarat den Abraum meistens wieder in die stillgelegten Minen. Deshalb gibt es hier keine großen Hügellandschaften. Aktuell wird in Ballarat und Umgebung auch keine einzige Mine mehr betrieben. Nach den Erfahrungen mit der Wachmannschaft in Broken Hill verspürte ich keine große Lust mehr in der Gegend spazieren zu gehen. Die Stadt gefiel uns auch sonst nicht sonderlich.

Deshalb lag uns ein Tagesausflug in den Ballarat Wildlife Park näher. Das war eine gute Idee und ein krönender Abschluss unserer Landpartie in Australien. Hier konnten wir nochmals die wichtigsten australischen Tiere sehen, von denen wir die meisten auch auf unserer Tour in Freiheit erleben durften. Selbstverständlich gehörten auch der Flötenvogel und der „Lachende Hans“ dazu.

07. September 2018, Melbourne, Australien

Eine Woche nach dem dritten Geheimtreffen trafen sich die Wirtschaftsministerin und Whincup im Hotel „Grand Chancellor.“ Cormack gab sich kämpferisch: „Eigentlich war nichts anderes zu erwarten gewesen. Die ‚Barkindji‘ haben ja in der Vergangenheit immer nur Stress gemacht, wenn es um Wasserentnahmen ging. Der Premierminister hat mich gewarnt und mir ausdrücklich verboten, weitere Zeit in dieses Projekt zu investieren. Ohne die ‚Barkindji‘

kein Wasser, ohne Wasser kein Projekt, egal wie groß das Projekt ist. Sie haben sein deutliches ‚Basta' ja selbst miterlebt. Wenn er mitbekommt, was wir hier im Hintergrund treiben, kostet mich das meinen Kopf."

„Darüber brauchen Sie sich keine Gedanken zu machen", entgegnete Whincup. „Sie wissen ja: Der Erfolg hat viele Väter. Wenn alles in trockenen Tüchern ist, wird der Premierminister Sie schließlich noch als seine Stellvertreterin berufen."

„In dieser Situation wird es für mich auch nicht leichter", so Cormack, „eine weitere Person zu finden, die einerseits vollstes Vertrauen der Aboriginals genießt und andererseits unser Projekt befürwortet. Mir fällt nur einer ein, der dafür in Frage kommt. Der ist allerdings nicht Ihr bester Freund."

„Ich glaube auch schon zu wissen, wen Sie als Vermittler in dieser verfahrenen Situation vorschlagen werden", entgegnete Whincup und zog dabei eine Grimasse mit spitzem Mund. „Auch wenn er in meinen Augen der größte Blender aus der Idealisten-Szene hier in Australien ist. Wir werden ihn schon überzeugen, wetten?"

„Wie wollen Sie den denn überzeugen?", fragte Cormack.

„Das lassen Sie mal meine Sorge sein", antworte Whincup und grinste.

Knapp drei Jahre später, 12. Dezember 2021

Psychiatrische Klinik, Zimmer 323, Sydney, Australien

Der Patient sitzt in sich versunken am Tisch. Wie üblich redet er nicht mit dem Pfleger, der ihm das Tablett mit dem Frühstück bringt und ihm einen guten Appetit wünscht.

Als dieser sich bückt, um das Tablett abzustellen, springt der Insasse plötzlich auf und stößt den Pfleger so heftig zur Seite, dass er das Gleichgewicht verliert und hinfällt.

Bis der sich aufrappeln kann, ist der Insasse aus seinem Zimmer entwichen und rennt, wie von der Tarantel gestochen, über den Flur in Richtung Treppenhaus. In dem Moment, als er dort ankommt, drückt der Pfleger auf den Alarmknopf. Der Psychiatrie-Patient schafft es gerade noch, über die Treppe aus dem zweiten Stock bis ins Erdgeschoss zu gelangen. Dort jedoch wird er von zwei Wachmännern überwältigt und in sein Zimmer zurückgebracht.

Auf die Frage des Wachmanns, wo er denn so eilig hinwolle, antwortete er:

„Ich will nach Hause." Der Wachmann hakt nach und fragt, wo denn sein zu Hause sei. Der Insasse macht ganz große Augen und denkt eine Weile angestrengt nach. Dann fängt er an zu weinen und antwortet: „Ich weiß es nicht mehr!"

29. März 2017, Ballarat, Australien

Diese Stadt regte uns mit ihren heruntergekommenen Läden und verstreuten Restaurants nicht gerade dazu an, abends auszugehen. Also blieben wir in unserem Hotel und schalteten den Fernseher ein. Es ging um das schwierige Thema der Verdrängung und Auslöschung der Aboriginal-Kultur durch europäische Einwanderer. Marc Trembley, ein Engländer, wurde als Vermittler vorgeschlagen, um dieses emotional beladene Thema voranzubringen.

Als rhetorisch geschulter Redner stellte der Mittsechziger sich als Vorsitzender der internationalen Nichtregierungsorganisation „*Society for Human Rights of Indigenious People* (SHIP)" mit Sitz in London vor. Er dozierte, dass bis 1992 das australische Recht die Gebiete der Aboriginals als „terra nullis" betrachtete, was bedeutete, dass das Land bis zur britischen Besiedlung quasi als unbewohnt angesehen wurde und daher rechtmäßig übernommen werden konnte.

Die Tatsache, dass auf dem australischen Kontinent bereits seit fast 50.000 Jahren Menschen lebten, die ein Recht auf ihr Land hatten, wurde von den Einwanderern schlichtweg ignoriert.

Trembley betonte die enge Zusammenarbeit mit den Aboriginals, um diese bei ihren Bemühungen um die Anerkennung ihres indigenen Landanspruches vor Gericht und im Parlament zu unterstützen.

Des Weiteren hob Trembley hervor, dass seine Organisation sich ausschließlich über Spendengelder finanziere, die er und seine Mitstreiter weltweit einwarben. So konnten zahlreiche Selbsthilfe-Projekte, medizinische Betreuung und rechtliche Unterstützung der Aboriginals in den letzten Jahren forciert werden.

SHIP arbeite in enger Partnerschaft mit den indigenen Völkern, betreibe Bildungs- und Lobbyarbeit und unterstütze die Aboriginals bei ihrem Kampf gegen Landenteignungen und Ausbeutung.

Um den unterdrückten Völkern in Australien helfen zu können, müsse er, wie er in seinen Vorträgen immer wieder betone, zuerst einmal das Vertrauen der indigenen Bevölkerung gewinnen. Dieser Prozess dauere bereits seit fast dreißig Jahren teilweise bis zum heutigen Tag an, weil das Misstrauen gegenüber den weißen Einwanderern in einigen Gruppierungen zu Recht sehr stark ausgeprägt sei.

Im Rahmen dieser Mission habe er sehr viele Stämme australischer Ureinwohner besucht und dabei tiefe Einblicke in das Verständnis für das mystische Naturerleben, die Rituale und Heiligtümer der Aboriginals gewonnen. Von einigen Familien-Clans werde er wie ein Clan-Mitglied behandelt und selbst in rituelle Feierlichkeiten mit einbezogen, so groß sei das gegenseitige Vertrauen.

Seine Arbeit sehe er darin, den Aboriginals dabei zu helfen, in ihrem Heimatland so leben zu können, wie es ihren Vorstellungen entspreche. Kein Volk habe das Recht, einem anderen Volke kulturelle Werte aufzuzwingen, die ihm fremd seien und die es nicht wolle.

Im Streit zwischen der Regierung, den Minengesellschaften sowie den Farmern auf der einen Seite und den Ureinwohnern auf der anderen Seite, wolle er – Marc Trembley – als Anwalt der Aboriginals eine starke Stimme sein, um die Interessen der Aboriginals zu vertreten.

16 Jahre zuvor, 21. September 2001,
irgendwo in der Nähe von Wentworth im Outback des australischen Bundesstaates New South Wales

Drei sehr schlecht gelaunte und wortkarge Männer bringen ein Mädchen in den Busch. Einer von ihnen trägt eine Art Schaufel mit sich. Das Mädchen, es ist vielleicht elf oder zwölf Jahre alt, weint.

„Hier ist die richtige Stelle", legt einer fest. Der Mann mit der Schaufel gräbt ein ca. fünfzig Zentimeter tiefes Loch und fordert das Kind auf, sich dort hineinzusetzen. Das Mädchen schaut den Mann mit der Schaufel mit vor Angst aufgerissenen Augen an.

Der dritte Mann belehrt es: „Wir rufen jetzt für dich die Ahnen. Sprich mit ihnen, wenn du nicht auf uns hören willst. Du hast so lange Zeit bis die Sonne untergeht. Das sind ungefähr zwei Stunden. Du bist hier draußen mutterseelenallein. Da kannst du in aller Ruhe über dein Verhalten nachdenken. Anschließend kommen wir wieder und holen dich ab. Und komme nicht auf die Idee von hier wegzulaufen! Dann findet dich niemand mehr hier draußen."

30. März 2017, Bundesstaat Victoria, Australien
Langsam neigte sich unser Urlaub dem Ende zu und so kehrten wir an diesem Tag zurück nach Melbourne. Das Auto war von unseren Touren derart verdreckt, dass wir es anstandshalber vor der Rückgabe waschen wollten. Wir hielten Ausschau nach einer Waschstraße, fanden aber auf die letzten Kilometer keine. Der Fahrzeuginnenraum war

voller Sand, was sich bei unseren Touren auf zum Teil unbefestigten Straßen nicht verhindern ließ. Obwohl wir das Auto eigentlich in diesem Zustand nicht zurückgeben wollten, blieb uns aufgrund unseres engen Zeitfensters keine andere Wahl. Wir wiesen die Dame der Verleihfirma auf dieses „Missgeschick" hin. Sie lachte nur und sagte, dass wir deswegen kein schlechtes Gewissen zu haben bräuchten. Nach 3000 Kilometern durch Australien sehe ein Auto nun einmal so aus. Der Wagen werde gereinigt, und der Preis hierfür sei im Vorhinein mit einkalkuliert worden.

An unserem letzten Tag in Australien besuchten wir noch die Universität, damit Nadja sich von ihren Kommilitonen und Kollegen verabschieden konnte und genossen noch einen letzten Tag das bunte Leben dieser internationalen Stadt.

Die Zeit bis zum Abflug nutzten wir für einen Museumsbesuch. Das Motto der aktuellen Ausstellung lautete „Kulturen der Welt."

Der Kontakt mit Nick hatte uns einen Einblick in die Welt eines westlich angepassten Ureinwohners gegeben. Wir hingegen hätten auch gerne noch mehr über die rituelle und spirituelle Welt der Aboriginals erfahren, am liebsten sogar ein waschechtes Aboriginaldorf besucht. Deswegen war unser Hunger für dieses Thema noch nicht gestillt und wir freuten uns auf die Ausstellung.

Leider wurden wir enttäuscht. Es wurden sehr viele alte Kulturen dieser Welt vorgestellt. Azteken, Maya, Inka, Assyrer und Sumerer. Die alten Ägypter, die Römer und die Griechen wurden berücksichtigt – aber die waren uns mehr oder weniger vertraut... Der Bogen wurde gespannt bis hin zur Kunst der Moderne. Nur über die Aboriginals und ihre Kultur konnten wir im Museum in Melbourne gar nichts erfahren. Schließlich traten wir am Abend des 31. März 2017 unsere Heimreise an und verließen dieses unglaublich schöne Land.

20. Juni 2006, Ultimo, Australien

In einer Talkshow des australischen Fernsehsenders „ABC", trafen Brandon Whincup und Marc Trembley das erste Mal aufeinander. Es ging um ein sehr ernstes Thema, das immer wieder in Australien für große Unruhe sorgt. Richtig hochgekocht war es aber in jenem Jahr, nachdem der Bericht des australischen Sozialministeriums „Über den sexuellen Missbrauch von Kindern und Jugendlichen unter Aboriginals" publiziert worden war. Nanette Rogers, Staatsanwältin des Bundesstaates „Northern Territory", veröffentlichte die eigentlich vertrauliche Untersuchung aus Frustration über die Untätigkeit der Politiker.[7]

Die Frage dabei war, ob die in diesem Bericht genannten Praktiken mit angeblichen kulturellen Traditionen zu rechtfertigen oder gar zu dulden seien.

Für die meisten Australier (Aboriginals wie Einwanderer) kann man klar sagen, dass sie keinerlei Verständnis dafür hatten, warum dieses Thema überhaupt diskutiert werden müsse.

„Es verstehe sich von selbst, dass all diese Praktiken geächtet, verboten und hart bestraft werden müssten", war der allgemeine Tenor in der Fernsehsendung. In dem veröffentlichten Bericht war von endemischem Kindes- und Jugendmissbrauch die Rede, von Vergewaltigungen und anderweitiger Gewalt gegenüber Frauen und Kindern. Speziell im Bundesstaat „Northern Territory“, in dem viele Aboriginal-Stämme isoliert unter sich lebten, seien archaische Traditionen der Ureinwohner erhalten geblieben,[15] die im 21. Jahrhundert nicht mehr geduldet werden könnten.

Für viele weiße Australier bedeutete dieser Bericht allgemein eine Bestätigung ihres Misstrauens und Hasses gegenüber den Aboriginals, was sich in den folgenden Monaten in offen rassistischen Beleidigungen und sogar Überfällen auf zwei Aboriginaldörfer entlud.

Whincup, selbst Mitglied und Abgeordneter der konservativen Volkspartei Australiens, beschuldigte in der Talkshow seine eigene Partei des Wegschauens und forderte sofortige Maßnahmen, um diese unhaltbaren Zustände zu ändern. Der arrogante Großkotz Whincup, der als der Vertreter für Großkapitalismus und Ausbeutung schlechthin galt, setzte sich an diesem Abend gekonnt für soziale Belange hilfloser Aboriginals in Szene. Er hatte an diesem Tag einen großen Auftritt.

Auch die an diesem Abend anwesenden Aboriginal-Vertreter, bis auf einen, unterstützten sein hartes Vorgehen.

„Oft sind die Täter Männer mit großer Autorität, die ihre Macht missbrauchten, um ihren widerlichen Trieben nachzugeben. Unter traditionellem Recht wären solche Taten in unserem Dorf mit dem Tod bestraft worden“, argumentierte die Dorfälteste eines Aboriginaldorfes in Zentralaustralien.

Nur ein Aboriginal hielt dagegen: Arnuna Wellioo vom Stamm der Manninyara bezweifelte das im Bericht genannte Ausmaß der Taten. Er bestritt jedoch nicht, dass es einzelne Aboriginal-Gemeinden gäbe, in denen auch heute noch gewisse „Traditionen der Männer" gepflegt würden, die es schon immer gegeben hatte und deshalb einfach toleriert werden müssten. Der Moderator der damaligen Talkshow musste die Sendung unterbrechen, so heftig erfolgten die Proteste der übrigen Gäste. Dann meldete sich Trembley zu Wort, der als Aboriginal-Versteher seine Meinung zu diesem heiklen Thema wie folgt darlegte: „Es ist klar, dass die im Bericht genannten Anschuldigungen, sollten sie wahr sein, in keiner Weise zu dulden oder zu entschuldigen seien. Man muss aber auch die äußeren Umstände mitberücksichtigen, in denen die meisten Ureinwohner heute in Australien zu leben gezwungen sind. Er und seine Nichtregierungsorganisation ‚SHIP' sehen den Grund der berichteten Vorkommnisse in erster Linie im Alkoholmissbrauch und der sozialen Verwahrlosung ganzer Dörfer. In vielen Regionen Australiens sind die Wohn- und Umweltbedingungen für die Einheimischen schlechter als in Entwicklungsländern. Ungesunde Ernährung, schlechte Gesundheitsversorgung und Perspektivlosigkeit treibt die Menschen in Situationen, die wir uns in unseren schlimmsten Albträumen nicht vorstellen können."

„Sagen Sie doch gleich, dass wir Weißen an den abscheulichen und widerwärtigen Praktiken mancher AboriginalStämme schuld sind und die armen Aboriginalmänner eigentlich nur Opfer sind und gar nicht anders können, als ihre Kinder und Frauen zu missbrauchen und zu quälen. Ich kann diesen ganzen Sozialmist nicht mehr hören", warf danach Whincup ein und erntete tosenden Beifall in der Sendung. Trembley hatte keinen guten Tag.

31. März 2017, Melbourne, Australien

Auch mir war klar, dass man keine lebenden Tiere oder Pflanzen aus Australien ausführen durfte. Es existiert ein generelles Ausfuhrverbot für alle einheimischen Tiere, ihre Häute, Felle, Eier und Federn. Auch diverse Pflanzen, Pflanzenprodukte und daraus hergestellte Lebensmittel dürfen nicht außer Landes gebracht werden. Streng genommen gehörten auch die Samen des „God Tree" dazu. Da ich sie aber so gerne mit nach Hause nehmen wollte, überlegte ich mir, wo ich sie verstecken konnte und entschied mich für das Handgepäck. Ich verbarg sie in einer Packung mit Papiertaschentüchern. Schließlich waren sie ja sehr klein. Das Versteck war gut gewählt.

Als wir am Flughafen durch die Sicherheitskontrolle gingen, wurden wir alle fünf ausgedeutet und mussten uns einer verschärften Kontrolle unterziehen. Soweit wir das mitbekamen, waren wir die einzigen Passagiere, denen das widerfuhr. Jeder von uns wurde in einer Einzelkabine von Kopf bis Fuß gefilzt. Dann kam das Handgepäck dran und zu guter Letzt wurden in unserem Beisein unsere Koffer geöffnet, komplett ausgeräumt, die Klamotten auseinandergelegt und die Kulturbeutel geöffnet. Jede Verpackung schien von Interesse. Meine Handflächen waren feucht und ich fragte mich, was das Ganze sollte. Warum wurden wir herausgepickt? Wir sahen jetzt nicht unbedingt aus wie die klassischen Drogen- oder Waffenschmuggler oder wie mit internationalem Haftbefehl gesuchte Schwerverbrecher. Dann auf einmal verfinsterte sich die Miene des Mitarbeiters, der die Gesteinsproben in meinem Koffer fand. Er fragte mich was das sei und ich antwortete ihm, dass es Mineralien seien, die ich in Broken Hill eingesammelt hatte. Ich wurde in ein gesondertes Zimmer geführt und von den Grenzbeamten nochmals intensiv befragt. Der Beamte wollte den exakten Entnahmeort von mir wissen und was ich mit den Mineralien vorhätte. Des Weiteren fragte er, ob ich die Mineralien kommerziell verwerten wolle und ob ich sie als Privatmann oder für ein Unternehmen eingesammelt hätte. Nach einer halben Stunde durfte ich gehen, nachdem ich versichert hatte, dass mich die Gesteinsproben rein privat interessierten und ich in niemandes Auftrag arbeitete. Mit nach Deutschland nehmen durfte ich sie allerdings nicht. Ich wurde belehrt, dass es prinzipiell nicht verboten sei, totes Material, zu denen Gestein und Mineralien zählen, außer Landes zu bringen. Ich hätte das Vorhaben aber mindestens 48 Stunden vor Abflug schriftlich anmelden müssen. Es ärgerte mich, dass mir die Proben abgenommen worden waren. Gleichzeitig freute ich mich aber, dass niemand die Samen entdeckt hatte.

Dennoch blieb die Frage in mir zurück, ob das wirklich Zufall war, dass ausgerechnet wir so intensiv kontrolliert wurden?

09. Dezember 2018, Bundesstaat Northern Territory, Australien

Alle Versuche, Trembley als Vermittler mit ins Boot zu bekommen, schlugen fehl, sobald der Name Whincup fiel. Die Wirtschaftsministerin konnte sich bemühen wie sie wollte. Trembley blieb stur. Pamela Cormack gehörte allerdings nicht zu der Sorte Menschen, die sich leicht abschütteln lassen. Sie konnte gut austeilen, aber auch vieles einstecken. Nur eines konnte sie nicht: Verlieren. Wenn sie Trembley nicht selbst überzeugen konnte, dann musste es eben ein anderer für sie tun. Sie hatte längst wieder den Premierminister von der Wichtigkeit des Projektes überzeugen können. Dieser war zu sehr großem Entgegenkommen bereit, was die Rückgabe von kulturell wichtigem Land an die Aboriginals betraf. Das Einzige, was sie ihm versprechen musste, war, dass die Öffentlichkeit erst dann von dem Projekt erfahren sollte, wenn es in trockenen Tüchern war. Er wollte auf keinen Fall große Versprechungen und dann einen Rückzieher machen müssen.

Die Wirtschaftsministerin traf sich mit den Vertretern der „Anangu“ und konnte die Stämme der „Pitjantjatjara“, der „Yankunytjatjara“ und der „Ngaanyatjarra“ davon überzeugen, dass alle Beteiligten zurück an den Verhandlungstisch müssten. Sie wolle zum jetzigen Zeitpunkt nicht zu viel versprechen. Es gäbe aber von Seiten der Regierung Ideen für Wiedergutmachungen, von denen gerade ihre Stämme sehr stark profitieren würden. Schließlich seien sie es ja auch, die in der Vergangenheit besonders stark unter der Einwanderung der Europäer zu leiden gehabt hätten. Sie bat die Stammesvertreter ihren Einfluss geltend zu machen und Marc Trembley als Vermittler und Interessenvertreter aller Ureinwohner Australiens für das anstehende Projekt zu gewinnen.

Trotz Whincups unermüdlicher Bedrängnis zur Eile dauerte es fast ein halbes Jahr bis das nächste Geheimtreffen stattfand. Auch die Vertreter der „Anangu“ mussten viel Überzeugungsarbeit leisten, bis sie Trembley so weit hatten, dass er bereit war sich mit Whincup an einen Verhandlungstisch zu setzen. Whincup war ständig in Sorge, das Geheimnis um das Osmium in den Abraumhalden um Broken Hill könne von irgendjemandem gelüftet werden. Schließlich waren die Chinesen und Amerikaner permanent vor Ort, da seine Firma FMP die Rechte zur Reaktivierung stillgelegter Silberminen zur Gewinnung von Seltenen Erden ja an sie verkauft hatte. Diese durften auf keinen Fall von dem schlummernden Schatz in den alten Abraumhalden Wind bekommen. Erstens war das Land, auf dem sich die Halden befanden, nicht vollständig im Eigentum der FMP, zweitens kam durch die Reaktivierung der stillgelegten Minen ständig neues Abraummaterial hinzu. Hier waren die Eigentumsverhältnisse ohnehin ungeklärt.

01. April 2017, Frankfurt am Main, Deutschland

Nach Zwischenstopp in Doha landeten wir am 01. April 2017 auf unserem Heimatflughafen „Frankfurt Airport."

Wir stimmten alle fünf darüber ein, dass dies die bisher schönste Urlaubsreise unseres Lebens gewesen war.

Zu Hause angekommen bereitete ich eine kleine Kiste vor, die ich mit einem Gemisch aus Gartenerde und Sand füllte. Ich säte meine geschmuggelten Eukalyptus-Samen aus und goss das Substrat vorsichtig, damit der Samen nicht wegschwimmen konnte. Zuerst stand die Kiste im Wohnzimmer auf der Fensterbank. Außer Unkraut keimte erst einmal nichts. Nach ein paar Wochen stellte ich die Kiste auf die Terrasse in die Sonne. Es war inzwischen Mai und in der Sonne schon recht warm. Ich dachte bei mir, das könne nichts schaden. (In Australien ist es ja schließlich auch warm.) Täglich kontrollierte ich mein Kistchen, ob sich zwischen dem Unkraut nicht doch ein Eukalyptuspflänzchen zeigen wollte, wobei ich gar nicht wusste, wie der Keimling überhaupt aussah. Sobald sich an einem Stängel einige Blätter zeigten, zupfte ich ein kleines Blatt ab, zerrieb es zwischen den Fingern und roch daran. Wäre es ein Eukalyptuspflänzchen gewesen, hätte man es am Geruch erkannt. Das hatte ich in Australien mit Blättern von Eukalyptusbäumen mehrfach ausprobiert. Leider stellte sich der erwünschte Erfolg nicht ein. Nach drei Monaten begann ich die Hoffnung auf einen Eukalyptussprössling aufzugeben.

Eine Dokumentation im Fernsehen über Waldbrände in verschiedenen Teilen der Welt, brachte mir den richtigen Input. Der Moderator erklärte, Waldbrände in der Natur hätten durchaus ihre Daseinsberechtigung. Er berichtete von etlichen Baumarten, deren Samen erst dann keimen könnten, wenn die Samenkapseln durch große Hitze aufplatzten. Sinn der Sache sei, dass nach einem Waldbrand der ideale Zeitpunkt für neues Wachstum sei; die alten Bäume, verbrannt und damit als Dünger dienend, machten somit Platz für die nächste Generation Wald.

Das Motto lautet auch hier: *„Das Leben verlangt den Tod.“*

Ich wagte den Versuch – hatte ich diesbezüglich doch nichts mehr zu verlieren. Mit der Flamme meines Gasbrenners ging ich über meine Kiste mit den Samen bis das Unkraut komplett weggebrannt war und nur noch eine schwarze Rußschicht zurückblieb. Ich goss das Ganze vorsichtig und stellte die Kiste zurück in die Sonne. Bereits nach drei Tagen sah man einen winzigen Schössling, den ich nicht als Unkraut identifizieren konnte. Nach ein paar weiteren Tagen kamen zwei winzige Blättchen. Ich war vor Begeisterung ganz aus dem Häuschen! Jeder Besucher, der zu uns kam, musste sich die winzigen Keimlinge anschauen, ob er wollte oder nicht. Nach zwei bis drei Wochen wuchsen erneut zwei Blättchen. Erst als nach weiteren zwei Wochen weitere Blättchen sprießten, traute ich mich, eines davon abzupflücken. Ich wollte den kleinen Baum, wenn es denn einer war, nicht schädigen. Ich wählte bewusst einen Sonntag hierfür aus, damit die Familie zusammen war. Ich zerrieb das winzige Blättchen zwischen den Fingern und jeder durfte daran riechen. Alle strahlten, als sie den zarten Eukalytusgeruch wahrnahmen. Da wuchs unser eigener, kleiner „God Tree" heran!

Wir waren alle so froh, tatsächlich ein lebendes Souvenir aus Australien mit nach Hause gebracht zu haben. Schließlich handelte es sich ja nicht um irgendeinen Baum, von dem wir den Samen gepflückt hatten. Wir sprechen ja immerhin von einem heiligen Baum der Aboriginals mit metaphysischen Kräften. Die Freude über den kleinen Keimling war inzwischen deutlich größer als das schlechte Gewissen gegenüber den Aboriginals, von deren Heiligtum wir eigentlich nichts hätten wegnehmen dürfen. Ich kam mit mir selbst ins Reine, da wir die Tat nicht vorsätzlich, sondern aus Unwissenheit begangen hatten.

Es gingen später noch weitere drei Samen auf, aber nur der erste Sprössling kam durch.

„Aus Asche entsteht Leben. Aus Leben entsteht Asche."

11. Juni 2019, Rapperswil am Zürichsee, Schweiz

Das vierte Geheimtreffen, für das drei Tage angesetzt waren, fand erneut in der Schweiz statt. Whincup hatte ein Flugzeug gechartert, um allen Beteiligten eine äußerst angenehme Anreise zu ermöglichen. Bereits beim Betreten des Flugzeugs fauchte Trembley Whincup an:

„Was soll dieses ganze Brimborium? Hätte man sich nicht einfach an einem Ort in Australien treffen können? Glauben Sie bloß nicht, dass ich mich von Ihrem Luxus beeindrucken lasse!"

„Der Grund für die Verlegung in die Schweiz ist der Premierminister höchstpersönlich, sowie Sie selbst, mein Lieber", entgegnete Whincup. „Das kann ich Ihnen aber erst später erklären."

Neben Whincup waren bei diesem Treffen dabei:

- Juri Novikow als Gesellschaftervertreter der russischen Investorengruppe „Ruda Prom"
- Die australische Wirtschaftsministerin Pamela Cormack
- Der englische Geochemiker Prof. Dr. Paul Walker
- Marc Trembley, Vorsitzender der internationalen Nichtregierungsorganisation „Society for Human Rights of Indigenious People (SHIP)
- Athan Wanganeen als Vertreter des „Barkindji"-Stammes
- Toora Namatjira als Vertreter des Dachverbandes der Aboriginals „Tasic"
- Der russische Wirtschaftsminister Vladimir Kusnezow
- Der australische Premierminister Wayne Johnson (Anwesenheit nur am ersten Tag, anschließend Weiterflug nach London zum Treffen der Commonwealth-Staaten)

Der Premierminister selbst begann mit der Begrüßung: „Meine sehr verehrten Damen und Herren. Zunächst einmal möchte ich alle Anwesenden ganz herzlich begrüßen. Herr Whincup war so freundlich und hat sein Anwesen für die Meetings der kommenden drei Tage zur Verfügung gestellt. Unser Treffen findet auf mein Bitten hin in Europa statt, da ich an der zeitgleich angesetzten Tagung der Commonwealth-Staaten in London teilnehme, das ich von Zürich aus bequem und schnell erreichen kann. Ich selbst werde auch nur heute an unserem Meeting teilnehmen können. Ein früherer Termin war aus verschiedenen Gründen nicht möglich. Und weiter nach hinten wollten wir den Termin auch nicht verschieben. Die Zeit drängt ein wenig. Es bleiben dieses Mal aber drei Tage Zeit, um möglichst alle Dissonanzen zwischen den Teilnehmern auszuräumen. Wir haben heute zwei neue Gesichter in unseren Reihen, über die ich mich ganz besonders freue: Da wären zum einen der russische Wirtschaftsminister Vladimir Kusnezow, der Kraft seines Amtes auch im Aufsichtsrat der Investorengruppe „Ruda Prom" sitzt, und zum anderen Marc Trembley, Vorsitzender der internationalen Nichtregierungsorganisation „Society for Human Rights of Indigenious People (SHIP), ein Mann, der wie kein anderer das Vertrauen der Ureinwohner Australiens genießt und sich für deren Interessen einsetzt.

Bevor ich mit meinem eigentlichen Vortrag beginne, möchte ich noch eine Anmerkung machen: Wir reden in den folgenden Tagen offen miteinander. Eine Geheimhaltung nach außen wird von allen Tagungsteilnehmern vorausgesetzt. Sollte sich irgendjemand von uns nicht daran halten, ist das Projekt gestorben bevor es überhaupt begonnen hat. Alle Teilnehmer, die heute hier anwesend sind, sind extrem wichtig für das Gelingen des angestrebten Projektes und müssen demzufolge auch im Detail wissen um was es geht.

Ich möchte jetzt noch einmal die Beweggründe zum Engagement der australischen Regierung an diesem Projekt darlegen:

Wir haben uns für dieses Projekt einen Namen überlegt. Das Projekt soll ‚*New Australia*' heißen, nicht ‚Modern Australia', nicht ‚Australia 2030' oder ‚Australia 4.0.'

Zwar geht es bei dem, was wir vorhaben, um eine komplette Modernisierung und Erneuerung des australischen Wirtschaftssystems. Anders aber als in den vergangenen Jahren seit der Einwanderung der Europäer nach Australien werden die Ureinwohner dieses Mal nicht überrannt, ausgebeutet und ihrer Kultur beschnitten. Im Gegenteil: Die Aboriginals werden von Anfang an gleichberechtigt in das Projekt mit eingebunden. Am Ende werden zahllose neue Jobs sowohl für die Neubürger Australiens als auch für die Aboriginals geschaffen werden. Und was das kulturelle Erbe der Ureinwohner angeht, kann ich Ihnen sagen: Wir haben aus den Fehlern der Vergangenheit gelernt. Mit Beginn des Projektes ‚New Australia' werden wir nicht nur Neuland betreten, was die zukünftige Ausrichtung unserer Wirtschaftspolitik angeht, wir werden auch das Fundament für eine gemeinsame Koexistenz zwischen Tradition und Moderne in unserem Land komplett erneuern. Dies impliziert auch die Rückgabe von Land an die Ureinwohner, wenn es von besonderem kulturellem Wert für sie ist. Am

Ende werden alle, da bin ich mir hundertprozentig sicher, vollends zufrieden sein. ‚New Australia' wird ein Win-Win Projekt werden!

Australien ist ein Land mit unglaublich großen Vorkommen an Bodenschätzen. Unser Wirtschaftssystem ist darauf ausgelegt, diese Bodenschätze, seien es Metalle, Erze oder Kohle, abzubauen und an andere Länder zu verkaufen, die wiederum mit Hilfe dieser Bodenschätze ihre Industrien betreiben und daraus hochwertige Produkte erschaffen. Mit dieser Wirtschaftspolitik konnte Australien sich in der Vergangenheit bestens entwickeln und alle, bis auf die Ureinwohner, waren zufrieden.

Die Aboriginals allerdings waren (und sind es noch) die Verlierer dieses Systems. Ihnen wurde ungefragt ihr Land und ein Großteil ihrer heiligen Stätten weggenommen, wenn es sich für wirtschaftliche Projekte als rentabel erwies. Die Probleme, die sich für die Aboriginals daraus ergaben, sowie die resultierenden Folgen, sind uns allen hinreichend bekannt.

Bis zum heutigen Tage kam noch keine australische Regierung auf die Idee, die Weiterverarbeitung der Bodenschätze im eigenen Land durchzuführen. Gerade einmal sechs Prozent unseres Bruttoinlandsproduktes erwirtschaftet unsere heimische Industrie. Wir waren bisher immer nur dafür zuständig, dem Rest der Welt die Rohstoffe und die Energie zu liefern. Damit war unsere Aufgabe klar definiert und wir lebten bislang auch gut davon, bis auf die besagten Verlierer dieses Systems. Mittlerweile leben 3/4 der Aboriginals in Städten. Ein Großteil davon unter erbärmlichsten Bedingungen. Ohne feste Arbeit – ihren Stämmen, ihren Clans und ihrer

Tradition entrissen – fristen sie ein jämmerliches Dasein oft in Abhängigkeit von Alkohol und Drogen; und ohne Hoffnung auf ein besseres Leben.

Was ich damit sagen will ist Folgendes: Wir haben eigentlich alles, was man braucht, um eine eigene Industrie in unserem Land aufzubauen. Mit den Aboriginals stehen uns zigtausend Arbeiter zur Verfügung, die nur darauf warten, endlich auch in der modernen Arbeitswelt ihren Platz zu bekommen. Wir verfügen über Bodenschätze und Energie, wir haben endlos viel Platz. Und das Projekt ‚New Australia' zeigt uns Wege auf, einen strukturellen Wandel in unserer Gesellschaft – hin zur Industrienation – finanziell zu ermöglichen, wenn wir die Gewinne aus dem Osmiumabbau, um den es hier geht, in die Entwicklung neuer Schlüsselindustrien in Australien investieren. Die Investoren sitzen heute hier mit am Tisch.

Ganz oben auf der Liste der Investitionen wird hierbei die Entwicklung und Fertigung neuer Brennstoffzellen zur Stromgewinnung stehen. Beginnen wird das gesamte Projekt aber zunächst mit der Gewinnung des hierfür notwendigen Osmiums aus den Abraumhalden um Broken Hill."

Der Premierminister hielt inne.

„Damit alle sehen, dass meine Ausführungen kein leeres Geschwätz sind und dass wir es wirklich ernst meinen, kann ich Ihnen neben anderen Zugeständnissen für die Aboriginals bereits jetzt schon folgenden Punkt aus unserem Projektvertrag nennen:

Am 26. Oktober 1985 erhielten die ‚Anangu' nach langen Vorverhandlungen die Eigentumsurkunde für ihren heiligen Berg – den Uluru. Wenige Minuten später wurde ein Vertrag unterzeichnet, in dem die ‚Anangu' das Land für 99 Jahre an ‚Australian Parks and Wildlife Service' zurück verpachten mussten. Dies bedeutete, dass bis zum heutigen Tag jedes Jahr Millionen von Touristen auf dem größten Heiligtum der Ureinwohner Australiens herum trampeln. Mit Unterzeichnung des Vertrages zum Projekt ‚New Australia' wird dieser Pachtvertrag aufgehoben werden. Ab diesem Tag gehört der Uluru und die gesamte Uluru-Region uneingeschränkt und unwiderruflich den ‚Anangu'."

Diese Ankündigung schlug bei den Anwesenden ein wie eine Bombe.

Die Geschichte des Uluru

In der Zeit, als die nachfolgend beschriebenen Traumereignisse stattfanden, gab es den Uluru als Fels noch gar nicht. Die Gegend war flach wie das übrige Outback. Es existierten lediglich das Uluru-Wasserloch und die Mutitjilda-Quelle als besondere Naturmerkmale. Hier lebte Wanambi, die Regenbogenschlange.

Zur Zeit des Traums bewohnten zwei Volksgruppen das Territorium: Die Mala, das Hare-Wallaby-Volk und die Kunia, die Teppichschlangen-Menschen. Weiter entfernt im Westen lebten die Windulka, das Mulgasamenvolk. Die Windulka planten ein großes Initiationsfest zu feiern, zu dem sie ihre Nachbarstämme einladen wollten.

Sie schickten Panpanpalana, den Glockenvogel, los, um ihnen die Einladungen zu überbringen. Die Kunia freuten sich über die Einladung und sagten sofort zu, dass sie die weite Reise gerne auf sich nehmen würden, um pünktlich zu den Feierlichkeiten zu erscheinen.

Die Mala waren selbst dabei ein größeres Fest vorzubereiten und hatten aus diesem Grund keine Zeit an der Feier des Mulgasamenvolks teilzunehmen. Außerdem hatten sie gerade ein wertvolles Adlerjunges bei sich, das sie den Windulka als Gastgeschenk hätten übergeben müssen, damit diese sich mit dessen Federflaum schmücken könnten.

Als die Kunia sich zur mehrtägigen Reise Richtung Westen aufmachten, übernachteten sie am Uluru-Wasserloch. Hier trafen sie auf die Schläfrigen Echsenfrauen. Diese waren so wunderschön, dass die Kuniamänner sich in sie verliebten und entschlossen sich mit ihnen um die Mutitjilda-Quelle niederzulassen. Die Weiterreise zur Initiationsfeier der Windulka wurde aufgegeben.

Weil die Gäste nicht eintrafen, schickten die Windulka Panpanpalana erneut los, um herauszufinden, warum sie nicht kamen.

Die Kunia entschuldigten sich damit, dass sie erst kürzlich geheiratet hätten. Die Mala reagierten patzig und erklärten, dass sie selbst mit der Vorbereitung von Feierlichkeiten beschäftigt wären. Schließlich wollten sie mit ihrem Fest beginnen.

Als der Glockenvogel den Mulgasamenleuten die Nachrichten überbrachte, waren diese sehr verärgert und beleidigt. Sie beschlossen, dass beide Völker für diese Beleidigungen bestraft werden mussten. Die Karadji beschlossen Kulpunya, einen teuflischen Hund zu erschaffen, indem sie auf dem Boden ein Skelett bildeten, das aus Mulgazweigen, gegabelten Stöcken und Frauenhaar bestand. An das eine Ende wurden Wallabyzähne drapiert, an das andere Ende der Schwanz eines Nasenbeutlers. Anschließend sangen die Karadji so lange spezielle Lieder, bis sie den teuflischen Geist ins Leben gerufen hatten.

Der teuflische Hund Kulpunya war geboren.

Als Kulpunya Uluru erreichte griff er zunächst die Mala an. Viele von ihnen wurden getötet. Der Rest floh nach Südwesten und kehrte nie wieder zurück.

Die größere Bestrafung erfuhren die Kunia in einer gewaltigen Schlacht, zu der die Mulgasamenleute noch befreundete Stämme und Himmelshelden als Verbündete mit einsetzten. Als die Kunia ihren Anführer verloren, fühlten die verbliebenen Stammesmitglieder einen so tiefen Schmerz, dass sie sich um den Leichnam versammelten und sich selbst zu Tode sangen. Dieser Massenselbstmord und die Massaker im Vorfeld verursachten im Erdinnern eine solch massive Bewegung, dass sich daraus der Berg Uluru hervorhob, um dem ganzen Land ein Monument über die Ereignisse der Traumzeit zu setzen.

Seitdem gilt der Uluru bei den Aboriginals als „Heiliger Berg."[8]

12./13. Juni 2019, Rapperswil am Zürichsee, Schweiz

Am zweiten Tag des vierten Geheimtreffens eröffnete Whincup die Gespräche, in dem er detailliert den Hintergrund und den zeitlichen Rahmen des geplanten Projektes vorstellte, da ja einige neue Teilnehmer hinzugekommen waren.

Das Gleiche tat Prof. Walker aus seiner Sicht, in dem er abermals die enorme Bedeutung des seltenen Edelmetalls Osmium für die Entwicklung einer neuen Brennstoffzellengeneration hervorhob.

Dann warb der russische Wirtschaftsminister für das Projekt und betonte die große Erfahrung, die sein Land mit der Erschließung und Gewinnung von Bodenschätzen habe, egal ob diese in Wüsten oder im ewigen Eis lägen.

Als nächstes meldete sich der Vertreter vom Dachverband der Aboriginals zu Wort. Er betonte, dass der Uluru für die meisten Aboriginals der Nabel der Welt und damit das Heiligtum schlechthin sei. Dies gelte auch für Stämme, die geographisch weit entfernt von dem Uluru lebten. Ein Betretungs- und Kletterverbot auf dem Uluru käme endlich den Forderungen der Einheimischen entgegen und sei längst überfällig.

Der Vertreter des „Barkindji"-Stammes Athan Wanganeen saß neben Trembley. Beide tauschten sich mehrfach miteinander aus. Schließlich meldete sich Trembley zu Wort.

Er gab nur ein kurzes Statement ab. Er betonte, dass er von seinen indigenen Freunden darum gebeten wurde, an diesem Treffen teilzunehmen. Es müsse allen Anwesenden klar sein auf wessen Seite er stehe.

Am dritten Tag hatte die australische Wirtschaftsministerin ihren großen Auftritt. Sie überraschte die Anwesenden mit sehr konkreten Plänen zur Einrichtung von neuen Studiengängen an den Universitäten Melbourne und Sydney in den Fächern Geochemie, Chemische Verfahrenstechnik und Elektrotechnik, um gut ausgebildete Naturwissenschaftler und Ingenieure für die anstehenden Aufgaben zur Verfügung zu haben. Dazu gehöre auch, Stipendien für Studierende bereitzustellen, die sonst nicht den Weg zu den Universitäten fänden. Sie denke hier in erster Linie an die Kinder der Aboriginals, sowohl in den Dörfern als auch in den Städten.

Cormack hob hervor, dass sie keinen Geringeren als Prof. Walker gewinnen konnte, die neuen Studiengänge einzurichten und geeignete Bewerber auszuwählen.

Des Weiteren schlage sie vor, dass es für die Rekrutierung der Bergarbeiter klare Anweisungen für die Bevorzugung von ortsansässigen Aboriginals geben sollte.

Sie betonte mehrfach, keine neue Einwanderungswelle nach Australien anstoßen zu wollen – und was den kritischsten Punkt des Projektes angehe, die Bereitstellung des benötigten Wassers und den Bau der Pipeline vom Murray-Darling-Basin bis nach Broken Hill, könne man auch eine Kompromisslösung anbieten: Die Wasserrechte sollten zeitlich befristet, für die Projektdauer von fünfzig Jahren an die Foster Mining Corporation vergeben werden. Danach gehen die Rechte zu 100 Prozent und zeitlich unbefristet in das Eigentum der ortsansässigen „Barkindji"-Stammes über. Ob diese dann, und wenn zu welchen Konditionen, Wasser an die Farmer und Minengesellschaften abgäben, sei dann ganz allein ihre Angelegenheit.

Sofort meldete sich der Vertreter des „Barkindji“-Stammes zu Wort: Auch wenn er von seinem Volk als Bevollmächtigter auserwählt sei, könne und wolle er nicht allein über das Schicksal seiner Leute entscheiden. Er müsse das mit den Ältesten besprechen.

Immerhin verlören die „Barkindji“ ihre Mutter, sollte der Darling oder Murray River trockenfallen.

Anschließend meldete sich Trembley zu Wort: „Die Ureinwohner, egal wo auf der Welt, haben der Natur noch nie ein Leid zugefügt. Und das ist etwas, was man von uns Weißen nicht behaupten kann. Wenn man der Natur so tiefgreifende Veränderungen zumutet, wie Sie sie in Ihrem Projekt planen, dann muss es schon einen sehr triftigen Grund dafür geben. Mag sein, dass das geplante Projekt von so enormer Bedeutung ist, wie Sie es schildern. Aber ob die Aboriginals wirklich so davon profitieren werden, wie Sie es hier darlegen, wage ich zu bezweifeln. Die Vergangenheit hat uns gelehrt, dass gerade in Australien von den vielen Versprechungen, die den Ureinwohnern bei Landkäufen, -tausch und Umsiedlungsaktionen gemacht wurden, am Ende wenig Positives für die Aboriginals übrigblieb. Ich kann es auch anders ausdrücken: Ich glaube Ihnen einfach nicht. Da müssten Sie schon in Vorleistung treten, um mich zu überzeugen.

Und noch etwas muss ich an dieser Stelle loswerden. Diese ganzen Ankündigungen, die indigene Bevölkerung in die Wirtschaft mit einzubinden, ihnen eine Berufsausbildung zu ermöglichen und eine Perspektive für die Zukunft zu geben, also ihnen viel Gutes zu tun, erinnert mich ein bisschen an das letzte Mal, als unsere weiße Vorgängergeneration schon einmal so ähnlich argumentierte.

Sie wissen was ich meine. Ich glaube Ihnen, dass Sie dieses düstere Kapitel der jüngeren australischen Geschichte nicht wiederholen möchten. Ich will lediglich daran erinnern, dass man die Menschen, die es betrifft, auch fragen muss, ob sie diese Art von Hilfe, wie Sie sie anbieten, überhaupt wollen."

Die gestohlenen Generationen – Stolen Generations

Von 1910 bis in die 1970er Jahre wurden in Australien schätzungsweise bis zu 100 000 Kinder der Aboriginals von ihren Familien getrennt, um ihnen in staatlichen Heimen, Missionsstationen oder bei Pflegefamilien die Werte der europäischen Einwanderer zu vermitteln. Anders ausgedrückt kann man auch sagen, dass die europäischen Immigranten der einheimischen Bevölkerung ihre Kinder stahlen, um sie nach europäischem Vorbild zu erziehen. Die Kinder verloren den Kontakt zu ihren Angehörigen, ihre familiäre Geborgenheit, ihre Kultur und ihre Identität.

Die offizielle Begründung für den Kindesraub war, die Kinder aus ihrer Armut und Zukunftslosigkeit zu retten. Sie sollten Schulbildung genießen und eine Berufsausbildung erhalten. Die Praxis allerdings sah meistens anders aus: Sie wurden häufig kaserniert, missioniert und nach europäischen Wertevorstellungen umerzogen. Sobald die Kinder 13 bis 14 Jahre alt waren, wurden die Mädchen in Privathaushalten untergebracht; die Jungen mussten für einen Hungerlohn auf Farmen arbeiten.

Es gab sicherlich viele Europäer in Australien, die daran glaubten, den Aboriginals mit den Zwangsmaßnahmen tatsächlich helfen zu können. Im Grunde genommen ging es aber darum, die Kultur und den traditionellen Lebensstil der Indigenen auszumerzen und ihnen den Lebensstil der Europäer aufzuzwingen.

Das hatten Missionare zu Beginn der Kolonialisierung mit ihren Missionierungsversuchen bereits versucht. Sie scheiterten aber daran, dass die erwachsenen Aboriginals sich nicht missionieren ließen. Sie waren einfach zu fest in ihrem Glauben mit der Traumzeit verwurzelt. Selbst unter Druck und Gewalt waren sie nicht bereit, den christlichen Glauben anzunehmen. Also versuchte man, über die Kinder weiterzukommen.

Viele der gestohlenen Kinder litten und leiden als Erwachsene bis heute unter ihren traumatischen Erfahrungen aus dieser Zeit. Die Folgen kennen wir alle: Viele flüchteten sich in Alkohol oder Drogen, weil sie ihr Leben einfach nicht mehr ertragen konnten.

Auch die Eltern, die ihrer Kinder beraubt wurden, hatten ein schweres Los. Manche suchen bis zum heutigen Tag nach ihren Kindern und leiden unter schweren Traumata. Heute wird geschätzt, dass zehn bis dreißig Prozent der Aboriginalkinder in dieser Zeit von ihren Eltern getrennt wurden. Erst ab 1980 gab es behördliche Unterstützung, die getrennten Familien wieder zusammenzuführen und den gestohlenen Kindern zu helfen, ihre Eltern und Verwandten überhaupt zu finden (Family Tracing).

1997 veröffentlichte die australische Menschenrechtskommission den Abschlussbericht über die Familienzusammenführung in ihrem „Bringing them Home-Report."

Seit 1998 wird der 26. Mai als „National Sorry Day" gefeiert, um an die Wunden der Vergangenheit zu erinnern.

Danach dauerte es noch bis zum 13. Februar 2008 bis sich der damalige Premierminister Kevin Rudd in seiner berühmten Rede „über die gestohlenen Generationen" vor dem australischen Parlament für die Kindesentführungen und die Massaker seitens der britischen Kolonialregierung offiziell bei den Aboriginals entschuldigte.

14. Juni 2019, Rapperswil am Zürichsee, Schweiz

Am Abend vor dem Rückflug nach Australien passte Whincup Trembley ab, als dieser einen Moment alleine war.

„Ein bisschen mehr Kooperationsbereitschaft hätte ich von Ihnen schon erwartet", sprach er ihn an. „Ich stehe nicht auf Ihrer Seite und das wissen Sie.

Warum sollte ich mich also für Ihr Projekt einsetzen?", fauchte Trembley.

„Schauen Sie", fuhr Whincup fort. „Ich weiß, dass Sie uns helfen werden", und grinste süffisant. „Ich habe mir für uns beide etwas überlegt. Man könnte es als Anreiz betrachten, um Ihr Engagement etwas zu steigern. Das ist eine Sache, die ausschließlich uns beide etwas angeht. Es gibt nämlich noch einen zweiten Grund, warum ich mich für unser Treffen hier in Zürich stark gemacht habe. Ich wollte Ihnen auch dieses schöne Anwesen zeigen. Ich habe es vor 15 Jahren für 2,5 Millionen Schweizer Franken erstanden. Die Immobilienpreise in den Top-Lagen am Zürichsee sind die teuersten in ganz Europa. Das war damals geradezu ein Schnäppchen. Ich habe die Gebäude nach dem Stand der Technik modernisiert. Glasfasertechnik, Wärmeschutzisolierung, modernste Heiztechnik mit Solaranlage, Photovoltaik, Notstromversorgung, Wasserversorgung mit eigenem Brunnen und eine moderne Filteranlage wurde installiert. Der Park wurde unter Einbeziehung des alten Baumbestands neu angelegt und Sicherheitstechnik verbaut, von der unser Premierminister an seinem Amtssitz in Canberra nur träumen kann. Mittlerweile ist das Anwesen wahrscheinlich das Doppelte oder Dreifache wert."

„Und?", fragte Trembley.

„Dieses Anwesen gehört Ihnen, wenn die ‚Barkindji' den Projektvertrag unterschreiben", fuhr Whincup fort.

Trembley schaute Whincup verwirrt an, überlegte einige Sekunden... und schluckte.

15. Juni 2019, Bundesstaat New South Wales, Australien

Als das Flugzeug mit den Teilnehmern des vierten Geheimtreffens nach 23 Stunden Reisezeit Australien erreichte, sah man schon von Weitem, dass enorme Buschbrände westlich von Sydney wüteten.

Schwarze Rauchschwaden umhüllten riesige Gebiete und Tierströme rannten, flogen und krochen vom Feuerherd weg. Buschbrände sind an sich nichts Ungewöhnliches in Australien, sie sind sogar ein wichtiges Glied in der Ökologie des australischen Kontinents. Ungewöhnlich allerdings war, dass das Feuer im australischen Winter ausgebrochen war; normal passierte es im Sommer oder Herbst. Auch das immense Ausmaß der Buschbrände war ungewöhnlich.

22. Juni 2019, Bundesstaat New South Wales, Australien

Die „Barkindji"-Ältesten, ihr Vertreter Athan Wanganeen sowie Marc Trembley trafen sich eine Woche nach dem Treffen in Zürich in einem Aboriginaldorf in der Nähe von Hatfield. Wanganeen berichtete von dem geplanten Projekt und dem geplanten Pipelinebau. Wanganeen sprach auch von der versprochenen vorzeitigen Rückgabe des Uluru an die „Anangu" und die Einbindung der Ureinwohner in das geplante Projekt.

Die „Barkindji"-Ältesten hörten sich alles in Ruhe an und zogen sich schließlich zu einer mehrstündigen Beratung zurück.

Ihr Sprecher gab schließlich das Ergebnis ihrer Beratung bekannt: „Die Rechte an unseren Flüssen wurden bereits eingeschränkt. Wir wurden dazu gezwungen, Wasser an die weißen Farmer abzugeben. Niemals werden wir einer weiteren Wasserentnahme zustimmen."

Was den offiziellen Teilnehmern der Geheimtreffen nicht bekannt war, wusste Trembley: In der Nähe von Wentworth existiert ein zweiter Aboriginal-Stamm, der keinerlei Beziehung zu den „Barkindji" unterhält. Dieser isoliert lebende Stamm stellt eine eigene Ethnie dar mit eigener Sprache und eigenen archaischen Bräuchen. Er bewohnt lediglich ein einziges Dorf mit dem Namen „Mugnugari". Der Stamm selbst trägt den gleichen Namen wie das Dorf. Das Gebiet, das diesem Stamm von der Regierung einst zugesprochen worden war, umfasste gerade einmal 200 Quadratkilometer, allerdings mit verbrieften Wasserrechten und Zugang zum Murray River. In „Mugnugari" gab es zwar einen Dorfvorsteher und einen „Ältesten-Rat", das Sagen hatte aber ausschließlich ihr Religionsführer, der Karadji. Das wusste Trembley. Er kannte den Mann und wusste auch, was sein größter Wunsch war: Was den „Anangu" der „Uluru", war den „Mugnugari" der „God Tree". Die „Perry Sandhills", auf denen dieser Baum wuchs, waren die wichtigste Kultstätte ihres Stammes. Leider befanden sie sich nach der Einteilung der Hoheitsgebiete durch die Regierung nicht mehr unter der Kontrolle der „Mugnugari". Dies hatte zur

Folge, dass auch diese wichtige Kultstätte von zahlreichen Touristen besucht wurde, die sich hier – wissentlich oder unwissentlich – nicht so benahmen, wie es einer uralten Kultstätte gebührte.

Die Wirtschaftsministerin erklärte: „Das Gelände um die ‚Perry Sandhills' gehört zum kommunalen Eigentum der Stadt Wentworth. Es wird kein Problem sein, dieses Gebiet in weitere Verhandlungen mit einzubeziehen.

Die ‚Barkindji' werden toben, sollte dieser Deal tatsächlich zu Stande kommen. Mit den ‚Mugnugari' und ihren merkwürdigen Bräuchen wollten die noch nie etwas zu tun haben, wurde mir zugetragen. Und jetzt gräbt möglicherweise dieses Zwergen-Dorf ihnen das Wasser ab beziehungsweise erlaubt es zumindest. Rein rechtlich gesehen ist das aber alles in Ordnung. Wir brauchen nicht die Zustimmung der ortsansässigen Aboriginals zu unserem Projekt, wir brauchen die Genehmigung zur Wasserentnahme aus ihrem Fluss, egal von wem. Ich wünsche Ihnen viel Erfolg Herr Trembley. Am Ende werden auch die ‚Barkindji' von unserem Projekt profitieren. Sie allein haben es in der Hand, ob ‚New Australia' doch noch realisiert werden kann."

04. Juli 2019, Bundesstaat New South Wales, Australien

Die Dorfältesten, der Karadji sowie Marc Trembley trafen sich in dem Dorf „Mugnugari" in der Nähe der Stadt Wentworth. Trembley berichtete von dem geplanten Projekt und dem geplanten Pipelinebau. Er sprach auch von der vorzeitigen Rückgabe des Uluru an die „Anangu" und dass dies ebenso mit dem „God Tree" und den „Perry

Sandhills“ geschehen könne, wodurch die „Mugnugari“ ihre Kultstätte unter eigener Kontrolle hätten und den Zugang von Fremden unterbinden könnten.

Die Dorfältesten und der Karadji hörten sich alles in Ruhe an und zogen sich ebenfalls zu einer Beratung zurück.

Nach einer Weile fasste der Karadji das Ergebnis zusammen:

Er erklärte Trembley, dass in der Traumzeit, vor der Besiedlung des Kontinents, die Himmelshelden gezwungen waren, sich großen Veränderungen zu stellen. Im heutigen Outback habe es riesige Seen gegeben und die gesamte Region sei fruchtbar gewesen. In jener Zeit habe es drei Himmelshelden gegeben, die als riesige Beuteltiere (Kadimakara genannt) in den Baumkronen von Eukalyptusbäumen gut gelebt und auch gut und reichlich zu fressen gehabt hätten. Dennoch konnten sie dem frischen Gras am Boden nicht widerstehen und kletterten von ihren Bäumen herab, woraufhin diese drei Bäume eingingen. Am Himmel seien durch den Verlust der drei Bäume kleine Löcher entstanden, die, sich vergrößernd, am Ende ein riesiges Loch bildeten, das „Puri Wilpanina“ genannt wird. In den nachfolgenden Jahrtausenden wäre als Folge davon das Land abwechselnd von Dürreperioden und Überschwemmungen zerstört worden. Die Zeit der großen Fülle war vorbei, weil die drei Kadimakara beschlossen hatten, ein besseres Leben führen zu müssen, obwohl sie gar keine Not litten.[9] Aus dieser Lektion hätten alle Aboriginals gelernt.

Der Karadji betonte, er versuche Kontakt mit Baiame aufzunehmen und um ein Zeichen zu bitten. Das könne aber dauern.

26. Oktober 2019, Berg Uluru, Bundesstaat Northern Territory, Australien

An diesem bedeutsamen Tag trat das historische Verbot zur Besteigung des Uluru in Kraft. Seitdem hat der Berg seine Ruhe vor Tausenden von Touristen, die ihn jedes Jahr erkletterten, um schöne Urlaubsfotos mit nach Hause zu bringen. Die Regierung hatte ihren Worten Taten folgen lassen. Die Marke war gesetzt!

Zwei Jahre später, 08. Januar 2022
Psychiatrische Klinik, Zimmer 323, Sydney, Australien

„Weswegen sitzt der Typ eigentlich bei uns ein? Hat er etwas verbrochen?“, will die neue Pflegerin von dem Stationsleiter wissen.

„Er hat einen Aboriginal mit dem Speer getötet. Aber nicht irgendeinen, das Opfer war ein Karadji“, antwortet der Vorgesetzte.

„Ein Rassist?“, fragt die neue Pflegerin weiter.

„Nein. Der Ermordete war sein Freund“, erklärt der Stationsleiter und fährt fort: „Deshalb ist er ja hier bei uns und nicht im Gefängnis.“

„Okay, verstehe“, gibt sich die neue Pflegerin zufrieden.

August 2019, Australien

Das Zeichen von Baiame kam schneller als erwartet. Die Buschbrände entwickelten eine bis dato nicht bekannte Eigendynamik und übertrafen alles, was Australien in den letzten 150 Jahren jemals an Feuer erlebt hatte.

Wissenschaftler vermuteten, dass die Klimaerwärmung das Entstehen dieser großflächigen Brände begünstigt hatte. In Sydney, New South Wales und Victoria wurde der Ausnahmezustand verhängt. Auch die Bundesstaaten Queensland, Australien Capital Territory, South Australia, Western Australia, Tasmanien und Northern Territory waren betroffen. Insgesamt verbrannten 126.000 km^2 Buschland und Wald. Der Buschbrand begann im Juni 2019 und dauerte bis Ende März 2020. Mehr als 20 Prozent der bewaldeten Fläche Australiens fiel dem Feuer zum Opfer. Es wird geschätzt, dass eine Milliarde höhere Tiere in den Flammen verendeten. Mehr als 400 Menschen verloren ihr Leben durch direkten Flammentod oder starben durch Rauchvergiftung; mehr als 3000 Häuser verbrannten. Über 200.000 Menschen mussten vorübergehend evakuiert werden. Selbst Regenwälder, in denen es üblicherweise nie zu Waldbränden kommt, waren von dem Feuer betroffen. Das Militär wurde zur Unterstützung der Feuerwehren eingesetzt. Über 3000 Reservisten wurden mobilisiert. Selbst ausländische Feuerwehren halfen bei der Bekämpfung der Brände. Spezialeinheiten aus Neuseeland, der USA, Kanada und Singapur, Malaysia, Japan und sogar aus den Vereinigten Arabischen Emiraten unterstützten die einheimischen Kräfte in ihrem Kampf gegen die Flammen.[10]

18 Jahre zuvor, 22. September 2001
irgendwo in der Nähe von Wentworth im Outback des australischen Bundesstaates New South Wales

Das Mädchen sitzt frierend und völlig verängstigt in der Grube neben dem Billabong. Es erschreckt sich fast zu Tode als circa 15 Minuten, nachdem es ausgesetzt worden war, eine Gestalt auftaucht und auf sie zukommt. Der große Mann, von Kopf bis Fuß mit rotem Ocker bemalt, trägt eine Maske. Er ist der Gruppe heimlich gefolgt und hat abgewartet bis die drei Männer weg waren.

07. Oktober 2019, Aboriginaldorf „Mugnugari", New South Wales, Australien

Der Karadji erklärte den Stammesmitgliedern der „Mugnugari", dass das große Buschfeuer, das aktuell in Australien wüte, von der Regenbogenschlange gelegt worden sei, um die Menschen zu bestrafen, die die aus der Traumzeit überlieferten Traditionen nicht befolgten. Die weißen Einwanderer würden tun und lassen, was sie wollten.

„Sie entnehmen den beiden Hauptflüssen der Region, dem Murray River und dem Darling River, viel zu viel Wasser für ihre Viehzucht", fuhr der Karadji fort. „Die Flüsse vertrocknen immer mehr und die Regenbogenschlange musste sich in den Wurzeln unseres uralten Eukalyptusbaumes in den „Perry Sandhills" verkriechen, den wir alle verehren. Und jetzt wollen sie auch noch Wasser für den Bergbau abpumpen. Das dürfen wir niemals zulassen."

„New Australia" wankte.

Anfang 2020, Hainstadt, Deutschland

Ich verfolge die täglichen Horrormeldungen über das Ausmaß der Buschbrände von Deutschland aus. Die Feuer kommen jenen Regionen immer näher, die wir bei unserem Australienurlaub besuchten. Ganz besonders mache ich mir um den „God Tree" in den „Perry

Sandhills“ Sorgen. Der Baum steht zwar isoliert in den roten Sanddünen, aber durch Funkenflug kann ein Feuer bei extremer Hitze auch über eine gewisse Distanz weiterverbreitet werden. Ich speziell will unbedingt wissen, ob dieser mystische Eukalyptusbaum noch lebt oder ob auch er ein Opfer der Flammen wurde. In diesem Fall wäre ich sogar bereit, unseren kleinen „God Tree“ irgendwie nach Australien zu verschicken, um ihn an der gleichen Stelle einzupflanzen, wo sein Ahne einst wuchs. Ob das allerdings technisch umsetzbar wäre, sei dahingestellt.

Aber wie soll ich herausfinden, ob der „God Tree“ noch existiert und wen soll ich ansprechen? Zum Glück gibt es heute das Internet. Ich schaue also nach, welche Stadt am nächsten zu den „Perry Sandhills“ liegt und finde auf der Homepage der Stadt Wentworth eine E-Mail-Adresse des Tourismusbüros. Dort schreibe ich hin und frage nach, ob mir jemand bei meinem Anliegen helfen könne. Ich berichte von unserem Australienurlaube 2017 und unserem Besuch der „Perry Sandhills“. Ich denke noch bei mir, der Empfänger meiner E-Mail könne meinen, der Typ, der vom anderen Ende der Welt nach einem Baum fragt, spinne wohl?

Zu meiner Überraschung erhalte ich bereits am nächsten Tag von einer Mitarbeiterin namens Tracey eine sehr konkrete und freundliche Antwort. Die Dame informiert mich darüber, dass die Buschfeuer zum Glück nicht ihre Stadt und auch nicht die Gegend um die „Perry Sandhills“ erreicht haben – aber es habe dazu nicht mehr viel gefehlt. Ihre Antwort-E-Mail schließt sie mit dem Satz:

„Ich hoffe, dass wir uns eines Tages persönlich kennenlernen, vielleicht bei Ihrem nächsten Besuch des ‚God Tree' in der Nähe von Wentworth?"

Eine Woche später erhalte ich zu meiner Überraschung wieder eine Nachricht von Tracey. Im Anhang schickt sie ein Foto, das sie am Sonntag zuvor aufgenommen hat. Es zeigt – zu meiner Freude – den „God Tree" in seiner vollen Pracht!

Von nun an ist der Kontakt hergestellt und sie fragt nach, wo wir denn während unserer Reise 2017 überall in ihrer Umgebung unterwegs gewesen seien. Ich schicke ihr unsere Reiseroute, aus der ersichtlich ist, dass wir auch im Mungo Nationalpark gewesen sind. Tracey fragt daraufhin, ob wir auch die „Walls of China" besucht haben und ob ich noch wisse, welcher Guide uns hierbei geführt habe. Es interessiere sie zum einen, weil sie in der Tourismusbranche arbeite und auch diese Tour in den Mungo Nationalpark empfehle und zum anderen, weil sie einen Cousin habe, der eben dort entsprechende Führungen mache. Ich schreibe ihr begeistert von unserem sympathischen Guide namens Nick, der uns sehr kompetent diese einzigartige Formation gezeigt und ihre Entstehung erklärt hat.

Die Antwort von Tracey kommt prompt.
„Ja", lese ich, „Nick ist mein Cousin."

13. Oktober 2019, Australien Capital Territory, Australien

An einen schnellen Vertragsabschluss des Projektes war in der gegenwärtigen Lage nicht zu denken. Die Zeichen, die der Baiame gesandt hatte, waren zu eindeutig. Da konnte auch Trembley nicht helfen. Die Frage war nur: Wie lange konnte das Geheimnis um das Osmium noch gewahrt werden? Die Zeit lief. War das größte Wirtschaftsprojekt Australiens zum Scheitern verurteilt, weil die Buschbrände in diesem Jahr so verheerende Ausmaße angenommen hatten?

„Realistisch betrachtet müssen wir vermutlich ein bis zwei Jahre warten bis die Buschbrände aus dem Fokus der Öffentlichkeit geraten sind. Bis dahin muss Trembley den Karadji der ‚Mugnugari' umstimmen, koste es, was es wolle. Ich bin überzeugt davon, dass er das schafft", sagte Whincup zur Wirtschaftsministerin am Telefon. „Ich hoffe nur, dass es bis dahin nicht zu spät ist."

Sommer 2020, Hainstadt, Deutschland

Eigentlich planten wir unsere zweite Reise nach Australien für den Herbst 2020, also zum Frühling in Australien. Tracey hatte uns bereits eine ungemein attraktive Route zusammengestellt, bei der wir sowohl unsere Lieblingsziele von der ersten Reise, als auch neue Ziele, insbesondere in Zentralaustralien und um die Uluru-Region, miteinander verbinden können. Sie teilte uns mit, dass sie Nick gefragt habe, ob er sich noch an uns erinnern könne und er habe geantwortet:

„Klar. Das sind doch die, die Samen von unserem ‚God Tree' mit nach Deutschland genommen haben und versuchen wollten, einen kleinen ‚God Tree' daraus zu ziehen. Nick fragte nach, ob des geklappt habe und wann wir planten zu kommen. Er freue sich sehr, uns wiederzusehen. So schickte ich ein Foto von unserem kleinen „God Tree", der in der Zwischenzeit ja über zwei Meter groß geworden ist. Nick war begeistert.

Tracey teilte ich mit, dass ich auf alle Fälle auch noch einmal nach Broken Hill wolle. Nicht, weil es dort sehr schön gewesen sei, im Gegenteil….

In diese angeranzte Bergbaugegend muss man kein zweites Mal eine Sightseeing-Tour starten. Nein, mir ging es darum, ein paar Gesteinsproben für meine privaten Untersuchungen zu entnehmen, weil mir diese bei der letzten Reise am Flughafen weggenommen worden waren. Diesmal würde ich mich rechtzeitig um die Formalitäten kümmern.

Aber so ist das mit dem Urlaubspläne schmieden… Leider machte uns die weltweite Corona-Pandemie einen Strich durch die Rechnung. So mussten wir die Reise in den Herbst 2021 verschieben, in der Hoffnung, dass durch die weltweiten Impfungen bis dahin wieder Normalität im internationalen Reiseverkehr herrscht.

05. Oktober 2021, Hainstadt, Deutschland

Zwei Wochen vor unserer Abreise gehen wir nochmals die Reiseroute für unseren zweiten Australienurlaub durch. Dabei fällt mir ein, dass das Mineralieneinsammeln in Broken Hill bei unserem ersten Australienurlaub ja nicht ganz ungefährlich für mich gewesen war. Wir überlegen gemeinsam, ob wir nicht jemanden vor Ort beauftragen könnten, diesen Job für mich zu erledigen. Am geeignetsten erscheint uns jemand, der die Gegend kennt und weiß, wo und wie man ein paar Gesteinsproben einsammelt, ohne mit dem Wachpersonal und seinen Hunden zu kollidieren. Ich erinnere mich an die abgewrackte Stadt mit den auf Touristen wartenden Gelegenheitsarbeitern. Sie boten Dienstleistungen wie Autowaschen, Auto bewachen, Einkaufen, aber auch Dienste als Stadt- oder Wanderführer an. Sabine kommt auf die Idee, man könne ja bereits jetzt, also vor Beginn unseres Urlaubs, in unserem Hotel in Broken Hill anrufen und fragen, ob sie einen der arbeitssuchenden Leute von der Straße losschicken, um für uns die Gesteins- und Mineralproben einzusammeln. Ich bezweifle, dass das klappen könne, werde aber eines Besseren belehrt.

So erkläre ich dem Hoteldirektor, dass insbesondere metallisch glänzende und farbige Mineralien und Steine eingesammelt werden sollen und weise nochmals auf meine Erfahrungen mit den Rottweilern hin. Wir einigen uns darauf, dass ich dafür 100 australische Dollar an das Hotel überweise. Er wolle dann jemanden losschicken, sobald das Geld eingetroffen sei. Die entnommenen Proben übergäbe er uns dann, wenn wir in Australien seien und zur Übernachtung in sein Hotel kämen. Das gefällt uns allen als die beste Vorgehensweise. Sollte der Plan nicht aufgehen, müsste ich mich nochmals selbst auf den Weg machen. Dann aber nicht ohne Hundeabwehrspray.

13. Oktober 2021, Broken Hill, Australien

Eine Woche vor Beginn unseres geplanten zweiten Urlaubs in Australien wird Whincup vom Leiter seiner Sicherheitsfirma informiert, dass der Wachmann einen ortsansässigen Aboriginal dabei erwischt habe, wie er Steine von den Abraumhalden in seinen Rucksack packte. Als der Wachmann ihn fragt, was er damit wolle, antwortet dieser, dass er einen Auftrag für den Hotelier vom „Comfort Inn Hotel" durchführe. Der Wachmann bringt den Mann in das Hotel, um die Sache aufzuklären.

Als der Wachmann wissen will, wer denn der Gast sei, der diese Gesteinsproben haben wolle, gibt der Hotelier zu verstehen, dass er ihm dies aus Datenschutzgründen nicht mitteilen könne. Knapp erwidert er, es handle sich um einen deutschen Touristen, der vor einigen Jahren schon einmal hier gewesen sei und sich für Mineralien interessiere. Der Wachmann belehrt den Hotelier dahingehend, dass das Betreten dieses Geländes strengstens verboten sei und nimmt die Gesteinsproben wieder mit. Für Whincup bedeutet diese Mitteilung ein Schock.

„Jetzt machen die schon Stress, bevor sie überhaupt im Land sind. Ihr habt eure Arbeit wirklich gut gemacht. Jetzt müsst ihr in den nächsten Tagen und Wochen aufpassen wie die Schießhunde. Ich schicke euch noch drei Mann zur Verstärkung vorbei. Ab sofort müsst Ihr auch nachts Streife laufen. Und sobald irgendein schräger Vogel auftaucht, rufst Du mich sofort an", erteilt Whincup seinem Sicherheitschef den Befehl.

04. Dezember 2020, Frankfurt am Main, Deutschland

Mila hat im Vorjahr ihr erstes juristisches Staatsexamen abgelegt und arbeitet seitdem halbtags in der internationalen Großkanzlei Levi & Olufson in Frankfurt. Sie wird von ihrem Chef beauftragt, kurzfristig für einen Kollegen einzuspringen, der sich beim Sport ein Bein gebrochen hat und somit außerstande sei, den für den 11. Dezember in Zürich geplanten Notartermin wahrzunehmen. Hierfür solle sie aber noch im Vorfeld den Vertrag prüfen, was einige Tage in Anspruch nähme. Es ginge um die „Bedingte Schenkung“ einer wertvollen Immobilie. Wegen der Reisebestimmungen während der Coronapandemie habe sie sich nach der Rückreise fünf Tage in Quarantäne zu begeben und anschließend freitesten zu lassen. So lange müsse sie dann im Homeoffice arbeiten.

Mila freut sich über diesen ersten wichtigen Auftrag, den sie eigenverantwortlich abwickeln darf. Eigentlich soll sie morgens hin- und am selben Abend zurückfliegen. Da der Notartermin jedoch auf einen Freitag fällt, bietet es sich an, das Wochenende in Zürich zu verbringen und bei dieser Gelegenheit ihre Schwester zu besuchen, die an der ETH Zürich ihr Promotionsstudium macht. Mila gibt ihr aktuelles Projekt in der Kanzlei an eine Kollegin weiter und beginnt damit, den Vertrag juristisch zu prüfen. Pünktlich zwei Tage vor dem Termin in Zürich ist sie fertig. Bis auf zwei Kleinigkeiten, die sie noch mit ihrem Vorgesetzten bespricht, ist der Vertrag in bester Ordnung.

11. Dezember 2020, Zürich, Schweiz

Mila fliegt mit der ersten Maschine der Swiss Air von Frankfurt nach Zürich. Sie trifft sich zunächst mit ihrem Auftraggeber. Der ist ihr auf Anhieb unsympathisch mit seinen anzüglichen Bemerkungen. Er prahlt, er sei der Hauptaktionär und Vorstandsvorsitzende der australischen Minengesellschaft Foster Mining Corporation. Sein Name: Brandon Whincup.

„Ich gehe davon aus, dass Sie den Schenkungsvertrag auf Herz und Nieren geprüft haben und dass ich nicht noch am Ende Steuern, egal in welchem Land, dafür zahlen muss, weil ich so großzügig bin. Schließlich zahle ich Ihrem Laden ja genug“, poltert Whincup.

„Es müssen noch zwei Kleinigkeiten geändert werden. Wir haben den Notartermin eine Stunde bevor die Gegenpartei kommt. Das reicht vollkommen aus, die Änderungen vorzunehmen“, entgegnet Mila sachlich ohne näher auf die Anmerkungen Whincups einzugehen.

Als Marc Trembley eintrifft, ist die Stimmung zunächst äußerst angespannt. Der Notar erklärt Trembley noch die beiden kleinen Änderungen, die er kurz zuvor vorgenommen hat und weist darauf hin, dass die schweizerische Finanzbehörde sich umgehend bei ihm melden werde. Er empfehle ihm, die schweizerische Staatsangehörigkeit zu beantragen, wenn er mehrere hunderttausend Schweizer Franken Steuern sparen möchte. Bei dem zu erwartenden Vermögen, über das er ja in Zukunft verfügen werde, sei es kein Problem, die Staatsangehörigkeit zu erhalten.

Dann liest der Notar den Vertrag vor und weist nochmals darauf hin, dass der Vertrag nur dann wirksam werde, wenn wirklich alle Parteien des Projektvertrages „New Australia“ unterschreiben.

Kugelschreiber auf Papier, angespanntes Räuspern, verlegenes Stühlerücken. Es geht ein spürbares Aufatmen durch den Raum, als die Formalitäten endlich geklärt sind.

Die Stimmung bessert sich spontan sogar soweit, dass alle zum erfolgreichen Geschäftsabschluss noch gemeinsam ins Hotel „Savoy Baur en Ville“ essen gehen. Jeder von ihnen scheint offensichtlich hoch zufrieden zu sein. Trembley schlüpft in die Rolle des auf internationalem Parkett sicheren, intellektuellen Kosmopoliten und wirbt für seine NGO. Mila ist begeistert von ihm.

„Das genaue Gegenteil von Whincup“, erzählt sie ihrem Vorgesetzten die Woche darauf.

Nadja agiert zeitgleich als Hauptkontaktperson für Tracey, die die coronabedingten Umbuchungen organisiert. Der neue Reisezeitraum ist vom 20. Oktober bis zum 15. November 2021 angesetzt. Nadja teilt Tracey mit, sie wolle unbedingt bei ihrem alten Institut in Melbourne, an dem sie vor fast fünf Jahren ihr Praktikum absolviert hat, vorbeischauen. Dort plant sie einige Haarproben von Einheimischen abzuholen, die sie für ihre aktuellen Forschungen in Zürich gut gebrauchen könne.

Das wiederum interessiert Tracey und so kommen sie näher ins Gespräch. Am Ende fragt Tracey Nadja, ob sie denn auch an Haarproben aus ihrem Clan interessiert sei.

„Klar“, antwortet sie. „Aber das haben wir schon einmal versucht und der Karadji eures Stammes hat das nicht zugelassen.“

„Ich schau mal was ich machen kann", lautet die Antwort von Tracey.

01. Oktober 2021, „Perry Sandhills", New South Wales, Australien

Erst eineinhalb Jahre nach dem Ende des großen Buschfeuers gelingt es dem Karadji, wieder Kontakt mit dem Baiame aufnehmen. So lange müssen sich alle Beteiligten des Wirtschaftsprojektes gedulden. Der Karadji zieht sich zu einer mehrtägigen Meditation in die Stille und Einsamkeit unter den „God Tree" zurück und nimmt während dieser Zeit weder Essen noch Wasser zu sich.

Durch Gesänge versetzt er sich immer wieder in eine Art Trance bis er schließlich den Traumzustand erreicht. Jetzt kann er Kontakt zu den Geisterwesen aufnehmen. Er spricht zu Baiame, dass er dessen Zeichen wohl erkenne und ergänzt:

„Aber die weißen Menschen in unserem Land halten sich nicht an unsere Gesetze und kommen immer wieder auf neue Ideen, wie sie unserer Mutter Erde Leid zufügen können. Jetzt wollen sie uns sogar noch das wenige Wasser unserer Flüsse wegnehmen. Was aber noch viel schlimmer ist, ist der Umgang mit unserem heiligen Baum. Horden von Fremden aus aller Welt treffen sich neuerdings hier, um, wie sie es nennen, zu feiern. Sie betrinken sich, machen einen Riesenlärm und hinterlassen Unmengen von Müll. Sie urinieren an den Stamm unseres heiligen Baumes und machen Feuer unter ihm. Die unteren Äste sind schon verkohlt. Man kann sich dieses Elend nicht mehr mit ansehen. Mir blutet das Herz. Die Vertreter der weißen Regierung bieten uns einen Deal an: Sie wollen das komplette Gebiet um unseren heiligen Baum an uns zurückgeben, sollten wir der Wasserentnahme aus unserem Fluss für fünfzig Jahre zustimmen. Wie soll ich mich verhalten?"

„Tue, was getan werden muss. Ich werde mich euer annehmen. Es ist nur für eine bestimmte Zeit. Anschließend wird in euren Flüssen mehr Wasser fließen als du dir vorstellen kannst. Und das für lange, lange Zeit", vernimmt er die Worte des Baiame.

Der Karadji schüttelt sich. Ihm erscheint es so, als ob der Baiame nicht im Traum mit ihm gesprochen, sondern als ob er ihn mit seinen Ohren gehört habe. Er reißt die Augen auf. Es ist tiefe Nacht. Schemenhaft kann er eine Gestalt mit gleißend hellen Augen wahrnehmen. Aus dem Mund dieser Gestalt strömt flüssiger Quarzkristall.

Genau so unvermittelt wie die Gestalt erschienen ist, verschwindet sie im Nichts.

Am 10. Oktober 2021 ruft Trembley die Wirtschaftsministerin in Canberra an und teilt ihr mit:
„Die ‚Mugnugari' ermöglichen den Zugang zum Murray River. Sie haben ihrem Vertreter grünes Licht gegeben, den Vertrag zu unterzeichnen. Die ‚Barkindji' sind jetzt außen vor." Cormack gelingt es, alle Beteiligten für den 1. November 2021 in Canberra zur Unterschrift einzubestellen.

27./28. Januar 2021, Mungo Nationalpark, Australien
Ein merkwürdiger Einbruch ereignet sich in der Nacht in der Mungo Lodge. Am Morgen will die Inhaberin in die

Küche gehen, um das Frühstück für die Gäste vorzubereiten. Sie geht zuerst zur Rezeption, um im Computer nachzulesen, wie viele Gäste welches Frühstück bestellt haben. Zu ihrer Verwunderung ist der Computer bereits eingeschaltet. Auf dem Bildschirm sind die Gästedaten aus dem ersten Halbjahr von 2017 aufgerufen und markiert. Sie erkennt außerdem, dass die Daten zuvor auf einen Stick kopiert wurden, der aber nicht mehr im Computer steckt. Erst danach bemerkt die Inhaberin der Mungo Lodge, die gewaltsam aufgebrochene Terrassentür des Speisesaals und schaut nach, ob irgendetwas fehlt. Zu ihrer Überraschung ist die Kasse der Bar nicht angerührt worden; auch in der Rezeption und der Küche fehlt nichts. Sie ist sich nicht hundertprozentig sicher, meint aber, es fehlen zwei Flaschen Whiskey in der Bar.

Mitte Oktober 2021, Hainstadt, Deutschland

Aufgrund der merkwürdigen Ereignisse im Vorfeld unseres geplanten zweiten Urlaubs in Australien sind wir drauf und dran, die Reise abzusagen. Sabine ist hierbei die treibende Kraft; sie warnt inständig davor, unter den gegebenen Umständen einen Urlaub in einem Land zu erzwingen, wo uns irgendjemand absolut nicht haben wolle.

„Selbst wenn uns nichts passieren sollte, wären wir doch die gesamte Zeit angespannt und würden die Unbekümmertheit der ersten Reise niemals mehr erreichen", argumentiert sie.

Auch mir ist mulmig bei dem Gedanken, als „Personae non gratae" – als unerwünschte Personen – nach Australien einzureisen. Auf der anderen Seite wären wir zu sechst auf dieser Reise. Was sollte uns da schon passieren? Die Kinder mit ihren Partnern zeigen ohnehin keine Angst. Das ist wohl auf ihre Jugend zurückzuführen. Schließlich überstimmen wir alle Sabine, die nach eigener Aussage nur deshalb bereit ist mitzufahren, weil sie nicht alleine von der Familie „übrigbleiben" will. Das finden wir zwar etwas übertrieben – sie hingegen meint es ernst.

Sabine besitzt schon immer ein gutes Gespür für Gefahren jeder Art, ein untrügliches Bauchgefühl, über das niemand von uns in diesem Maße verfügt.

Am 20. Oktober 2021, am Tag unseres Abflugs, finde ich in unserem Garten die Überreste unseres kleinen „God Tree", den ich so mühsam aufgepäppelt hatte bis er uns gestohlen wurde. Ich konnte mir damals keinen Reim darauf machen, was das sollte.

Irgendjemand hat ihn von der Straße aus quer über den Gartenzaun geworfen. Die Äste und Blätter sind abgerissen, abgeknickt oder sonst wie entfernt; die Wurzel ausgetrocknet. Der Blumentopf fehlt. Es ist eigentlich nur noch der Wurzelstock übrig.

Ich bin entsetzt und traurig. Über vier Jahre habe ich dieses Bäumchen gewässert, gedüngt, umgetopft und mich an seinem Eukalyptusduft erfreut. Er war der Star unserer Pflanzen im Wintergarten. Wenn Gäste kamen, konnte man immer die Story erzählen, wie wir zu diesem Baum gekommen waren. Jetzt liegen die traurigen Reste hier im Garten.

Irgendjemand hat ihn gestohlen, massakriert und als Warnung über den Zaun geworfen. Das Ganze erinnert mich an Mafia-Methoden.-

Ist das etwa im übertragenen Sinne ein Brief an mich mit Patronenhülsen als Inhalt oder der abgeschnittene Pferdekopf auf meinem Kopfkissen als letzte Warnung?

Ich erzähle niemandem von dem Vorfall. Bedrückt grabe ich den Wurzelstock im Garten ein. Ich will nicht, dass ihn irgendjemand findet, so kurz vor unserem Abflug. Auf die Diskussion, die folgen würde, habe ich keine Lust. Ich will einfach nur nach Australien in den Urlaub fliegen. Als ich das Loch im Garten aushebe und die Reste unseres Bäumchens hineinlege, ist das wie eine Beerdigung. Aber ein Fünkchen Hoffnung bleibt, dass er vielleicht wieder austreibt. Schließlich … ist er ja ein „God Tree."

Ob die Kraft der australischen Schöpfergeister allerdings bis nach Deutschland reicht, ist fraglich – aber nicht undenkbar. So wie es aktuell aussieht, kann unserem kleinen „God Tree" niemand mehr helfen. Unsere gemeinsamen Jahre sind wohl vorbei.

Mein Kampfgeist erwacht. „Jetzt erst recht", schwöre ich mir. „Ich hole mir neuen Samen vom ‚God Tree'!"

Am 20. Oktober 2021 starten wir ab Frankfurt. Dieses Mal hingegen habe ich bei der Buchung des Fluges auf die Bestuhlung des Fliegers und die Beinfreiheit geachtet, auch wenn es dadurch etwas teurer geworden ist. Außerdem habe ich bei einer anderen Fluggesellschaft gebucht. Ich hatte keine Lust mehr darauf, alle halbe Stunde darauf hingewiesen zu werden, wie man im Flugzeug ordnungsgemäß betet.

Nur: Hätten wir besser auf Sabine gehört und wären zu Hause geblieben…!

Mitte Oktober 2021, Australien Capital Territory, Australien

In Canberra wird im Wirtschaftsministerium emsig der Vertragsabschluss vorbereitet.

Ganze Armeen von Wirtschaftsbossen und -prüfern, Rechtsberatern und -anwälten gehen tagelang ein und aus. Und das, obwohl man den Vertrag ja schon längst in trockenen Tüchern glaubte. Lange genug ist bereits im Vorfeld darüber verhandelt worden. Es ist die vorherigen Monate nur noch um die fehlende Unterschrift der „Barkindji" gegangen. Die müssen jetzt durch die Unterschrift der „Mugnugari" ersetzt werden. Trotzdem wird jetzt noch einmal jedes noch so kleine Detail geprüft. Erstaunlich gut sieht es mit der geplanten Finanzierung dieses Riesenprojektes aus. Die Russen sehen für sich offensichtlich ein derart großes Potential in dem Projekt, dass sie nichts mehr nachverhandeln wollen. Ihr Interesse gilt einzig und allein dem baldigen Beginn des Projektes und der Klärung der Eigentumsverhältnisse desjenigen Abraummaterials, das aus aktuell aktiven Minen noch hinzukommen werde.

Dieses Thema wird von den Behörden mit den chinesischen Betreibern der aktiven Minen ausgehandelt. Das Umweltministerium hat den Käufern der Minen seinerzeit eine Umweltklausel auferlegt, die beinhaltet, dass die Minenbetreiber für die umweltgerechte Verwertung des Aushubs verantwortlich seien, es sei denn, es bestehe von Seiten Dritter Interesse daran, das ausgebeutete Erz für bauliche Zwecke zu verwenden. Gedacht worden hierbei ist in erster Linie an die Verwendung des Aushubs für den Straßenbau von Seiten des Staates, beziehungsweise des Bundeslandes. Nun solle das Material aber zur Gewinnung eines seltenen Edelmetalls eingesetzt werden.

Auch dieses Problem konnte schließlich gelöst werden: Ein findiger Anwalt argumentierte, dass nur ein winziger Bruchteil des Materials aus Osmium bestehe und das Material nach der Auslaugung des Edelmetalls immer noch im Straßenbau Verwendung finden könne. Somit bleibt das Interesse Dritter gewahrt. Ein kluger Schachzug.

Ein weiterer wichtiger Punkt wird von der australischen Wirtschaftsministerin eingebracht. Es geht um die Stellvertreterregelung für die Unterschriftsbevollmächtigen des Vertrages. Sollte auf den letzten Metern vor dem Ziel ein Unterschriftsbevollmächtigter durch Unfall, Tod oder höhere Gewalt ausfallen, so übernähme ein Stellvertreter dessen Position. Jede Partei müsse ihren Stellvertreter vorab benennen. Dieser wird namentlich in den Vertrag mit aufgenommen.

In den entscheidenden letzten Tagen geht es nochmals hektisch bei den Sozialbehörden zu. Im Wesentlichen geht es darum, wie die Förderung und Einbindung der Aboriginals in das Projekt praktisch umgesetzt werden solle, zum Beispiel nach welchem Verteilungsschlüssel die Stipendien für Jugendliche vergeben werden, ohne dass weiter entfernt lebende Stämme benachteiligt würden? Ist es überhaupt möglich, Kinder aus traditionell lebenden Dorfgemeinschaften zur Ausbildung in die Städte zu bekommen, respektive kann man Arbeitslose aus den Elendsvierteln der Großstädte zur Arbeit in Broken Hill gewinnen? Was, wenn sich irgendein Aboriginalführer gegen die Beschlüsse ihrer offiziellen Vertreter stemmt und das Fußvolk zum Boykott aufruft?

Bei letzterem Punkt kann sich Whincup mit seiner Philosophie durchsetzen, die da lautet: „*Wer nicht will, der hat schon.*" Ansonsten einigt man sich darauf, die Verteilung der Arbeits- und Ausbildungsplätze für Aboriginals den Stammesführern prozentual nach der Größe der Stämme zuzuteilen, die dann wiederum die Kandidaten auswählen sollen. Diejenigen Stadt-Aboriginals, die keinem Stamm zuzurechnen seien, sollen über das Einwohnermeldeamt nach gewissen Sozialkriterien ausgewählt werden.

21. Oktober 2021, Melbourne, Australien

Dieses Mal ist der Flug wesentlich angenehmer gewesen. Zwanzig Zentimeter mehr Beinfreiheit im Flugzeug machen schon eine Menge aus. Die Mehrausgaben haben sich für mich auf jeden Fall gelohnt. Nun stehen wir am Förderband und warten auf unsere Koffer, als die folgende Durchsage über Lautsprecher ertönt:

„Passengers Family Fischer, Kunz and Christensen, please come to Meeting Point 7.1." I repeat: „Passengers Family Fischer, Kunz and Christensen, please come to Meeting Point 7.1."

Die Durchsage geht uns seltsamerweise durch Mark und Bein; haben wir doch erst vor wenigen Minuten australischen Boden betreten … und schon wieder gibt es irgendwelche Nachrichten für uns.

„Hoffentlich nicht solche wie bei uns zu Hause", denke ich. Unsere Stimmung schwankt zwischen Frust, Zorn,

Neugier und vor allem Angst, wer und was uns am Treffpunkt erwartet. Wir überlegen auch kurz, den Aufruf einfach zu ignorieren und direkt in unser Hotel zu fahren. Diesen Gedanken verwerfen wir und dennoch will ich in diesem Moment am liebsten umkehren und sofort wieder nach Hause fliegen. Etwas in mir schlägt Alarm.

Unsere Koffer kommen ewig nicht aufs Band. Um die Passagiere bei Laune zu halten, sind überall in der Ankunftshalle große Bildschirme aufgehängt, auf denen in Dauerschleife die Nachrichten laufen. Es wird von einem mysteriösen Mord berichtet, der sich heute in Melbourne ereignet hat: Im Treppenhaus eines Bürohauses der chinesischen Bergbaugesellschaft XiangIng ist die Leiche eines Mannes entdeckt worden, der kurz zuvor erschossen worden war. Das allein erscheint jetzt noch nicht so spektakulär. Interessant für die Medien wird der Fall, weil dem Getöteten ein Zettel in die Hand gedrückt worden war auf dem Folgendes stand:

„*Verräter – Geheimnisse sind dazu da, gewahrt zu werden.*" Die Sprache der Botschaft ist: russisch.

Als wir uns am Treffpunkt einfinden, entspannt sich die Situation sofort. Wir treffen am anderen Ende der Welt tatsächlich auf einen Bekannten, der uns erwartet! Riesengroß und noch dicker als vor viereinhalb Jahren steht er da, begleitet von einer Frau, die wir nicht kennen. Sie begrüßt uns sehr freundlich und stellt sich uns wie folgt vor:

„Ich begrüße Sie in Australien. Mein Name ist Tracey Ngooli. Ich bin die Cousine von Nick." Nick strahlt über das ganze Gesicht. Damit haben wir wirklich nicht gerechnet. Eine unglaubliche Erleichterung breitet sich bei uns allen aus. Der Urlaub kann beginnen.

Die Überraschung ist wirklich gelungen. Tracey, eine Aboriginal, mit der gleichen, hellbraunen Hautfarbe wie Nick, hat alles für uns organisiert. Am Flughafen steht ein Großraumtaxi bereit, eher ein Bus, mit dem wir alle, wir sind ja aktuell acht Personen mit riesigem Mengen an Gepäck, in unser Hotel gebracht werden. Tracey fragt, wer von den jungen Männern denn bei unserer ersten Reise nicht dabei gewesen sei? Louis stellt sich vor und erzählt, dass er zum ersten Mal in Australien sei, er habe aber viel über unsere erste Reise erfahren und freue sich wahnsinnig, dieses Mal dabei sein zu dürfen. Sabine wendet sich zu Nick und Tracey und meint, sie hoffe, die beiden haben die lange Anreise von Wentworth nach Melbourne nicht deshalb unternommen, nur um uns vom Flughafen abzuholen. Tracey erklärt, sie führe geschäftlich ohnehin einmal pro Monat nach Melbourne und habe deshalb den Termin mit unserer Flughafenabholung bestens koordinieren können. Und Nick wollte als Begleiter unbedingt dabei sein, als er davon erfuhr. Was für eine Gastfreundschaft! Wir sind total begeistert!

Die Situation ist so freundschaftlich und vertraut – als ob wir uns schon ewig kennen.

Nick will von Mila wissen, wie weit sie denn inzwischen mit ihrer Ausbildung gekommen sei und ist über die Ablegung ihres ersten Staatsexamens überrascht. Beim letzten Besuch hatte sie ja gerade erst mit ihrem Studium begonnen. Alle freuen sich darauf, als wir uns zum Abendessen verabreden. Bei dieser Gelegenheit wollen Tracey und Nick mit uns dann die Reiseroute und -ziele im Detail besprechen, die sie für uns ausgewählt haben.

An Nadja kann sich Nick sehr gut erinnern. Interessiert fragt er sie, ob sie noch mit ihren Studien über die Verwandtschaftsverhältnisse von Aboriginalstämmen beschäftigt sei. Er betont, es tue ihm leid, dass er ihr damals mit den Haarproben nicht helfen konnte. Sie erwidert ihm, sie habe auch ohne die Haarproben aus seinem Dorf interessante Ergebnisse erworben, von denen sie Nick und Tracey berichten wolle. Nichts Spezifisches natürlich, da bisher davon noch nichts publiziert sei, aber eben doch ein paar interessante Erkenntnisse.

Nick erkundigt sich auch nach unserem kleinen „God Tree“ und ob er sich weiterhin gut entwickele im kalten Deutschland. Ich will ihm die Unglücksgeschichte nicht offenbaren, lenke die Frage geschickt ab und bleibe die Antwort schuldig.

In der Hotel-Lobby angekommen, spricht Tracey den Erstkontakt mit mir an, als ich mich nach den großen Buschbränden von 2019/2020 per E-Mail nach dem Wohlergehen des „God Tree“ erkundigt hatte. „Von Anfang an war mir klar, dass ihr noch einmal nach Australien kommt. Wisst ihr auch warum?“, fragt sie in die Runde.

Die Antwort gibt sie schließlich selbst: „Es ranken sich unheimlich viele Geschichten und Sprichwörter um den ‚God Tree‘. Eines davon lautet: ‚*Wer ein Mal die Kraft dieses Baumes erfahren hat, der wird an diesen heiligen Ort zurückkehren.*‘ Ihr gehört offensichtlich dazu! “

Tracey hat für uns das Hotel „Double Tree" in Melbourne ausgesucht, weil sie dort ein größeres Kontingent an Zimmern über das Tourismusbüro buchen konnte, wodurch wir einen guten Preis bekommen. Wir checken ein und verabreden, dass wir uns zwei Stunden später beim Italiener im Haus zum Abendessen treffen. So der Plan…

Wir beziehen ein geräumiges Apartment im 11. Stockwerk des großen Gebäudes mit einem Wohnzimmer, drei Schlafzimmern und zwei Bädern. Es ist äußerst gepflegt und nobel eingerichtet. „Schickes Apartment", grinst Mila. Ich bin gedanklich noch mit dem Vorfall am Flughafen beschäftigt und werfe in die Runde:

„Mir war schon etwas mulmig zumute nach der Durchsage."

„Dafür war die Überraschung aber umso größer", ergänzt Mila. Sabine stimmt ihr zu. Sie scheint sichtlich erleichtert, dass wir heil in Melbourne angekommen sind. Louis setzt sich ab und fährt mit dem Fahrstuhl erst einmal ins Erdgeschoss, weil er draußen eine Zigarette rauchen möchte. Sabine und Nadja beginnen sofort die Koffer auszupacken und ihre Zimmer einzurichten, beide getreu nach dem Motto: „*Was du heute kannst besorgen, verschiebe nicht auf morgen.*"

Jedes Teil wird ordentlich in den Schrank eingeräumt. Mila und Lukas positionieren sich vor dem großen Fenster im Wohnzimmer und schießen Selfies. Von dem bodentiefen Fenstern stehend, genießen wir einen grandiosen Ausblick auf die Skyline von Melbourne. Eigentlich will ich mir den Fitnessbereich des Hotels anschauen; nach den 22 Stunden im Flieger verspüre ich das dringende Bedürfnis, meinen Körper zu bewegen. Allerdings habe ich die Rechnung ohne den Wirt gemacht: Sabine nötigt mich, erst einmal beim Kofferauspacken zu helfen. Gerade, als ich eine Hose ins Regalfach legen will, klopft es an der Tür.

„Wird Louis sein", denke ich mir und öffne.

Großer Irrtum – was dann geschieht, erfolgt unerwartet und blitzschnell:

Drei Männer, die in Angriffshaltung bereits vor der Tür gelauert haben, übermannen mich sofort und ohne Vorwarnung. Die Tür hinter sich zuknallend ziehen die Aboriginals ihre Pistolen und bedrohen uns. Völlig überrumpelt weiß ich überhaupt nicht, wie mir geschieht. Mila kommt hinzu und schaut mich verängstigt an. Sabine stößt einen Schrei aus, als einer von ihnen in das Schlafzimmer eindringt. Nadja und Lukas stürzten herbei und bleiben abrupt stehen, als sie die Eindringlinge sehen. Keiner von uns bekommt ein Wort heraus. Die Männer bleiben sehr wortkarg, fuchteln aber wild gestikulierend mit ihren Pistolen herum. Sie nötigen uns – mehr durch Handzeichen als durch Worte – Lukas, Sabine, Mila und mich – mit zwei von ihnen nach unten zu gehen, wo ein Auto auf uns wartet. Nadja hingegen habe mit dem dritten Mann solange im Zimmer zu bleiben, bis wir im Auto säßen. Erst dann kämen sie beide nach. Sollte irgendetwas schieflaufen, würde Nadja sofort erschossen werden – so die Drohung. Eine solche Situation kenne ich nur aus dem Fernsehen. Nie im Leben hätte ich gedacht, so etwas einmal am eigenen Leib zu erfahren. In meinen Schläfen pocht es so sehr, dass ich glaube, ich bekäme vor Angst einen Herzinfarkt. Wie verhält man sich in solch einer

Situation? Wie kommen wir da raus? Alle schauen mich flehend an nach dem Motto: *Dem Papa wird schon etwas einfallen.* ...Tut es aber nicht.

Da es keine andere Möglichkeit gibt, gehen wir mit den beiden Entführern mit. Vor dem Hotel wartet ein VW-Bus. Nach vier Minuten des Wartens im Auto kommt der dritte Kidnapper mit Nadja dazu und wir fahren los. Stundenlang.

Mehrfach versuchen wir mit den Aboriginals ins Gespräch zu kommen um zu erfahren, was man denn von uns wolle und wo man uns hinbringen wolle. Die Antwort erfolgt stereotyp immer nur:

„Das werdet ihr schon früh genug erfahren." Wir blicken uns alle mit demselben Gedanken an:

„Hätten wir doch nur auf Sabine gehört." Wir befinden uns kollektiv in Todesangst.

Gefangen

Traditionelle Gerichtsverhandlungen sind bei den Aboriginals oft mit Blutopfern verbunden. Hat zum Beispiel ein Aboriginal einen anderen getötet, so wird dem Täter vom Bruder des Opfers mehrmals ein Speer durch beide Oberschenkel gestoßen. Diese Art der Bestrafung durch Selbstjustiz wird „Spearing" genannt. Das dabei vergossene Blut des Mörders wird gegen das Blut des Opfers aufgerechnet. Auch wenn es nicht unbedingt das Ziel dieser Zeremonie ist, den Täter zu töten, so sterben doch sehr viele bei dieser Prozedur an Infektionen oder sind für den Rest ihres Lebens behindert.

Diese Art der Bestrafung bleibt uns glücklicherweise erspart – zumal auch keiner von uns jemanden getötet hat. Dafür werden wir einer abgewandelten Gerichtsverhandlung unterzogen.

Auch wir müssen eine Art Blutzoll bezahlen, auch wenn wir zu diesem Zeitpunkt noch nicht wussten, wofür.

Seit Tagen sind wir in einer Erdhöhle eingesperrt. Der Bereich umfasst eine Größe von etwa zwanzig Quadratmetern. Im Innern ist es fast völlig dunkel. Wir werden mit Wasser versorgt und bekommen Fleisch – vermutlich Fleisch vom Känguru und Emu – angeboten, was aber keiner von uns essen will, so verbrannt ist es. Auch gegrillter Waran ist dabei. Zumindest glauben wir das an den Resten eines Fußes, der noch am Knochen hängt, zu erkennen. Eine Waschmöglichkeit existiert nicht. Als Toilette ist eine Ecke mit Ausbuchtung ausgedeutet, die einen kleinen Sichtschutz bietet. Diese Tage sind die schlimmsten, die ich in meinem bisherigen Leben erlebt habe. Und gemäß Murphy's Gesetz*: Es sollte noch schlimmer kommen…

Ich mache mir große Sorgen um meine Familie. Wie es wohl Louis ergeht? Lukas und ich haben trotz Widerwillens ab und zu etwas von dem verbrannten Fleisch gegessen, das uns zwei Mal täglich gebracht wurde. Die Frauen hingegen verweigern das Essen und haben seit Tagen keinen einzigen Bissen zu sich genommen, zu groß ist ihr Ekel davor. Bald sitzen sie mit vor Hunger eingefallenen Gesichtern da. Mila erleidet zudem auch noch

* Alles was schiefgehen kann, wird auch schiefgehen"…

eine ganz schlimme klaustrophobische Panikattacke. Sie schreit so lange, dass sie aus diesem Loch raus müsse, bis sie keine Luft mehr bekommt und ohnmächtig wird.

In Gedanken resümiere ich die Zeit vor unserer Reise. Mir kommt in den Sinn, wie ich wenige Wochen zuvor zum 75. Geburtstags meines ehemaligen Chefs eingeladen war.

In den Jahren, als ich in seiner Firma beschäftigt war, hatte seine Tochter mit ihrer Berufsausbildung begonnen, hatte Nautik studiert und wollte zur See fahren. Nautik ist schon ein durchaus exotischer Studiengang – es war aber schon immer ihr Traum gewesen und ihr Vater unterstützte sie bei ihrem Berufswunsch so gut er konnte. Er selbst war begeisterter Hobby-Segler und hatte seine Familie immer bei seinen Törns mitgenommen. So wurde vermutlich auch das Interesse an der Seefahrt bei seiner Tochter geweckt.

Als ich meinen ehemaligen Chef dann auf der Feier nach seiner Familie fragte, wurde er sehr schweigsam und berichtete mir traurig von dem Schicksal seiner Tochter:

Sie hätte ihre Ausbildung mit Bravour bestanden und ihre ersten Fahrten als erste Offizierin auf hoher See gemacht. Sie arbeitete für eine dänische Reederei auf einem großen Handelsschiff. Als sie die Straße von Hormus passierten, geschah das Unglück. Ihr Schiff sei von Piraten gekapert worden. Die Besatzung verschanzte sich in einem dafür vorgesehenen Panikraum an Bord, indem sie zentimeterdicke Stahlplatten von innen an die einzige Tür schweißten.

Sie hätten Lebensmittel und Wasser, wären aber unter engsten Verhältnissen zusammengepfercht gewesen – so wie wir jetzt. Die junge Frau hätte unter diesen schlimmen

Bedingungen zusammen mit der Crew zwei Wochen lang ausharren müssen bis endlich Hilfe eingetroffen sei. Die Kidnapper hätten hartnäckig versucht mit Gewehrsalven und Sprengungen immer wieder die zugeschweißte Tür zu öffnen, um für die Besatzung Lösegeld zu erpressen, was ihnen nicht gelang. Am Ende überlebte die junge Frau.

Der Vorfall läge schon zwei Jahre zurück und seitdem sei sie krankgeschrieben.

Wegen ihrer starken Traumatisierung könne sie vermutlich nie wieder ein Schiff betreten, geschweige denn jemals wieder auf See arbeiten. Selbst eine Frühverrentung zöge man in Betracht, teilte mir ihr Vater mit.

Von der ehemals selbstbewussten jungen Frau, die niemand aufhalten konnte und die sich tapfer durch eine Männerdomäne durchgeboxt hatte, war ein psychisches Wrack übriggeblieben.

Mit dieser schlimmen Geschichte im Hinterkopf will ich ein Schicksal dieser Art meinen Töchtern um jeden Preis ersparen. Ich fasse den Entschluss, einen Ausbruchversuch zu starten. Ich muss Hilfe holen! Kein Mensch weiß, wie viele Tage oder Wochen wir hier noch festgehalten werden sollen und was anschließend mit uns passieren würde. Und selbst wenn wir das Ganze überleben sollten – wie hoch wäre der Preis?

Als man uns in diese Höhle einsperrte, hatte ich auf den wenigen Metern vom Fahrzeug bis zum Eingang in einiger Entfernung Lichter wahrgenommen. Ich habe keine Ahnung, ob die Lichter zu einem Auto gehörten, zu einer Siedlung oder zu einem Outdoor-Camp. Ich weiß auch nicht, ob die Lichter noch da sind. Ich weiß nur eines: Dort will ich hin und Hilfe suchen – nur weiß ich noch nicht wie.

Wir befinden uns in ständiger Todesangst. Obwohl wir den ganzen Tag nichts zu tun haben und die Stunden zäh dahin kriechen, kann keiner von uns richtig schlafen. Bei jedem Laut von draußen springt Sabine auf, um ja nichts zu verpassen. Mit Ohren wie ein Luchs hofft sie, jemand möge endlich erscheinen, der uns erklärte, warum wir eigentlich hier gefangen gehalten werden und was zu tun sei, um wieder frei zu kommen. Lukas vermutet, wir seien für Lösegeld entführt worden. Dabei stellt sich allerdings die Frage, von wem dieses Lösegeld erpresst werden soll? Schließlich sind wir ja als komplette Familie entführt worden und das noch am anderen Ende der Welt. Wer soll dann das Lösegeld für uns zahlen? Etwa die deutsche Bundesregierung? Solche Entführungen gab es eine Zeit lang in afrikanischen Ländern. Von Australien haben wir das noch nie gehört. Wir verwerfen diesen Gedanken. Das Ganze macht für uns keinen Sinn.

Mir erscheint es, dass die Entführung etwas mit den im Vorfeld merkwürdigen Geschehnissen und Drohungen in Deutschland zu tun hat. Die Polizei hatte uns ja gefragt, ob wir uns einen Feind in Australien gemacht hätten, als wir dort in Urlaub waren. Immer und immer wieder gehen wir den viereinhalb Jahre zurück liegenden Urlaub gedanklich durch. Der einzige Australier, mit dem wir näheren persönlichen Kontakt hatten, ist Nick gewesen. Der will uns aber mit Sicherheit nichts Böses, davon sind wir überzeugt.

Mir fällt noch die Situation ein, als ich die Abraumhalden in Broken Hill besuchte, wo mich die beiden Wachhunde fast zerfleischt und der Wachmann mich ziemlich unfreundlich des Platzes verwiesen hatte.

Nadja erinnert sich, dass wir am Flughafen in Melbourne ewig kontrolliert wurden und mir schließlich meine Gesteinsproben weggenommen wurden. Kann das etwas mit der Entführung zu tun haben? Auch das ist äußerst unwahrscheinlich. Wie soll der Wachmann in Broken Hill oder die Firma, für die er arbeitet, beziehungsweise der Zoll in Melbourne, mitbekommen haben, dass wir viereinhalb Jahre später erneut Urlaub in Australien machen wollten?

Mila kennt einen Fall, bei dem ein deutscher Geologe während seines Urlaubs in Südafrika entführt worden ist. Dieser Wissenschaftler hatte zuvor ein Verfahren patentieren lassen, mit dem man Gold mittels eines von ihm entwickelten Detektors in größeren Bodentiefen nachweisen konnte als mit den gängigen Metalldetektoren. Die Entführer wollten dieses Wissen für eigene Erkundungen nutzen und folterten den armen Mann, bis er sein Wissen preisgab.

Als Mila dies erzählt, durchzuckt es mich heiß. Vor kurzem habe ich in einem gänzlich anderen Zusammenhang auf der Homepage unserer Firma unter der Rubrik „Neue Forschungsansätze" berichtet. Es ging darum, bestimmte Metalle dadurch nachzuweisen, dass man sie in einem speziellen Säuregemisch löst, unter geeigneten Bedingungen als Thioharnstoffkomplexe derivatisiert und sie schließlich mittels Hochdruckflüssigkeits-Chromatographie in Kombination mit Fluoreszenzspektroskopie detektiert (nachweist). Dadurch sind sehr niedrige Bestimmungsgrenzen möglich, was in manchen Fällen erforderlich ist. Dieses Verfahren habe ich nicht erfunden. Es existiert schon seit vielen Jahrzehnten, fand aber nie praktische Anwendung. Ich wollte eigentlich nur an dieses Verfahren erinnern und auf die Möglichkeit hinweisen, dass man es prinzipiell auch im Umweltbereich einsetzen könnte, weil ich in diesem Bereich tätig bin. Mit der starken Resonanz der Leser auf diesen Vorschlag (auch aus dem Ausland) hatte ich nicht gerechnet.

Sabine ist es, die schließlich die Vermutung äußert, dass unsere Entführung möglicherweise etwas mit unserem kleinen „God Tree", respektive mit dem Samen zu tun haben könne, den wir von dem großen „God Tree" quasi geraubt haben. Nick gab uns ja damals den Tipp, dass wir das am besten nicht weitererzählen sollten. Und schließlich war uns unser Bäumchen aus unerfindlichen Gründen gestohlen worden. Auch wenn das am anderen Ende der Welt passierte – das kann doch kein Zufall sein. Vielleicht hat ja doch irgendwer beobachtet, dass wir damals auf den heiligen Baum geklettert sind und zu allem Überfluss noch Samen gepflückt haben?

„Und derjenige soll jetzt noch mitbekommen haben, dass wir viereinhalb Jahre später wieder vorbeischauen wollen?", kommt der Einwand von Nadja.

„Auch wenn es unwahrscheinlich klingt, könnte trotzdem ein Zusammenhang bestehen", beharrt Sabine auf ihrer Meinung.

Am dritten Tag unserer Gefangenschaft kippt die Stimmung gänzlich. Zuerst versuchen die anderen, mir die Flucht auszureden. Speziell meine Frau will, dass ich bei ihnen bliebe.

„Wenn, dann wollen wir gemeinsam sterben", fleht sie mich an zu bleiben. Mila redet von nichts anderem mehr als vom Tod und wie sich das wohl anfühlt, wenn man stirbt, wenn die Lichter für immer ausgehen. Selbst Lukas verfällt in tiefe Melancholie.

„Ob meine Eltern zu Hause wohl wissen, was mit uns passiert?", wirft er in die Runde. Er schluckt und fährt fort: „Ich darf gar nicht daran denken, was los ist, wenn wir im Sarg..." Er spricht den Satz nicht zu Ende, weil Nadja ihn unterbricht. Sie verliert die Fassung nun vollends – , was eigentlich so gut wie nie bei ihr vorkommt – , und schreit hysterisch:

„Ich will nicht sterben, ich will nicht sterben! Ich will lebend aus diesem verfluchten Drecksloch rauskommen!" Danach versucht keiner mehr, mich von meinem Fluchtversuch abzuhalten.

Flucht

Meinen Plan fasse ich wie folgt: Ich schätze die Entfernung bis zu den Lichtern auf zehn Kilometer. Es können natürlich auch gerne drei oder zwanzig Kilometer sein, aber mit einer für mich kalkulierbaren Größenordnung von zehn Kilometern kann und will ich rechnen. Zu Hause, bei Tageslicht und bekannter Strecke mit nicht allzu vielen Steigungen, brauche ich beim Joggen dafür eine Stunde. Ginge man eine solche Strecke in normalem Tempo, bräuchte man ungefähr doppelt so lange. Wenn man jetzt noch einen „Faktor Zwei“ wegen Dunkelheit und anderer Widrigkeiten mit einrechnet, käme man schätzungsweise auf eine Dauer von vier Stunden, um die innerlich berechnete Strecke bis zu den Lichtern zurückzulegen.

Mitnehmen kann ich niemanden. Erstens verspricht die Tour ein Himmelfahrtskommando zu werden und zweitens weiß niemand, ob mir die Flucht gelingt, und wenn ja, wie lange die Entführer brauchen, um mich wieder einzufangen. Schließlich kennen die – im Gegensatz zu mir – hier jeden Stein, jeden Baum, jeden Weg und jedes Wasserloch. Und was dann mir widerführe, sollte man mich schnappen, daran will ich lieber nicht denken.

Der dritte Punkt, warum ich alleine flüchten will, ist: Ich hege die Hoffnung, sollte mir etwas zustoßen, blieben die anderen vielleicht verschont.

Der vierte Punkt für meinen Alleingang ist die Tatsache, dass ich vermutlich alleine am schnellsten vorankäme und ich mich alleine auch am leichtesten verstecken könnte. Außerdem ist das Risiko für eine einzelne Person geringer, im Dunkeln auf eine Giftschlange, eine Giftspinne einen Skorpion oder sonstiges giftiges Getier zu treffen. Eine wichtige Spezies hatte ich bei dieser Überlegung allerdings vergessen zu bedenken… was mir dann fast zum Verhängnis werden sollte.

Da Nadja beim Joggen altersbedingt mittlerweile schneller läuft als ich, hätte sie beim Fluchtversuch durchaus mit mir kommen können und wollen. Zu sehr geschwächt vom Nahrungsentzug, verwerfen wir diese Option. So oder so hätten sowohl ich, als auch ihre

Mutter, das in dieser Situation nie zugelassen. Lukas ist noch einigermaßen beisammen, will aber die Frauen nicht alleine zurücklassen. Mila ist ebenfalls viel zu schwach.

Der Eingang unserer Höhle ist nicht besonders professionell verschlossen. Eine Art Tür, die aus einer Holzkonstruktion besteht, ist mit Plastikplanen bespannt. Das Provisorium hat einen Eisenbeschlag mit Schloss, die Türanker hingegen hat man nur aus geschickt gebogenen, biegsamen Ästen gefertigt. Direkt vor der Tür verharren zwei Bewacher in Position, die aber nachts immer wieder mal einschlafen. Das haben wir die Nächte vorher schon mitbekommen. Diese Sorglosigkeit kommt mir jetzt zugute.

Die Nacht ist nicht völlig dunkel. Nicht der Mond spendet etwas Licht, sondern der Sternenhimmel, der leuchtet. Man kann das „Kreuz des Südens“ deutlich erkennen. „Vielleicht bringt es mir ja Glück“, denke und hoffe ich.

Wir warten, bis die Bewacher schnarchen. Gemeinsam gelingt es uns, die Tür ganz vorsichtig und leise aus ihren Angeln zu heben. Ich mache mich so schmal wie es geht und schiebe meinen Körper zwischen Tür und Fels durch. Die Wachmannschaft schnarcht weiter. Ich schaue noch ein letztes Mal zu meinen Liebsten und schleiche auf Zehenspitzen davon...

Die Medien berichten täglich über unseren Entführungsfall und rufen die Bevölkerung dazu auf, aufmerksam zu sein und jede noch so kleine Beobachtung, die auch nur annähernd etwas mit der Entführung zu tun haben könnte, der Polizei zu melden. Insbesondere die ländliche Bevölkerung soll ihre Augen und Ohren offenhalten, weil das Versteck irgendwo im Outback vermutet wird. Outback! Das umfasst bekanntermaßen ein riesiges Areal und wir verhalten uns dazu wie die berühmte Nadel im Heuhaufen. Im Fernsehen wird weiter berichtet, ab sofort werde die Polizei von der Armee unterstützt, die mit modernstem Gerät systematisch die gesamte Region im Umkreis von mehreren hundert Quadratkilometern absuche. Hierbei kämen auch Satelliten, Flugzeuge und Drohnen zum Einsatz. Außerdem würden die kürzlich in Deutschland erworbenen fünf Spürpanzer der Armee erstmals eingesetzt, um vom Boden aus weitflächige Erkundungen durchzuführen.

An die Entführer wird appelliert, die deutsche Familie umgehend freizulassen und ihren Aufenthaltsort der Polizei mitzuteilen. In wenigen Tagen würde das Versteck von der Polizei oder der Armee ohnehin entdeckt werden – so die Androhung. Die Entführer sollen unter Druck gesetzt werden. Schnelles Handeln ist erforderlich.

Ich erblicke die Lichter in der Ferne wieder. Es sind eindeutig mehrere. Das mache ich zu meinem Richtungsgeber und meinem Ziel. Meine Augen gewöhnen sich langsam an das wenige Licht des Sternenhimmels. Ich stolpere nicht, muss mich aber auf jeden Schritt konzentrieren und komme erst einmal ganz gut voran. Es ist bitterkalt! Ohne zu wissen, wie viel Vorsprung ich vor meinen Verfolgern habe, oder ob sie meine Flucht bereits bemerkt haben, eile ich weiter.

Dann wird es auf einmal sehr steinig. Mehrfach erschrecke ich mich vor Tieren, die vor mir flüchten. Ich kann nicht erkennen, um welche Tiere es sich handelt. Es sind auch größere dabei, vielleicht Kängurus oder Emus.

Einmal achte ich nicht auf meinen Schritt und bleibe dummerweise in einem Dornengestrüpp hängen. Dabei verletze ich mich am Knie. Es blutet.

„Zum Glück hast du ja seit Tagen nicht mehr deinen Blutverdünner genommen", denke ich. Seit meinem Herzinfarkt vor einiger Zeit muss ich täglich ein blutverdünnendes Medikament zu mir nehmen, um das Risiko von Blutgerinnseln zu verringern. Der Nachteil ist, dass sich blutende Wunden dann deutlich langsamer verschließen. Für einen Spürhund wäre es dann ein Leichtes, mich zu verfolgen.

Irgendwie habe ich nicht den Eindruck, dass die Lichter näherkommen und werde langsam nervös. Ob es nun Einbildung ist oder nicht, ich befürchte, meine Kräfte könnten nachlassen. Als ich über eine Baumwurzel klettern will, rutsche ich ab, drehe mich dabei und falle zu Boden – ohne Schutzbewegung direkt auf den Rücken. Ein kurzer, aber sehr heftiger Schmerz durchfährt mich, begleitet von einem merkwürdig knackenden Geräusch. Es dauert eine Weile, bis der Schmerz nachlässt. Mühsam versuche ich mich zu erheben – aber es geht nicht! Ich kann weder meine Arme, noch meine Beine, nicht einmal meine Füße oder Hände bewegen. Selbst die Finger kann ich nicht mehr krümmen! Mein erster Gedanke: „Nun habe ich mir die Wirbelsäule gebrochen und bin querschnittsgelähmt!" Panik kommt in mir auf. Wer soll mich hier in der Wildnis finden? Wie lange halte ich es bei der herrschenden Kälte überhaupt aus, ohne zu erfrieren? Den Tod vor Augen wünsche ich mir anfangs sogar, dass die Entführer mich nun doch fänden.

Es ist, als ob die Zeit stehengeblieben sei. Ich beruhige mich mit dem Gedanken, dass sich meine Familie in vermutlich größerer Sicherheit befindet als ich und bin heilfroh, alleine losgezogen zu sein. Ich bin richtiggehend stolz auf mich, die richtige Entscheidung getroffen zu haben. Langsam steigt eine Art Euphorie in mir auf. Ich male mir aus, wie die Entführer in wenigen Stunden meinen toten Körper fänden und daraufhin die Entführung abbrächen und meine Familie freiließen. Ich denke mich in eine Art Rauschzustand hinein.

Als dieser Zustand, wie jeder Rausch auch, dann nachlässt, kommt eine große Ruhe über mich. Ich erkenne, dass ich das Zepter nicht mehr in der Hand halte und ergebe mich meinem Schicksal. Ich friere zwar, aber Schmerzen fühle ich inzwischen keine mehr. Ich würde weder ertrinken, ersticken, verbrennen noch verbluten. Das sind die Todesarten, die ich mir als besonders schlimm vorstelle. Vielleicht würde ich ja einfach nur einschlafen und sterben. Das kann ganz schnell gehen.

Mir fällt ein Gedicht von Eduard Mörike ein. An die erste Strophe kann ich mich nicht mehr erinnern, nur die zweite und dritte habe ich mir gemerkt:

„Zwei schwarze Rösslein weiden
Auf der Wiese,
Sie kehren heim zur Stadt
In muntern Sprüngen.

Sie werden schrittweis gehen
Mit deiner Leiche;
Vielleicht, vielleicht noch eh
An Ihren Hufen
Das Eisen los wird,
Das ich blitzen sehe!"

Erschöpft schlafe ich bei gefühlten 2 bis 4 °C ohne Decke, nur mit einer dünnen Sommerjacke bekleidet, unter freiem Himmel ein.

April 2017, Hainstadt, Deutschland

Nach unserer Rückkehr aus Australien standen einige Veränderungen in unserer Familie an. Daher war sicher, wir würden in absehbarer Zeit keinen gemeinsamen Urlaub mehr machen. Mila hatte im Vorfeld bereits angekündigt, sie wolle und müsse sich in den kommenden Semestern sehr intensiv mit ihrem Jura-Studium beschäftigen und mindestens ein Jahr ein Repetitorium besuchen, um gut vorbereitet in ihr erstes Staatsexamen zu gehen.

Nadja wollte ihre Masterarbeit schreiben und hierfür nach Marburg in eine Wohngemeinschaft ziehen, weil dort das Institut ansässig war, an dem sie ihre Laborarbeiten durchführen konnte. Anschließend beabsichtigte sie, sich für ihre Doktorarbeit an der ETH Zürich zu bewerben. Die flügge gewordenen „Kinder“ waren also soweit, das elterliche Nest zu verlassen.

Nur Sabine und ich lebten so weiter wie zuvor. Eine weitere Familienveränderung bedeutete der Tod meines

Vaters. Das war für uns, die wir zurückblieben, natürlich sehr traurig – für ihn aber eine Erlösung. Mit seiner Demenz war er schon länger nicht mehr Herr seiner Sinne gewesen. Die Fotos, die ich ihm von unserem Urlaub gezeigt hatte, konnte er nicht mehr zuordnen.

Während unseres Australien-Urlaubs hatten wir mittels Handykamera unglaublich viele Fotos geschossen. Ich ließ mir alle Bilder zuschicken, um sie zu sortieren und auf CD zu brennen, damit sie nicht verloren gingen. Wie gut, dass Nadja und Mila mir bei der Durchsicht halfen – ohne sie hätte ich das Sortieren vermutlich nie hinbekommen und wäre an der Vielzahl der Bilder gescheitert. Zuletzt konnten wir aber alle Bilder den Orten und Nationalparks zuordnen, die wir besucht hatten. Viele Motive waren mehrfach fotografiert und nur die schönsten wurden behalten. Diese Bilder druckten wir dann aus und hängten sie in unserem Haus an verschiedenen Stellen auf. So werden wir täglich an diese wunderschöne Urlaubsreise erinnert.

Ab und zu, an Weihnachten oder Ostern, schauen wir uns die Bilder von der CD gemeinsam an. Irgendwann kam mir die Idee, es könne doch schön sein, die vergangene Stimmung jener Reise wieder aufleben zu lassen und beim Anschauen ein original australisches Bier zu trinken. Ich dachte dabei an das VB-Victoria Bitter.

In Frankfurt gibt es in einer Nebenstraße der Haupteinkaufsmeile „Zeil" einen Australien Shop mit original australischen Produkten. Dort marschierte ich hin, um genau dieses Bier zu kaufen. Ganze zwei Dosen VB waren vorrätig, bei denen, bei genauerem Hinsehen, das Haltbarkeitsdatum bereits seit drei Jahren abgelaufen war. Enttäuscht ließ ich es bleiben und suchte im Internet nach einem Importeur. Gar nicht so einfach; Foster's Bier hätte ich sofort bekommen, weil das die international vertriebene australische Biermarke und auch der Grund ist, warum die ganze Welt glaubt, die Australier tränken ausschließlich diese Biersorte. Ich wollte aber unbedingt „unser" VB. Also suchte ich weiter und fand tatsächlich einen Importeur, der es besorgen konnte. Der Preis entsprach in etwa dem Preis, den wir in Australien bezahlt hatten, also 15 Euro für einen Sixpack plus Versand. Das war mir die Sache wert.

Meine Familienmitglieder staunten nicht schlecht, als ich bei geeigneter Gelegenheit das VB servierte, natürlich eiskalt wie in Australien.

25. Oktober 2021, irgendwo im Outback, Australien

Nach kurzem Schlaf wache ich auf, weil ich merke, dass sich meine Lippen bewegen. Die Bewegung ist aber nicht meine eigene – ich habe ja geschlafen. Irgendjemand oder irgendetwas versucht von außen meine Lippen zu bewegen. Ich öffne die Augen, erschrecke fürchterlich und will instinktiv weglaufen, als ich erkenne, was es ist! Unfähig zu fliehen, (ich kann nach wie vor kein Glied bewegen), liege ich – der Situation hilflos ausgeliefert – da. Das wird mir schmerzlich bewusst.

Mitten in meinem Gesicht sitzt ein großer Skorpion und versucht mit seinen Zangen meinen Mund zu öffnen. Vermutlich sucht er ein Versteck. Skorpione suchen gerne

Unterschlupf in toten Tierkörpern auf. Das ist allgemein bekannt. Nur: Erstens bin ich kein Tier und zweitens definitiv noch nicht tot.

Mein Herz schlägt mir bis zum Hals. „Was passiert, wenn ein erwachsener Mann von einem Skorpion eine Ladung Gift injiziert bekommt?" schießt es mir durch den Kopf. „Reicht es aus, um ihn zu töten?" Ich beginne zu hyperventilieren. „Wie wirkt Skorpiongift? Beeinflusst das Gift die Blutgerinnung?" Ich habe seit Tagen kein ASS mehr zu mir nehmen können. Wie viel Panik kann mein Herz noch ertragen?

Ich werfe den Kopf zur Seite und der Skorpion fliegt durch die Fliehkraft weg. Immerhin kann ich den Kopf und den Nacken noch bewegen. Das beeindruckt den Skorpion allerdings wenig. Nach einer Minute hat er erneut in meinem Gesicht Platz genommen. Er versucht abermals meine Lippen zu öffnen. Ich presse die Lippen ganz fest zusammen, sodass der Kerl schließlich aufgibt. Danach startet er den Versuch, über die Nase in meinen Körper einzudringen. Glücklicherweise sind Nasenlöcher zu eng und er lässt ab… um sich meinen Augen zuzuwenden. Auch die kann ich mit den Augenlidern fest zukneifen.
Zuletzt probiert er es noch über die Ohren. Zu meiner großen Erleichterung gibt der Skorpion irgendwann auf und krabbelt davon.

Ich will aufstehen und scheitere. Aber – hat sich da eben nicht mein Mittelfinger bewegt? Ich probiere es noch einmal. Tatsächlich, der rechte Mittelfinger krümmt sich ein wenig. Ich probiere den linken Mittelfinger. Auch diesen kann ich ein wenig in Bewegung bringen. Nach wenigen Minuten bin ich in der Lage, meine Hände zu bewegen. Auch in den Füßen verspüre ich wieder Gefühl. Erste Glücksgefühle strömen in mich ein. Das Schreckgespenst einer Querschnittslähmung kann ich abschütteln.

Als nächstes gelingt es mir, meinen Körper dadurch zu bewegen, dass ich die Muskulatur in den Gesäßbacken anspanne. Fortschreitend glückt es, die Arme hochzuheben und die Beine anzuziehen und wieder auszustrecken. Nach circa einer Stunde bin ich in der Lage, aufzustehen – zunächst noch wackelig. Ein paar Minuten später stehe ich wieder fest auf den Beinen.

„Immer wenn du denkst, es geht nicht mehr, kommt von irgendwo ein Lichtlein her", kommt mir jetzt in den Sinn. Die Todes- und Sterbefantasien sind wie weggefegt. Ich suche mein Ziel, die Lichter, und entdecke sie. Sie erscheinen mir jetzt deutlich näher. Ich marschiere weiter, immer darauf bedacht, auf keine Giftschlange oder Giftspinne zu treten. Glücklich, jetzt wieder Kraft in den Beinen zu spüren, komme ich gut voran. Ich friere nicht mehr.

Warum ich mich nach meinem Sturz zunächst überhaupt nicht mehr und ein paar Stunden später wieder ganz normal bewegen kann, bleibt mir ein Rätsel. Ich bin kein Neurologe, aber ich vermute, dass ein zentraler Nerv, durch den Sturz bedingt, vorübergehend außer Funktion gewesen ist.

Der Boden wird jetzt wieder sandiger und das Gehen dadurch anstrengender. Bis jetzt hat mich, trotz der Zwangspause, noch keiner meiner Entführer eingeholt.

Aboriginals sind, wenn sie auf dem Land leben und ihr Lebensstil einigermaßen traditionell ist, extrem gute Fährtensucher. Wären sie das nicht, könnten sie in der Wildnis nicht überleben. Aus der Tatsache, dass mich noch keiner unserer Entführer eingeholt hat, schließe ich, dass sie mein Fehlen vermutlich erst sehr spät oder noch gar nicht bemerkt haben. Sie könnten in der Zwischenzeit allerdings unterwegs sein? Ich beeile mich.

Die Lichter, an denen ich mich orientiere, rücken immer näher. Ich weiß zwar nicht, wer oder was sich hinter dem Schein verbirgt, aber es bleibt meine einzige Hoffnung. Ich schreite voran, als die Lichter unvermittelt vollständig erlöschen! Was hat das zu bedeuten? Sind sie ausgegangen oder ausgeschaltet worden? Bisher sind sie doch gut zu sehen gewesen – warum also sollten sie mitten in der Nacht gelöscht werden? Immerhin bedeuten die Lichter meinen einzigen Orientierungspunkt! Sollte ich diesen verlieren, wäre meine Mission kurz vor ihrem Ziel zum Scheitern verurteilt.

Mein Weg im weichem Sand geht stetig bergauf. Verunsichert weiß ich nicht mehr in welcher Richtung ich weiterlaufen soll. Ich versuche geradeaus zu laufen und erkenne, weshalb ich die Lichter nicht habe wahrnehmen können – und mir fällt ein Stein vom Herzen: Zwischen mir und meinem Orientierungspunkt schiebt sich ein weiter Hügel dazwischen.

Der feine Sand erinnert mich an irgendeinen Ort, den ich in meinem Ausnahmezustand jedoch nicht zuordnen kann und auch über keine weiteren Kraftreserven und Zeit verfüge, darüber nachzudenken. Ich habe nur im Sinn, den Hügel vollständig zu erklimmen und die Lichter wieder zu sehen! Einen Moment verschnaufend, sammele ich mich wieder. Plötzlich vernehme ich ein Geräusch. Ich lausche in die Dunkelheit.

„Oh nein, Hundegebell! Die Entführer sind mir auf den Fersen", denke ich bestürzt. Ich renne den Hügel hoch so gut es geht. Der extrem feine Sand und die Steilheit des Hügels lassen ein zügiges Tempo nicht zu. Nach jedem Meter, den ich erklimme, rutsche ich wieder einen halben Meter zurück. Am Ende krabbele ich auf allen Vieren weiter.

„Verflucht", sage ich zu mir selbst. „An was erinnert dich diese Situation?" Es will mir nicht einfallen. Das Hundegebell kommt immer näher. Dann taucht plötzlich ein mittelgroßes Tier auf. Ich denke noch, welches Tier läuft denn freiwillig hier die Sanddünen hoch? Es ist kein Känguru und auch kein Wombat. „Vielleicht ist es ein Fuchs?", überlege ich. Füchse sind in Australien relativ häufig. Sie wurden von Europäern ausgesetzt, um die Kaninchenplage zu bekämpfen und sind mittlerweile selbst zur Landplage geworden. Das Tier vor mir besitzt ein helles Fell, soweit ich das in der Dunkelheit wahrnehme – und kann sich ganz gut im Sand fortbewegen. Dann taucht ein zweites Tier auf, dann ein drittes. Mein Puls beschleunigt sich rasant. Das vor mir sind nicht die Hunde unserer Entführer – es sind wilde Hunde, die im australischen Busch frei leben und an die ich überhaupt nicht gedacht habe, weil ich sie – außer im Zoo – noch nie zu Gesicht bekam. Dingos!

Dingos, die vor tausenden von Jahren von Einwanderern mit nach Australien gebracht wurden und sich seitdem frei in der australischen Wildnis bewegen und vermehren. Sie leben unabhängig vom Menschen in wolfsartigen Rudeln zusammen. Mittelgroße bis große Säugetiere, bis zur Größe von Riesenkängurus, stehen auf ihrem Speiseplan. Auch Nutztiere wie Schafe, Ziegen und Rinder gehören dazu, weswegen Farmer sie hassen wie die Pest und sie abschießen, wann immer sich eine Gelegenheit dafür bietet. Ab und zu verschmähen sie auch Menschen nicht – zum Beispiel, wenn diese allein im Busch unterwegs sind – und sich nicht wehren können. So wie ich…

Immer mehr Dingos erscheinen und nähern sich. Ich habe keine Ahnung, wie weit ich von meinem Ziel, den Lichtern, entfernt bin. Ich kann sie wegen des Sandhügels nicht mehr sehen. Als der erste Dingo mich mit fletschenden Zähnen anknurrt, richte ich mich instinktiv auf, um mich größer zu machen. Ich erinnere mich an die Szene mit den beiden Rottweilern in Broken Hill viereinhalb Jahre zuvor. Im Gegensatz zu damals finden sich hier keine Steine; um mich herum nur feinster Sand, sonst nichts. Das Dingo-Rudel beginnt mich einzukreisen.

Verzweifelt schaue ich mich um … Moment, was war das da? Ich erblicke einen Baum mit ganz niedrig hängenden Ästen.

„Das könnte meine Rettung sein", denke ich. Es stehen mehr als zehn Tiere um mich herum, bereit zum Angriff. Spontan stürze ich auf einen Dingo zu und trete nach ihm. Er weicht mir aus. Durch die entstandene Lücke renne ich schnurstracks auf den Baum zu, das hungrige Rudel hinter mir her. In dem Moment, als mich der erste Dingo anfallen will, springe ich an einen Ast des Baumes und halte mich an ihm fest. Meine Beine baumeln nicht mehr als zwanzig bis vierzig Zentimeter über dem Boden. Die Dingos springen mich an und versuchen sich in meinen Füßen zu verbeißen. Ich strampele und trete um mein Leben.

Obwohl ich seit Jahrzehnten im Rahmen meines Sport- und Fitnessprogramms Klimmzüge trainiert habe, schaffe ich es nicht, mich an dem Ast hochzuziehen, so ausgelaugt bin ich. Also hole ich Schwung wie auf einer Schaukel, bis ich mit den Beinen so hochkomme, dass ich ein Bein um den Ast schlingen kann, an dem ich hänge. Aus dieser Position gelingt es mir schließlich, mich hochzuziehen. Die Dingos springen und hüpfen mit lautem Gebell am Stamm des Baumes hoch. Zum Glück können sie nicht klettern. Ich bin ihnen in letzter Sekunde entkommen!

Über den Zufall

Der Duden definiert Zufall als *„etwas, was man nicht vorausgesehen hat, was nicht beabsichtigt war, was unerwartet geschah."*

Man kann Zufall auch als ein Ereignis definieren, für das es keine kausale Erklärung gibt.

Mathematiker, beziehungsweise Wissenschaftler versuchen immer wieder, Zufälle zu berechnen. Dieses Teilgebiet der Mathematik heißt *Stochastik* (Mathematik des Zufalls) und gliedert sich in die Wahrscheinlichkeitstheorie und die Mathematische Statistik.

Albert Einstein definiert Zufall auf seine Art:

„Das, wobei unsere Berechnungen versagen, nennen wir Zufall."

Religiöse Menschen glauben nicht an Zufälle. Sie glauben daran, dass alles von Gott oder einer höheren Macht vorbestimmt sei und nennen es Schicksal. Die Humoristen unter ihnen drücken es gerne so aus: *Zufall sei das Pseudonym Gottes, wenn er unerkannt bleiben möchte...*

Fallbeispiel 1

Vor vielen Jahren, meine Kinder waren noch klein, spielten wir in unserem Garten gemeinsam Federball.

Tage zuvor hatte ich einen kleinen Gartenteich angelegt – er existiert heute noch –, nicht sehr groß, circa zwei Meter lang und eineinhalb Meter breit, ihn mit Wasser befüllt und mit Wasserpflanzen versehen. An einem Sonntagnachmittag war alles soweit fertig und die Kinder wollten nun so schnell wie möglich bunte Goldfische in den Teich setzen. Sie konnten sich kaum bis zum nächsten Tag gedulden, ehe die Geschäfte wieder geöffnet haben würden, um welche kaufen zu können.

So machten wir eine Spielpause, saßen bei schönem Wetter auf unserer Terrasse und aßen Kuchen. Auf einmal hörten wir einen Plumps, so, wie wenn man einen Stein ins Wasser wirft. Neugierig gingen wir zum Teich und konnten noch die Wellen sehen. Wer hatte den Stein in unseren Teich geworfen? Wir schauten über den Zaun, ob auf dem Nachbargrundstück irgendwer zu sehen war. Vielleicht ein Kind, das sich einen Scherz erlaubt hatte?

Die Nachbarn waren aber ältere Menschen, deren Kinder und Enkel in Amerika lebten und seit vielen Jahren nicht mehr zu Besuch gekommen waren. Zumindest hatten wir lange Zeit niemanden gesehen. Auch jetzt sahen wir niemanden im Nachbargarten.

Das Einzige, das mir als Hobby-Ornithologen bei unserer Suche auffiel, war ein Graureiher, der hoch am Himmel kreiste und krächzte. Wir gingen dann kurz ins Haus und einige Minuten später wieder in den Garten, um unser Federballspiel fortzusetzen. Dabei stellten wir fest, dass der Graureiher, der vor ein paar Minuten noch hoch in der Luft geflogen war, direkt an unserem Gartenteich stand. Er verharrte regungslos und machte einen langen Hals mit dem Schnabel in Richtung Wasser. Es sah so aus, als wollte er gleich zustoßen und Beute machen. Aber was wollte er fangen? Es war weder ein Fisch noch ein Frosch oder Lurch in dem neu errichteten Gartenteich. Als der große Vogel uns bemerkte, flog er weg. Wir schauten in den Teich und entdeckten zu unserer Verwunderung einen dicken roten Goldfisch darin. Die Kinder waren begeistert.

In diesem Moment schaute der Nachbar über den Zaun. Er sagte, er habe von seinem Balkon aus beobachtet, wie etwas Rotes aus der Luft in unseren Gartenteich gefallen sei. Der Graureiher hatte wohl aus irgendeinem anderen Gartenteich einen Goldfisch gefangen, aber nicht verschluckt. Vermutlich wollte er die Beute an seinen Nachwuchs verfüttern und war mit dem Fisch im Schnabel auf dem Rückflug zu seinem Nest. In dem Moment, als er in großer Höhe über unseren Gartenteich flog, musste er seine Beute wohl verloren haben. Und das Kuriose: Der Fisch landete nicht einen Meter neben dem Gartenteich auf dem Rasen, auch nicht fünf Meter entfernt auf der Straße, wo er sich das Genick gebrochen hätte. Er landete auch nicht auf dem Dach der Gartenhütte oder dem Stein, der aus dem Wasser des Gartenteichs herausragte. Nein, er landete unversehrt direkt in unserem Teich. Da er aus großer Höhe heruntergefallen war, wäre er vermutlich auch zu Schaden gekommen, wenn er in den Flachwasserbereich des Gartenteichs gefallen wäre. Er fiel aber genau in die *Mitte*, – also, an die tiefste und sicherste Stelle des Teiches.

Der vom Himmel gefallene Fisch lebte zusammen mit weiteren Artgenossen, die wir am nächsten Tag in einem Zoogeschäft kauften, viele Jahre lang vergnügt in unserem Gartenteich. Seine Nachkommen tun dies noch heute.

Fallbeispiel 2

Als meine Frau und ich vor dreißig Jahren unser Haus kauften, befand sich an der einen Seite des Grundstücks eine circa fünfzehn Meter lange Hecke aus Ligustersträuchern. Anfangs war die Hecke ungefähr zwei Meter hoch und einen Meter breit. Im Laufe der Jahre wuchs sie jedes Jahr einen Zentimeter höher und zwei Zentimeter breiter, und das obwohl ich sie alljährlich zurückschnitt.

Irgendwann musste ich dann zum Schneiden auch auf das Grundstück des Nachbarn. Dort war das Gelände abschüssig und ich konnte die Leiter nicht richtigstellen, sodass ich mehrfach mit der elektrischen Heckenschere in der Hand von der Leiter fiel.

Die Hecke wuchs immer höher und breiter und war irgendwann nicht mehr zu bändigen. Ich beschloss, die komplette Hecke inklusive Wurzeln zu entfernen, einen Sichtschutzzaun zu errichten und statt der Ligusterhecke auf unserer Seite diverse Zwergobstbäume anzupflanzen. Der Vorteil war, dass ich erstens keine Hecke mehr schneiden musste und zweitens noch Äpfel, Birnen, Kirschen und Pflaumen würde ernten können.

So suchte ich nach einer Gartenbaufirma, die die Hecke fällen und die Wurzeln mittels Bagger ausgraben sollte. Es waren viele Firmen da, aber keine wollte den Auftrag haben, weil es keinen Zugang für schweres Gerät gab. Und auf Graben per Hand hatte keiner der Akteure Lust. Was also blieb mir anderes übrig, als mich selbst an die Arbeit zu machen…, ohne Maschinen versteht sich.

Es dauerte allein mehrere Tage, bis ich die Hecke gefällt und an den Straßenrand gebracht hatte, damit sie entsorgt werden konnte. Es kam eine komplette LKW-Ladung an Grünschnitt zusammen. Anschließend brauchte ich noch eine ganze Arbeitswoche, um die Wurzeln mit Spaten, Pickel und Kettensäge auszugraben beziehungsweise zu trennen.

Erst am letzten Arbeitstag fiel mir auf, dass ich meinen Ehering nicht mehr am Finger trug.

„Mist“, dachte ich. „Jetzt hast Du beim Wegmachen der Hecke irgendwo deinen Ring verloren.“ Vermutlich hing er an irgendeinem der Sträucher, die ich abgeschnitten und entsorgt hatte. „Den kriegst Du nie wieder“, sagte ich mir. Ich war traurig und beichtete schließlich Sabine den

Verlust. Erstaunlicherweise nahm sie es einigermaßen gefasst auf, obwohl ich seit diesem Tag ringlos war.

Sieben Jahre später war ich im Garten und wollte meinen Landschildkröten Wasser in ihren Tränken nachfüllen. Sie sind bei uns nicht eingesperrt, sie können sich frei im Garten bewegen.

Gleichzeitig wollte ich nachschauen, ob vielleicht schon eine der weiblichen Tiere mit der Eiablage begonnen hatte. Sie suchen dann nach geeigneten Plätzen und fangen an, Löcher zu graben. Auf der entgegengesetzten Grundstücksseite der ehemaligen Hecke, es liegen circa 25 Meter dazwischen, entdeckte ich eine Schildkröte beim Ausheben des Eiablageplatzes. Sie machen das mit den Hinterbeinen. Das Baggergut wird nach hinten und zur Seite ausgeworfen. Manchmal fliegen auch Kieselsteine oder kleine Holzstückchen durch die Luft, wenn sie mit ausgebuddelt werden. In diesem Fall jedoch handelte es sich um einen kleinen glitzernden Gegenstand, der genau in dem Moment ausgebuddelt wurde, als ich die Schildkröte bei ihrer Arbeit beobachtete. Ich bückte mich und hob den Gegenstand auf. Es war ein Goldring. Ich erkannte ihn sofort wieder. Es war mein vor sieben Jahren verloren gegangener Ehering. Die Freude und der Unglauben über das Wiederfinden waren riesengroß.

Fallbeispiel 3

Die Wahrscheinlichkeit den Hauptgewinn im Deutschen Lotto „6 aus 49" zu gewinnen beträgt rund 1:140 Millionen. Die Wahrscheinlichkeit bei einem Flugzeugabsturz ums Leben zu kommen beträgt 1:11 Millionen, ist also deutlich wahrscheinlicher.

Die Wahrscheinlichkeit vom Blitz getroffen zu werden liegt bei 1:3 Millionen, ist also noch wahrscheinlicher.

Wie viele Bäume gibt es in Australien? Wie viele Touristen klettern während ihres Urlaubs in Australien auf einen Baum? Wie viele dieser Baumkletter-Touristen stammen aus Deutschland und machen viereinhalb Jahre nach ihrem ersten Urlaub einen zweiten Urlaub in Australien? Wie viele von ihnen klettern in dem zweiten Urlaub wieder auf einen Baum? Wie groß ist die Wahrscheinlichkeit, dass ein deutscher Tourist in Australien, einem Land, in dem es viele Millionen Bäume gibt, nach über vier Jahren Abwesenheit unbeabsichtigt und orientierungslos mitten in der Nacht wieder auf denselben Baum klettert auf den er vor Jahren schon einmal geklettert war?

Albert Einstein:

„Das, wobei unsere Berechnungen versagen, nennen wir Zufall.“

Der Gläubige:

„Das ist Schicksal!“

Das alles geht mir jetzt durch den Kopf, während ich im Baum sitze.

Ich brauche zehn bis fünfzehn Minuten, um mich von den Strapazen der Flucht vor der Dingo-Bande zu erholen. Sicherheitshalber klettere ich noch etwas höher in den Baum. Jetzt befinde ich mich über der Kuppe der Sanddüne und kann die Lichter wieder sehen, zu denen ich will. Sie sind nicht mehr weit entfernt, schätzungsweise höchstens einen Kilometer. Die Dingos sind verschwunden. Sie haben glücklicherweise aufgegeben. Diesen einen Kilometer muss ich jetzt noch schaffen. Zum ersten Mal seit dem Beginn meiner Flucht habe ich das Gefühl, dass sie tatsächlich gelingen könnte. Ich schöpfe neue Hoffnung. Der Baum, auf dem ich sitze, gibt mir eine gewisse Geborgenheit und Sicherheit. Es ist ein Eukalyptusbaum – sein Duft verrät ihn.

Der Sternenhimmel leuchtet hell und man kann einigermaßen gut sehen, obwohl es mitten in der Nacht ist. Das Südkreuz im Sternenhimmel gibt mir irgendwie Mut. Ich schaue mir die Umgebung von oben an. Ich sehe die Sanddüne, die ich auf allen Vieren hochgekrabbelt war. Ich erblicke einen Autoparkplatz und eine Zufahrtsstraße. Auf dem Parkplatz kann ich ein Schild erkennen, das ich schon einmal übersehen habe. Das liegt aber viereinhalb Jahre zurück. Auf einmal macht es „Klick" in meinem Kopf und ich erkenne plötzlich, wo ich bin und auch an welches Ereignis mich das Erklimmen der Sanddüne vor ein paar Minuten erinnert.
Es grenzt an ein Wunder.

„Das gibt es doch gar nicht", sage ich zu mir selbst. Ich bin mir nicht sicher, ob ich träume oder fantasiere oder ob ich vielleicht doch auf meiner Flucht ums Leben gekommen bin und die Bilder nun aus einer ganz anderen Perspektive sehe?

Oder der ganze Stress ist für mich einfach zu viel gewesen und ich bin verrückt geworden?

Ich hole tief Luft. Ich kneife mir in das Bein und in den Arm. Ich spüre die Kniffe. Ich rieche den Eukalyptusduft und fühle den kalten Wind im Gesicht. Ich schaue mich noch einmal um. Es ist tatsächlich so. Es gibt keinen Zweifel. Ich sitze wieder auf den Ästen des „God Tree" mitten in den „Perry Sandhills" in der Nähe von Wentworth.

Schon beim ersten Kontakt mit diesem Baum vor viereinhalb Jahren hatte ich bemerkt, dass er kein „normaler" Baum war. Manche Dinge oder Phänomene kann man mit Worten nicht beschreiben, man muss sie einfach erlebt haben. Ich bin Naturwissenschaftler und kein Esoterik-Jünger. Aber dieser Baum strahlte von Anfang an eine ganz spezielle Aura aus. Lukas, der kein religiöser Mensch ist, hatte bei unserer Kletterpartie 2017 gesagt: „Eine Urmacht steht hier. Hier muss Gott wohnen." Wer hätte gedacht, dass dieser mystische Baum mir Jahre später das Leben retten würde?

Ich muss an unseren kleinen „God Tree" zu Hause denken, den ich aus dem Samen desjenigen Baumes gezogen habe, auf dem ich augenblicklich sitze und der so erbärmlich hat sterben müssen. Ich schaue mich um. Der „God Tree" hängt voller Samen. Ich traue mich nicht mehr, etwas davon zu pflücken. Ich will das Schicksal nicht noch einmal herausfordern.

So verweile ich im Baum und versuche mich zu erinnern, wie wir die „Perry Sandhills" seinerzeit gefunden haben. Ich weiß noch, wir hatten sie nicht als direktes Ziel in unserem Tourenplan, sondern wir wurden durch unser

Navigationsgerät auf die „Perry Sandhills“ als touristisches Ziel aufmerksam gemacht, als wir an ihnen vorbeifuhren. Deshalb gönnten wir uns den kleinen Abstecher von der Fernstraße, weil es für uns so gut wie keinen Umweg bedeutete.

Ich erinnere mich noch, dass es nur ein kurzes Stück von der Fernstraße entfernt war, bis wir den Parkplatz erreicht hatten auf dem damals kein einziges Fahrzeug stand.

Mit dieser Erkenntnis ändere ich meinen Plan und will jetzt, wo ich um meinen Standort weiß, nicht mehr die Lichter als Ziel ansteuern, sondern versuchen die Fernstraße zu erreichen. Hier fahren immer Autos, sicherlich das eine oder andere auch mitten in der Nacht. Ich plane, das nächste Auto anzuhalten und um Hilfe zu bitten. Irgendwie erscheint mir das sicherer als mich auf die Lichter zu verlassen, bei denen ich ja nicht weiß, wozu sie gehören und ob dort wirklich Hilfe zu erwarten ist. Ich will auch nicht wieder auf Wachhunde treffen oder von Wachleuten erschossen werden.

Mein Herz klopft vor Vorfreude. Ich schätze, dass ich spätestens in fünfzehn Minuten an der Fernstraße sein werde. Also klettere ich vom Baum herunter und umarme den Stamm, um mich von ihm zu verabschieden und mich bei ihm zu bedanken. Meine Arme müssten mindestens doppelt so lang sein, um den Stamm umfassen zu können.

Ich stehe unter dem „God Tree“ und suche den einfachsten Weg, wie von den „Perry Sandhills“ abzusteigen sei. Unter dem Baum liegt eine zentimeterhohe Schicht heruntergefallener Samen, die niemals in der Trockenheit würden keimen können. Ich muss wieder an unseren gemeuchelten kleinen „God Tree“ denken. Wenn ich jetzt ein paar von den Samen aufheben würde, die in ein paar Tagen ohnehin vertrocknet sein würden, dann könnte ich ja wieder versuchen, einen kleinen Baum daraus zu ziehen. Dagegen konnte doch kein Mensch und auch kein höheres Wesen etwas haben. Ich sammele einige Samen ein und gehe los.

Vom Parkplatz weg führt nur eine unbefestigte Straße. Die laufe ich entlang so schnell es bei Nacht möglich ist. Plötzlich höre ich eine menschliche Stimme. Mir stockt der Atem und mein Puls beginnt zu rasen. Ich verhalte mich mucksmäuschenstill. Haben die Entführer mich gefunden? Es ist eine Frauenstimme, die ich höre. Es scheint, als riefe die Frau nach jemandem, als riefe sie einen Namen. Die Frau kommt immer näher auf mich zu bis sie mich schließlich entdeckt. Vor mir steht eine ältere Aboriginal, die einen verwirrten Eindruck auf mich macht. Sie scheint allein zu sein und spricht mich erst in ihrer Aboriginal-Sprache, dann auf Englisch an und fragt mich, ob ich ihre Tochter gesehen habe. Ich antworte, dass mir niemand begegnet sei, dass ich aber selbst dringend Hilfe bräuchte, weil meine Familie entführt worden sei und irgendwo in der Nähe gefangen gehalten werde. Die Frau überlegt nicht lange und fordert mich auf, ihr zu folgen. Irgendwie macht sie trotz ihrer Verwirrtheit einen vertrauenswürdigen Eindruck auf mich.

Die Frau ist zweifelsfrei ortskundig. Sie schlägt eine Richtung ein, die von der Fernstraße wegführt, dennoch folge ich ihr. Nach ein paar Minuten bleibt sie plötzlich stehen und gibt mir durch ein Zeichen zu verstehen, dass ich still sein solle. Sie lauscht in die Nacht. Dann macht sich Angst bei ihr bemerkbar.

„Wir werden verfolgt", sagt sie zu mir.

Es dauert keine fünf Minuten, da haben uns die Verfolger gestellt. Den einen kann ich als unseren Wachmann identifizieren, die beiden anderen kenne ich nicht.

Einer der Männer spricht die Frau an: „Nerida, was machst du denn wieder mitten in der Nacht hier draußen? Sieh zu, dass du so schnell wie möglich nach Hause kommst!"

Die Männer tragen Speere. Ich habe keine Chance, mich gegen sie zu wehren. Resigniert ergebe ich mich. Ist nun alles umsonst gewesen?

Die Aboriginals fesseln mir die Arme, nehmen mich in ihre Mitte und zwingen mich, ihnen zu folgen. Sie bleiben ganz ruhig und emotionslos. Ganz im Gegenteil zu meinem Innern. Mein Fluchtversuch ist gescheitert. Die Samen des „God Tree" friemele ich unauffällig aus meiner Hosentasche und werfe sie unterwegs weg. Nie wieder würde ich irgendetwas von diesem Baum mitnehmen, kein Blatt, kein Stück Rinde, keinen Samen vom Baum, keinen Samen vom Boden, auch wenn er niemals hätte keimen können auf den „Perry Sandhills".

Gegen Morgengrauen erreichen wir das Versteck. Ich bin total erschöpft und falle nach kurzer Begrüßung meiner Familie in einen todesähnlichen Tiefschlaf.

Traditionelle Gerichtsverhandlung

Am fünften Tag unserer Entführung tut sich etwas außerhalb der Höhle. Es sind mehrere Stimmen zu hören, ein Feuer wird entfacht und mehrere Musiker beginnen, auf ihren Didgeridoos spezielle Rhythmusfolgen anzustimmen. Die erzeugten Töne stellen die Vibrationen der Regenbogenschlange dar, die als Symbol der Weisheit gilt und mit der bei wichtigen Zeremonien in einem komplizierten Ritual Kontakt aufgenommen wird.

Wir werden alle fünf an den Händen mit Seilen gefesselt und aus der Höhle geleitet. Es ist tiefe Nacht und bitterkalt. Wo genau in Australien wir uns befinden, können wir immer noch nicht ausmachen – wir wissen lediglich, dass wir nur wenige Kilometer vom „God Tree" entfernt sind.

Die Tage in der Höhle haben sich endlos dahingezogen und verschwimmen zu einem einzigen qualvollen, unmenschlichen Ereignis. Körperlich ausgezehrt, ist das Schlimmste für uns die psychische Belastung und die Ungewissheit, was mit uns passieren wird.

Ein einziger winziger Hoffnungsschimmer bleibt: Louis ist nicht entführt worden, weil er zur Zeit des Überfalls nicht im Apartment gewesen ist. Die Tatsache, dass keiner der Entführer nach einer weiteren Person gefragt hat, deutet darauf hin, dass die Entführer keine Kenntnis davon besitzen, wie viele Personen unsere Gruppe tatsächlich zählt. Das wiederum erscheint für eine geplante Entführung eher unprofessionell. Was wollen die Entführer von uns? Liegt möglicherweise sogar eine Verwechslung vor? Und was ist eigentlich mit Tracey und

Nick? Ein Gedanke will mir nicht mehr aus dem Kopf gehen: Haben die beiden am Ende doch etwas mit der Entführung zu tun? Niemand von uns will und kann sich das vorstellen. Unsere Hoffnung liegt allein auf Louis.

Als wir die bemalten und geschmückten Gestalten in der Nacht sehen, die uns alles andere als wohlwollend anblicken, ahnen wir, dass die Angelegenheit nicht angenehm für uns werden würde.

In der Mitte des Versammlungsplatzes brennt ein großes Lagerfeuer. Lukas und ich werden angewiesen, uns auf die rechte Seite zu setzen, Sabine, Nadja und Mila auf die linke.

Es sind circa dreißig Aboriginals anwesend, allesamt Männer; bemalt und geschmückt. Einer fällt durch besonderen Schmuck und eine sehr starke, weiße und rote Bemalung auf. Dieser Mann, Wortführer und Zeremonienenmeister, ist der Karadji.

Dass es sich bei der Zeremonie, die abgehalten wird, um eine Art Gerichtsverhandlung handelt, bei der wir die Angeklagten sind, wird uns schnell klar.

Dann beginnt die Zeremonie. Der Karadji startet mit einem Tanz. Mehrere Musiker blasen in ihre Didgeridoos; Gesang setzt ein. Die übrigen Anwesenden, die kein Instrument spielen, nehmen am Tanz teil. Zwischendurch stoppt die Musik. Der Karadji tanzt auf uns zu, schreit uns an und wirft eine Churinga – ein Brett mit Abbildern der Maletji-Hunde – durch die Luft. Die Maletji-Hunde verkörpern in der Mythologie der Aboriginals das Gesetz und werden so um Unterstützung bei der Festlegung des Strafmaßes für die Angeklagten gebeten.

Die einzelnen Schritte der Zeremonie wiederholen sich. Dabei nimmt die Lautstärke der Gesänge und der Didgeridoos immer mehr zu. Die Tänze werden immer wilder und ekstatischer. Das Ganze zieht sich über Stunden hin. Wir sind vollkommen benommen vor Hunger, Angst, dem Licht, den Farben und dem Geschrei. Ich verliere fast das Bewusstsein, werde aber wieder hellwach, als urplötzlich, auf Kommando des Karadji, alle Aktivitäten abrupt stoppen. Die unvermittelt entstehende Stille lässt uns erschaudern.

Der Karadji wendet sich an uns und spricht in schlechtem Englisch: „Jeder Besucher ist bei uns willkommen, wenn er sich an folgende einfache Regel hält, die seit Beginn der Traumzeit gilt:

‚Hinterlasse nichts als deine Fußspuren und nimm nichts mit außer deinen Erinnerungen.'

Warum sagt euch das niemand, wenn ihr unser Land besucht?

Millionen von Fremden fallen Jahr für Jahr in unser Land ein, ohne dass sie von uns eingeladen wurden. Sie haben keinerlei Ahnung von unseren Traditionen, missachten unsere Kultur und quälen unsere ‚Mutter Erde'. Sie nehmen Steine, Tiere, Pflanzen oder sogar Haare von uns als Erinnerungsstücke mit nach Hause. Unsere Geister können dann keine Ruhe finden, denn für uns gilt: Alles muss dort enden, wo es begonnen hat. Es wurden schon Steine aus Amerika von den Leuten zurückgeschickt, die sie zuvor dem heiligen Berg Uluru entnommen hatten, weil sie ihnen nur Unglück brachten.

Aber die ihr hier seid, habt uns ‚Mugnugari' ganz besonderen Schaden zugefügt. Ihr habt unseren heiligen Baum vor einigen Jahren entweiht, indem Ihr seinen Samen geraubt habt. In die Wurzeln dieses Baums hatte sich die Regenbogenschlange zurückgezogen, seitdem der Darling und Murray River so wenig Wasser führen. Ihr habt sie in ihrer Ruhe gestört. Seit dieser Zeit hat keine einzige Frau aus unserem Clan mehr ein Kind in das Totem des Eukalyptusbaumes hineingeboren. Das ist alleine eure Schuld. Dafür werdet ihr heute bestraft. Nur so kann die Regenbogenschlange besänftigt und die Verbindung zur Traumzeit wieder hergestellt werden."

Jetzt wissen wir, warum wir hier sind. Das macht uns furchtbare Angst, denn unser unbeabsichtigtes Vergehen wiegt schwer!

Der Karadji hält ein langes Messer mit beiden Händen über dem Kopf als er bedächtig auf mich zukommt. Sabine bekommt einen Schreikampf und muss von zwei gestandenen Aboriginalmännern gehalten werden, so vehement schlägt sie um sich, als sie erkennt, was er mit mir vorhat.

Der Karadji deutet auf mich, ich solle zu ihm kommen. Als ich mich nicht rühre, nickt er drei weißbemalten Männern zu, die mich dann gewaltsam festhalten und meinen rechten Unterarm mit der Innenseite nach vorne drücken. Ich wehre mich mit allen Kräften, habe aber letzten Endes keine Chance.

Er ritzt mir mit seinem langen Messer die Adern des rechten Unterarms auf. Nicht tief genug, um zu töten, aber um einen erheblichen Blutverlust herbeizuführen. Warm und dickflüssig rinnt das Blut an meinem Arm herunter.

Will mich der Karadji allen Ernstes qualvoll verbluten lassen?

Die weißbemalten Männer drücken mich auf meinen Platz zurück. Dann ist Lukas an der Reihe. Auch ihm werden die Adern des rechten Unterarms aufgeritzt und auch er wird zu Boden gedrückt. Sabine, Nadja und Mila sind bleich vor Entsetzen. Durch das Licht des Feuers in der Dunkelheit erscheint die Szene noch gespenstiger. Dann flammt in mir kurz die Hoffnung auf, dass die Frauen von der Zeremonie verschont blieben, denn der Karadji zögert einen Moment, ehe er erneut zu tanzen beginnt. Wieder wird die Churinga in die Luft geworfen. Das wiederholt sich mehrfach, bis sich der Karadji über die weitere Vorgehensweise der Gerichtsbarkeit sicher ist. Erneut nimmt er sein langes Messer und trägt es theatralisch über seinem Kopf. Mit bedächtigen Schritten nähert er sich mir. Was hat er jetzt vor? Ich hoffe inbrünstig, dass er seine gesamte Wut an mir auslassen und den Rest meiner Familie verschonen würde. Ich bin bereit zu sterben.

Doch er überzeugt sich zunächst bei mir und dann bei Lukas davon, dass das Blut ordentlich fließt und in die Glut des Feuers tropft, um als weißer Rauch zu verdampfen. So soll es wohl sein. Dann deutet er auf die Frauen. Meine Hoffnung, sie könnten verschont bleiben, ist dahin. Zuerst werden Sabine die Adern des linken Unterarmes aufgeritzt. Sie lässt es erstaunlich ruhig über sich ergehen. Dann werden Nadja und Mila genötigt, ihren linken Arm auszustrecken.

Der Karadji will gerade das Messer bei Mila ansetzen, als Sabine mit der Kraft, die nur eine Mutter für ihre Kinder entwickeln kann, aufspringt und die beiden weißbemalten Männer in die Glut des Lagerfeuers stößt. Das Geschrei ist riesengroß, denn beide Männer verbrennen sich ordentlich. Ein Geruch nach versengtem Fleisch hängt in der Luft. Nach diesem Vorfall wird die Stimmung noch aggressiver. Schließlich werden auch Nadja und Mila die Adern des linken Unterarmes aufgeritzt. So sitzen wir fünf blutend vor dem Lagerfeuer und müssen die Arme so halten, dass unser Blut in die Glut tropft und darin verbrennt.

Die Didgeridoo-Spieler wechseln jetzt in einen abgewandelten, schnelleren Rhythmus. Der Karadji fordert die übrigen Aboriginals zum Tanz auf, während er zu singen beginnt und die Churinga wiederum mehrfach in die Luft wirft. Das Urteil ist also noch nicht endgültig gefällt. Die Maletji-Hunde müssen noch einmal befragt werden.

Plötzlich ist ein Auto zu hören, das sich mit heulendem Motor durch die Nacht in unsere Richtung bewegt. Die Aboriginals werden nervös und unterbrechen die Zeremonie. Das Auto bremst scharf; heraus springt Nick in einer Schnelligkeit, die man ihm mit seinem massigen Körper nicht zugetraut hätte. Er erblickt uns und schätzt die Situation sofort richtig ein. Da kommt Hoffnung in mir auf, dass wir vielleicht doch noch in letzter Minute gerettet werden könnten. Nick schreit den Karadji in einer Sprache an, die wir nicht verstehen und der… schreit zurück. Einige Aboriginals springen auf und es kommt zu einem Handgemenge. Schließlich deutet der Karadji mit dem Speer auf Nick und gibt den anderen Aboriginals einen Befehl. Es sind fünf Männer notwendig, um den massigen Nick zu bändigen. Er wird schließlich gefesselt und weggebracht.

Ich frage mich, wer von uns allen als erstes verbluten wird. Lukas, der direkt neben mir sitzt, hat schon eine beträchtliche Menge Blut verloren. Den Frauen sind erst später die Adern aufgeschnitten worden. Aber wird das am Ende etwas nützen? Außerdem wurde vom Karadji kein präziser chirurgischer Schnitt durchgeführt, was die Schnitttiefe sicherlich unterschiedlich macht. Ich selbst habe diese Blutgerinnungsstörung und hoffe daher, der Erste zu sein, den es dahinrafft. Vielleicht wendet sich dadurch das Blatt und die anderen können doch noch irgendwie verschont werden?

Schon in den Tagen zuvor, während unserer „Höhlenhaft", habe ich mir schwere Vorwürfe gemacht, dass wir – entgegen aller Vorwarnungen – die zweite Reise nach Australien doch angetreten haben. Nach den vielen Vorfällen im Vorfeld der Reise wäre es – nach Sabines Vorschlag – klüger gewesen, zu verzichten. Aber die Erinnerungen an den wunderschönen ersten Australienurlaub vor viereinhalb Jahren und die Hoffnung, solch eine Reise noch einmal erleben zu dürfen, siegte bei den anderen Beteiligten über die Bedenken. Hinzu kamen natürlich auch die hohen Reisekosten für eine komplette Familie, wovon das meiste ja schon im Voraus bezahlt worden war. Der allerwichtigste Grund für mich, die Reise doch anzutreten, ist jedoch meine Sorge gewesen, dass, wenn wir es jetzt nicht verwirklichten, es vermutlich nie mehr klappen würde. Zumindest in der geplanten

Konstellation nicht. Schließlich sind unsere Kinder in der Zwischenzeit 26 und 29 Jahre alt, beide in festen Beziehungen und im Begriff, eventuell bald selbst eigene Familien zu gründen. Nachwuchs käme dann irgendwann wahrscheinlich dazu – und mit Babies oder Kleinkindern eine solche Reise von Deutschland aus um die halbe Welt bis nach Australien zu machen, ist weder vernünftig noch erfreulich. In zehn oder mehr Jahren sind Sabine und ich dann möglicherweise zu alt für solche Unternehmungen.

So werfe ich mir vor, aus mehr oder weniger purem Eigeninteresse, meine komplette Familie inklusive der zukünftigen Schwiegersöhne ins Verderben geführt zu haben. Hätte ich es verhindern können? Ich hätte es verhindern müssen! An allem bin ich schuld.

Alles bisher in meinem Leben Erfahrene steigt bildlich in mir hoch – all meine Albträume, in denen ich vorherige lebensbedrohliche Ereignisse nochmal im Innern erleben muss, sind nichts gegen die Vorstellung, was jetzt käme. Meine nächtlichen Erstickungsanfälle, bei denen ich mehrmals sicher war, dass ich sie nicht überlebte, meine beiden schweren Autounfälle, den Angriff eines Hornissenschwarms, den ich beinahe mit dem Leben bezahlt hätte und schließlich mein schwerer Herzinfarkt vor einigen Jahren. Es erscheint mir geradezu lächerlich, dass mir ausgerechnet jetzt diese Dinge einfallen. Verglichen mit der aktuellen Situation scheinen das im Grunde genommen vollkommen unbedeutende Ereignisse gewesen zu sein, bei denen es nur um mich als Einzelperson ging. Jetzt geht es um viel mehr. Es geht um meine komplette Familie. Es geht um alles.

Bei diesem inneren Schreckensszenario verliere ich das Bewusstsein. Aber selbst in der Bewusstlosigkeit merke ich, wie es mir sehr, sehr schlecht geht. Schmerzen fühle ich zunächst keine. Aber es ist mir so unglaublich übel, wie man es kaum beschreiben kann. Es ist nicht so wie man es kennt, kurz bevor man sich übergeben muss. Diese Art von Übelkeit ist ungleich stärker und kommt nicht vom Magen her, sondern von viel weiter innen. Welche Gehirnwindungen in solch einem Zustand noch aktiv sind, kann ich nicht sagen. Die Übelkeit ist kaum noch zu ertragen. Dann fange ich plötzlich an zu schwitzen. Das erfolgt von einer auf die andere Sekunde. Ich habe das Gefühl, bei lebendigem Leib zu verbrennen. Zeitgleich fangen mein Gesicht und meine Hände an zu frieren. Und zwar so, dass es richtig weh tut!

„So leidet wohl ein Tier, wenn es ausblutet während es noch lebt", denke ich. Ich merke, wie sich mein Leben langsam von mir verabschiedet und zu Ende geht. Das vielfach beschriebene verheißungsvolle Licht am Ende des Tunnels, das von Menschen mit Nahtoderfahrung beschrieben wird, bleibt mir, warum auch immer, verwehrt. Stattdessen nehme ich in der Ferne Menschen wahr, die von dem Ort weg eilen, an den mich irgendeine unbekannte Kraft hinzieht. Diese Menschen rennen panisch davon. Andere hingegen kommen auf mich zu; ich kann ihre Gesichter erkennen. Sie zeigen alle den gleichen Ausdruck: Jenes furchterregende Totenkopfgesicht, das Edvard Munch in seinem Bild „Der Schrei" verewigt hat: Die Hände an die Ohren gepresst und die Augen und den Mund vor Panik weit aufgerissen. Da ist niemand, der mich behutsam an den Händen fasst und mich ans andere Ufer führt. Und genau so fühle ich mich. Neben der nicht zu beschreibenden Übelkeit und den Verbrennungs- und Erfrierungsschmerzen bekomme ich eine panische Angst vor dem Sterben und dem Tod. Ein schier nicht enden wollender Albtraum, ein Horrortrip – aus dem es keinen Ausweg, keine Erlösung gibt! Jetzt ist es soweit: So ist das also, wenn man stirbt. Der Blutverlust ist zu groß gewesen. Mein Überlebenswille bricht. Als Letztes vernehme ich einen extrem lauten Knall in meinem Kopf, eine Art Explosion. Danach bin ich von meinen Schmerzen und Ängsten erlöst.

An dieser Stelle endet meine Erzählung erst einmal – und Nadja berichtet weiter:

„Den Rest der Zeremonie hat mein Vater nicht mehr mitbekommen; er lag da wie tot.

Als der Karadji bemerkte, dass mein Vater das Bewusstsein verloren hatte, brach er die Zeremonie sofort ab. Die weißbemalten Aboriginals versuchten ihm vergeblich Wasser einzuflößen, aber er bewegte sich nicht mehr. Mit einer Art Lederriemen wurden uns die Wunden verbunden.

Nur Lukas und ich bekamen noch richtig mit, was passierte. Mama und Mila stierten lethargisch vor sich hin. Offensichtlich war die Zeremonie anders ausgegangen als geplant.

Die Aboriginals rannten durcheinander und schütteten uns aus Trinkbeuteln Wasser über die Köpfe. Decken wurden gebracht und wir wurden darin eingehüllt. Als einige Aboriginals versuchten, uns auf Tragen zu legen und in eine Höhle zu schaffen, gab es im Hintergrund plötzlich einen lauten Knall und ein helles Licht erleuchtete kurzzeitig die Nacht. Aus der Dunkelheit trat eine Gestalt, die eher an ein überirdisches Wesen als an einen Menschen erinnerte.

Die Gestalt schien über und über mit Federn bewachsen zu sein. Die oberen Extremitäten zeigten ein Mittelding aus Armen und Flügeln. Die Augen leuchteten gleißend weiß. Aus dem Mund, der eher wie ein Schnabel aussah, floss eine weiße Flüssigkeit. Als die Aboriginals die Gestalt sahen, fielen sie ehrfurchtvoll auf die Knie. Nach vielen Jahren der Abwesenheit war der Große Baiame, der Schöpfungsgeist aus der Traumzeit, wieder zu ihnen gekehrt.

Unmissverständlich machte der Baiame klar, dass die Zeremonie noch nicht zu Ende sei. Im Gegenteil. Den Ausgang unserer Gerichtsverhandlung konnte er so nicht akzeptieren. Er befahl den Aboriginals, uns im Kreis um das Lagerfeuer zu legen. Die Köpfe zum Feuer hin ausgerichtet. Der Baiame interessierte sich von Anfang an mehr für uns Frauen, als für Lukas und meinen Vater. Als er mit einem großen Speer kam, der auch mit Federn geschmückt war, ging ein ängstliches Zucken durch die Runde der Aboriginals. Der Karadji erlaubte sich, sich in Demutshaltung dem Baiame zu nähern, um mit ihm zu sprechen. Der Baiame fühlte sich dadurch in seinem heiligen Ritual gestört, wurde wütend, rasend wütend. Er rastete vollkommen aus und durchbohrte schließlich den Karadji mit seinem Speer. Er rammte seinen Speer direkt ins Herz seines Gegenübers. Der Karadji fiel auf der Stelle tot um.

Die Beobachter gaben einen einsilbigen Laut der Verwunderung von sich, den man vielleicht mit „Huch, was war das denn?“ übersetzen könnte. Danach wurde es mucksmäuschenstill. Keiner rührte sich.

Nach einigen Sekunden des Schocks wurde es dann hektisch. Einige Aboriginals erhoben sich. Der Baiame ging mit seinem blutigen Speer, den er wieder aus dem Körper des Karadji herausgezogen hatte, direkt in Richtung von uns Frauen. Wir schrien laut auf. Als er vor mir stand, sah er mir genau ins Gesicht, hielt kurz inne und es sah so aus, als ob er von etwas überrascht sei. Er schaute mich ganz genau an. Dann ging er zu meiner Schwester, dann wieder zu mir und schließlich wieder zu Mila. Er schien verwirrt. Schließlich holte er mit seinem Speer aus, um mich zu töten. Mit allerletzter Kraft schaffte es meine Mutter, sich aufzubäumen und sich auf den Baiame zu werfen. Sie klammerte sich an seinem Gefieder fest. Es gab einen Ruck. Irgendetwas hatte sich gelöst und mit einem Mal rutschte der komplette Federschmuck einschließlich der Gesichtsmaske ab. Man konnte auf der Rückseite Schläuche, Kabel und kleine Plastikbehälter erkennen. Lukas schaffte es noch, der bloßgestellten Person den Speer wegzunehmen.

Die Aboriginals waren total verwirrt. Einige versuchten vergeblich ihrem toten, blutenden Karadji zu helfen, andere interessierten sich mehr für den hellhäutigen Baiame, der inzwischen wieder sein Federkleid trug. Am Ende bildeten sich zwei Gruppen, die gegeneinander kämpften. Dazwischen wir. Mein Vater zählte nicht mehr dazu. Sein Geist bewegte sich in anderen Sphären.

Befreiung

Die Rotorblätter dröhnen extrem laut. Die beiden Helikopter nähern sich schnell. Inzwischen dämmert es und das Spezialkommando der Australian Federal Police verlässt über Strickleitern die Hubschrauber. Die Szene erinnert eher an eine militärische Übung als an einen

Polizeieinsatz, so präzise wird sie durchgeführt. Mit Schnellschussfeuergewehren im Anschlag stürmen die Spezialeinsatzkräfte den Zeremonienplatz.

Es ist Lukas und Louis zu verdanken, dass die Polizei den Ort, an dem wir tagelang gefangen gehalten und schließlich verurteilt und bestraft wurden, im australischen Busch finden konnte. Lukas, der sein Spezial-Handy in Form einer Armbanduhr mit GPS-System nur deshalb nicht weggenommen bekam, weil es wie eine normale Armbanduhr aussah, sendet seit unserer Entführung konstant die Gauß-Krüger-Koordinaten unseres Aufenthaltsortes an Louis. Der wiederum kann mit diesen Daten als begeisterter Pokémon Go-Spieler den jeweiligen Sendeort ermitteln. Leider erreichen die Daten erst mit mehrtägiger Verspätung sein Mobiltelefon, weil das Netz in Australien im ländlichen Bereich sehr eingeschränkt und lückenhaft ist. Als das Fahrzeug, in dem man uns verschleppte, dann die letzten Städte mit Mobilempfang verlassen hat, zeigt das GPS nur noch „Straße, unclassified", eine Mischung aus deutsch und englisch, an. Mit Hilfe dieser Daten konnte die Polizei schließlich unseren Standort ermitteln und die Entführung teilweise rekonstruieren. Auch von den Ereignissen im Vorfeld unserer Reise berichtete Louis der Polizei. Ihm fehlte jedoch einiges an Detailwissen von unserer ersten Reise, da er ja damals nicht dabei gewesen war. Die australische Polizei nahm die Angelegenheit von Anfang an sehr ernst. Es wurde sofort eine Sonderkommission ins Leben gerufen, weil sich in den 90er Jahren schon einmal ein ähnlicher Fall in der Region zugetragen hatte, der mit dem Tod einer kompletten Familie aus Norwegen endete. In den Jahren danach war der Tourismus in Australien um über fünfzig Prozent eingebrochen.

Mit den vorhandenen GPS-Daten konnte die Route verfolgt werden, die unsere Entführer gewählt hatten; von unserem Hotel in Melbourne bis zu dem Ort, wo es kein Netz mehr gab, weil wir im Outback festsaßen. Die Polizei hatte sich in ihrer Not an die Stammesältesten der „Barkindji" gewandt und diese um Hilfe bei der Suche gebeten, als klar wurde, in welcher Region sich unser Versteck befinden musste. Mit Hilfe ihrer Ortskenntnis konnte dann tatsächlich unser Aufenthaltsort ermittelt werden. Erschwert wurde das Ganze durch den Umstand, dass die von Lukas gesendeten Daten zunächst zeitversetzt bei Louis angekommen waren und nur soweit übermittelt wurden, wie die Netzabdeckung reichte.

Die Lage vor Ort ist für das Spezialkommando vollkommen unübersichtlich. Blutende Körper liegen herum, darunter die deutschen Touristen. Ob bereits tot oder noch lebendig kann auf die Schnelle niemand erkennen. Kämpfende Aboriginals bekriegen sich mit Messern. Schließlich löst sich eine Gruppe aus der Menge und wagt mit ihren Speeren einen Angriff auf das Spezialkommando der Polizei, aufgehetzt von der als Baiame verkleideten Gestalt im Hintergrund.

Was dann folgt, wird im späteren Polizeibericht als Außerkontrollsituation beschrieben.

Der erste Schuss trifft einen der aufgehetzten Aboriginals ins Bein. Daraufhin weichen die anderen Angreifer zunächst zurück. Dann fliegt über die erste

Reihe der Aboriginals von hinten ein Speer und verletzt einen Polizisten am Hals, wo die Schutzweste ihn nicht schützen kann. Blutend bricht dieser sofort zusammen. Dies ist für einige Aboriginals der Anlass weitere Speere zu werfen und für die Polizei das Signal, das Feuer zu eröffnen. Das Chaos ist perfekt.

Der Vorfall ist in den nächsten Wochen das bestimmende Thema in den Medien. Zunächst wird nur über das Blutbad und die achtzehn Toten berichtet, die der Einsatz gefordert hat.

Der australische Premierminister Wayne Johnson ordnet Staatstrauer an. In der gesamten Welt wird über den Vorfall berichtet. In den höchsten Polizeikreisen und vor allem auf politischer Ebene diskutiert man wochenlang über die Verhältnismäßigkeit dieses Einsatzes. In den australischen Städten kommt es zu Demonstrationen bis hin zu Plünderungen. Alte Wunden in der Beziehung zwischen den Aboriginals und den europäischen Einwanderern reißen auf. Die sanften Annäherungsversuche, die es zwischen diesen beiden Hauptkulturen in Australien in den letzten Jahren gegeben hat, werden auf einmal von beiden Seiten in Frage gestellt.

Die gewaltsame Befreiungsaktion wird bereits vor acht Uhr morgens beendet. Alle Überlebenden werden mit dem Hubschrauber in die umliegenden Krankenhäuser verteilt. Die Schwerverwundeten, zu denen auch wir wegen des hohen Blutverlustes zählen, kommen in das Universitätskrankenhaus nach Melbourne, nachdem wir in Wentworth erstbehandelt wurden. So liegen wir auf der Intensivstation, wo jedem von uns Blutkonserven und

Infusionen zugeführt werden. Nadja, Mila und Lukas sind bereits am übernächsten Tag soweit genesen, dass sie auf die Normalstation verlegt werden können. Nadja und Mila sind allerdings stark abgemagert und müssen regelrecht „gemästet“ werden, um wieder zu Kräften zu kommen.

Ich erwache erst nach 48 Stunden aus meinem Koma. Ich habe tatsächlich überlebt. Sabine und ich haben länger an unserer körperlichen Wiederherstellung zu kämpfen, da wir uns in unserem Verlies oder bei unserem Aderlass eine Infektion eingefangen und daraus folgend Fieber bekommen haben. Anfangs sind es nur 38 °C, nach zwei weiteren Tagen klettert das Thermometer jedoch auf über 40 °C und wir können keine Nahrung bei uns behalten. Die weiteren Tage verbringen wir im Delirium. Sabine und ich werden isoliert und in die Quarantänestation verlegt. Erst als der Infektionserreger nach fünf Tagen identifiziert werden konnte – es sind Bakterien der Gattung Clostridien –, können wir gezielt therapiert werden. Aufgrund des großen Flüssigkeitsverlustes sind wir noch mehrere Tage auf Infusionen angewiesen, unser Zustand bessert sich nun aber täglich. Nadja, Mila und Lukas können nach fünf Tagen, Sabine und ich nach fünfzehn Tagen das Krankenhaus verlassen.
Wir verweilen dann noch vier weitere Wochen in Australien, weil wir so lange für die polizeilichen Ermittlungen zur Verfügung zu stehen haben.

Erst Monate später, nach intensiver Ermittlungsarbeit, wird das komplizierte Geflecht, das letzten Endes zu der Tragödie geführt hatte, aufgedeckt.

29. Oktober 2021, Sydney, Australien

Polizeihauptkommissar Roger Cameron wird als erfahrener Kriminologe mit der Aufklärung des Falls beauftragt. Das Interesse der Bevölkerung ist, weit über die Landesgrenzen von New South Wales hinaus, gewaltig. Da das kleine Aboriginaldorf mit dem Ansturm der Reporter hoffnungslos überfordert ist, lässt Cameron das Dorf und alle Zufahrten, diese als Straßen zu bezeichnen wäre geschmeichelt, kurzerhand sperren.

Zunächst richtet sich das Augenmerk des Kommissars auf die Tatnacht vom 26. auf den 27. Oktober 2021. Er fragt sich: „Was war das denn für eine merkwürdige Zeremonie, bei der einer deutschen Urlauberfamilie im Busch von einem Karadji der Prozess gemacht wurde und ein als Baiame verkleideter Weißer plötzlich auftauchte, um in die Gerichtsverhandlung einzugreifen?“

Der Baiame ist den Aboriginals der Schöpfungsgeist aus der Traumzeit, der Erde, Himmel, Menschen und alle Tiere und Pflanzen erschaffen hat. Er entspricht in etwa dem Gottvater in der christlichen Religion. Es ist bei den traditionell lebenden Aboriginals nicht erlaubt über Baiame zu sprechen. Das weiß der Kommissar. Genau hier aber muss er ansetzen.

Der Karadji hat die Entführung veranlasst, erzählen die Dorfbewohner unisono dem Kommissar. Ob der Karadji eigenmächtig oder im Interesse eines Dritten gehandelt hat, war die Frage, die nun nicht mehr beantwortet werden kann.

So wie die Beteiligten den Hergang schildern, wollte der Karadji die Zeremonie beenden, ohne die deutsche Familie zu töten, was aber fast schief gegangen wäre. Es war geplant, eine Bestrafung mit Verwarnung zu inszenieren – und keine Hinrichtung. Die „Mugnugari" nennen diese Art der Bestrafung „Bleeding." In ihrer Vorstellung muss das schlechte Blut des Delinquenten den Körper verlassen und im Feuer verbrannt werden, damit neues, reines Blut vom Körper nachgebildet werden kann. Quasi eine Art Aderlass mit eher symbolischer Bedeutung. Manche übereifrigen Karadji sind bestrebt, das „Bleeding" besonders gut durchzuführen und dabei möglichst viel Blut auszutauschen. Nicht selten endet die Prozedur dann mit dem Tod der Delinquenten.

Der Karadji hatte die Angeklagten darüber informiert, was ihr Vergehen gewesen war: Sie hatten das Heiligtum ihres Stammes geschändet und sollten dafür bestraft werden. Aber – wer war nun der falsche Baiame und warum hatte er den Karadji umgebracht? Er hätte auch gegen den Willen des Karadji die Zeremonie an sich reißen und uns Gesetzesbrecher umbringen können.

Cameron ist ein alter Fuchs. Er ist 63 Jahre alt und seit über dreißig Jahren im Polizeidienst. Er hat schon einige merkwürdige Fälle bearbeitet. Schwierig wird es immer dann, wenn die Religion der Aboriginals irgendetwas mit dem Fall zu tun hat. Das haben auch etliche Nicht-Aboriginals erkannt und gut zu nutzen gewusst. Schon des Öfteren wurde von skrupellosen Verbrechern der Glaube der Indigenen ausgenutzt, um sie für ihre eigenen Zwecke zu missbrauchen. So war es bei der Entführung der Norwegerfamilie vor einigen Jahren auch gewesen. Und der aktuelle Fall roch förmlich danach.

Als die Staatsanwältin Cameron erzählt, wer sich hinter der Maskerade des Baiame verbarg, traut Cameron seinen Ohren nicht.

„Jemand, der seit Jahrzehnten für die Belange der Aboriginals eintritt, der im Fernsehen und den Medien omnipräsent ist, der das Vertrauen der wichtigsten Aboriginal-Clans genießt, ausgerechnet der tut seinen Freunden so etwas an? Ich verliere den Glauben an die Menschheit“, antwortet Cameron.

„Doch“, wiederholt die Staatsanwältin. „Es ist Marc Trembley.“

„Wir müssen den Fall aufteilen“, ordnet Cameron bei der Polizeibesprechung an. „Wir haben auf der einen Seite den Entführungsfall und auf der anderen Seite den Fall Trembley. Bei Trembley war ich bereits. Der verdreht die Augen und schaut in den Himmel. Ansonsten gibt er nur irgendwelche Grunzlaute von sich, tanzt zwischendurch wie ein Aboriginal und ahmt den Ton eines Didgeridoos nach. Der ist durch. Von dem werden wir so schnell, vielleicht nie mehr, irgendetwas erfahren. Der Psychologe meint, er habe eine massive ‚Posttraumatische Belastungsstörung‘, die schwer zu therapieren sei. – Also fangen wir mit dem Entführungsfall an“.

Es sind lange Gespräche, die der Kommissar mit uns führt. Wir erzählen ihm von unserem ersten Urlaub in Australien, unserer Reiseroute, den Highlights, vom Klettern auf den „God Tree“, vom Ernten einiger Samen desselben und dass wir damals wirklich nichts über die Bedeutung dieses Baumes wussten.

„Wäre wahrscheinlich nicht schlecht gewesen, wenn man sich vor Antritt einer Reise in ein fremdes Land ein Stück weit mit der Kultur der Einheimischen beschäftigt hätte", knurrt der Kommissar im Hinblick auf unsere Kletterpartie auf den „God Tree." Freundlicher werdend ergänzt er: „Das sage ich einfach so daher. Als ich vor einigen Jahren den Jemen besuchte, habe ich es auch nicht getan und dann später bereut. Ich musste ein Wochenende im Gefängnis verbringen, weil ich es gewagt hatte, meine Frau außerhalb des Hotelkomplexes mit in ein Café zu nehmen, wo nur Männern der Zutritt erlaubt war."

Wir berichten auch von den merkwürdigen Ereignissen im Vorfeld unserer zweiten Reise: Von den Anrufen mit der Didgeridoo-Musik, von den Warnungen, dass wir Australien nicht mehr besuchen sollten, von dem Foto mit dem Aboriginal auf unserer Terrasse sowie vom Diebstahl unseres kleinen „God Tree." Cameron hört aufmerksam zu und macht sich eifrig Notizen. Am Ende erzähle ich noch von den merkwürdigen Begegnungen mit australischen Vögeln in unserem Garten. Nach dieser Schilderung schaut mich Cameron lange und intensiv an. Gerade so, als wolle er meinen Geisteszustand anzweifeln.

„Gibt es außer Ihnen noch jemanden, der einen dieser Vögel gesehen hat?", fragt Cameron in die Runde und schaut Sabine, Mila, Nadja, Lukas und Louis an. Alle senken ihren Blick und verneinen.

„Wollen Sie etwa sagen, dass ich das alles erfunden habe? Warum sollte ich das denn tun?", blaffe ich Cameron an.

„Immer mit der Ruhe", entgegnet Cameron. „Kein Mensch will Ihnen irgendetwas unterstellen. Sie müssen aber schon zugeben, dass es für mich schwierig ist, einen Zusammenhang zwischen Ihrer Entführung in Australien und der Vogelwelt in ihrem Garten zu erkennen."

Aboriginals und der Tod

Der Tod ist für Aboriginals kein Endzustand. Wie bei fast allen Religionen wird der Tod als der Austritt des Geistes aus dem Körper betrachtet. Der Geist existiert nach dem Tod im Traum weiter.

Hat eine Person ein hohes Alter erreicht, bereitet sie sich auf den Tod vor. Ganz besonders wichtig ist ihr dabei, ihr religiöses Wissen weiter zu geben. Dies gilt umso mehr für diejenigen, die auserwählt wurden, um in zwei Welten zu leben: in jener der Geistwesen und jener der Menschen. Gemeint sind die Karadji, die über besonderes religiöses Wissen verfügen.

Erst nach der Weitergabe seines Wissens vor dem eigenen Tod ist ein religiöser Aboriginal mit sich selbst im Reinen. Er betrachtet sich dann selbst als tot und wartet darauf, mit seinen Ahnen zusammen geführt zu werden.

Ist die betroffene Person bereit zu sterben, erlangt sie die Fähigkeit mit den Himmelshelden in Kontakt zu treten. Meistens erhält sie von diesen nähere Informationen über den Zeitpunkt ihres Todes.

Es gibt feste Rituale, um den Geist des Sterbenden zum Traum zu begleiten. Zunächst wird der Tod mit Liedern und Tänzen geehrt. Anschließend werden Lieder gesungen, um den Sterbenden glücklich zu machen. Dabei werden auch Lieder über das Totem der betroffenen Person gesungen. Ist das Totem ein Tier, zum Beispiel eine Eidechse, so beginnt der Sterbende sich wie eine Eidechse zu bewegen und zu zappeln. Dadurch verschmilzt der Sterbende mit seinem anderen Leben. Er wird wie sein Totem und kann in diesem weiterleben, wenn sein Geist den Körper verlässt.

Dann wird ein Schattenspender für den Sarg errichtet. Der Sarg selbst wird mit Symbolen bemalt. Dieser Punkt ist sehr wichtig, weil der Sarg eine Botschaft für die geistigen Wesen darstellt. Darüber hinaus bescheren die Sargmalereien dem Geist des Verstorbenen eine gewisse Kraft, die ihn nach dem Tod beschützt.

Am vierten Tag nach Eintritt des Todes beginnt der Gelbe-Ocker-Tanz. Die Tänzer versammeln sich unter dem Schattenspender und bemalen ihre Körper mit gelbem Ocker. Es wird ein Feuer entfacht.

Anschließend wird der Tanz eröffnet und mit kontrollierter Aggression durchgeführt, um die negativen Aspekte des Todes wie Zorn, Trauer, Schmerz und Wut zu vertreiben. Der Tote wird erst jetzt in den Sarg gelegt und der Geist tritt seinen Weg zu den Ahnen an.

Schließlich wird der Sarg aus dem Schatten getragen. Die Tänzer wirbeln Staub auf und ziehen Holzstöcke über den Boden. Dadurch wird das Wasser der Flüsse dargestellt, das gegen den Sarg schlägt, während es sich in der Regenzeit auf den Weg zum Meer begibt. Diese Gesten symbolisieren Geburt und Tod.

Abends wird der Sarg zum Begräbnisplatz gebracht. Es werden wiederum Feuer entzündet. Dem dabei entstehenden Rauch wird eine reinigende Wirkung zugeschrieben. Schließlich wird der Verstorbene beerdigt.

Die Sterbe- und Bestattungsrituale einzuhalten ist von großer Bedeutung für die Aboriginals. Nur so ist es möglich, dass der Geist des Verstorbenen in seinen Heimatort zurückkehren kann.[11]

Was sich zwei Tage vor unserer Verschleppung ereignete: 23. Oktober 2021, Bundesstaat Northern Territory, Australien

Das diesjährige Jahrestreffen der Karadji fand in Zentralaustralien statt. Das Treffen wird immer genau eine Woche nach Vollmond im Oktober angesetzt. Dieses Mal war ein Dorf in der Nähe von Alice Springs der Austragungsort. Die jährliche Zusammenkunft der Karadji wird vermutlich seit Jahrtausenden gepflegt. Früher waren hierfür wochenlange Fußmärsche notwendig. Heute benutzen die Karadji aber auch das Auto oder sogar das Flugzeug. Obwohl die Anzahl der Teilnehmer jedes Jahr schrumpft, stellt dieses Treffen das wichtigste Ereignis des Jahres für jeden Karadji dar. Hier kann er sich nicht nur mit seinen Weggefährten über spirituelle Angelegenheiten austauschen, sondern auch geistige Erneuerung erfahren.

25. Oktober 2021, Aboriginaldorf „Mugnugari", New South Wales, Australien

Zwei Tage später, der Karadji der „Mugnugari" war wieder in seinem Heimatdorf angekommen, wollte Trembley seinen alten Freund besuchen. Sie hatten sich schon länger nicht mehr gesehen. Trembley hatte sich angekündigt, traf aber den Karadji nicht in seiner Hütte an. Er fragte den Dorfvorsteher, ob er denn wisse, wo der Karadji sei. Der Dorfvorsteher erzählte ihm, dass der Karadji nach seiner Rückkehr sehr verstört gewesen sei und ihm erzählt habe, dass er zum Träumen den „God Tree" aufsuchen wolle. Dort fand Trembley ihn in tiefster Trance ruhig unter dem Baum sitzend. Trembley wusste, dass er den Karadji nun nicht stören durfte. Also setzte er sich einige Meter entfernt von ihm in den Sand und wartete bis der Karadji seinen Traum beendet hatte. Dies war erst am nächsten Morgen bei Sonnenaufgang der Fall.

Der Karadji erzählte Trembley von dem Treffen. Er berichtete, dass die Karadji gemeinsam Kontakt zu den Himmelshelden aufgenommen hätten. Diese hätten ihm unmissverständlich mitgeteilt, dass sein Tod unmittelbar bevorstehe und er sich entsprechend vorbereiten müsse.

Obwohl er sich nicht mehr sehr stark fühle, müsse er jetzt noch einmal seine gesamte Kraft zusammennehmen und die Gerichtsverhandlung für die deutsche Familie abhalten. Er wolle sie auf gar keinen Fall ohne Bestrafung davonkommen lassen und er könne nicht mehr warten bis dieser Vertrag unterzeichnet sei. Er müsse mit sich im Reinen sein, wenn die Stunde des Todes komme. Die Gerichtsverhandlung werde heute Nacht stattfinden.
Danach sei er dann bereit zu sterben.

Der Karadji erklärt Trembley, dass er seit vielen Jahren nach einem Nachfolger Ausschau gehalten habe. Er habe aber keinen jungen Mann gefunden, an den er seine Weisheiten hätte weitergeben können. So werde sein Wissen über die Traumzeit wohl verloren gehen.

Trembley sparte sich einen Kommentar. Sollte das große Wirtschaftsprojekt „New Australia", das über Jahre hinweg vorbereitet worden war, tatsächlich in letzter Sekunde scheitern?

Wenn der Karadji noch vor der Vertragsunterzeichnung die deutsche Familie einem „Bleeding" unterziehen sollte und eventuell eine Person dabei ums Leben käme, wäre das so mühsam aufgebaute Vertrauen zwischen den Parteien zerstört. Wer würde einen Vertrag unterschreiben bei dem eine Vertragspartei für den Tod einer oder mehrerer Touristen verantwortlich ist?

Trembley versuchte erst gar nicht, den Karadji zu überreden, seine Gerichtsverhandlung auf einen Termin nach der geplanten Vertragsunterzeichnung am 01. November zu verschieben. Er wusste, es hatte keinen Zweck.

10. November 2021, Wentworth, Australien

Cameron fragt uns, ob wir irgendwelche Personen getroffen hätten, die aus dem besagten Dorf „Mugnugari" stammen oder Kontakte dorthin hätten. Wir verweisen auf Nick und erzählen, dass wir im gesamten Urlaub 2017 sonst keinen einzigen Aboriginal gesehen hätten.

„Das ist nicht ganz richtig", wirft Lukas ein. „Wir haben in der Mungo Lodge doch die drei besoffenen Aboriginals an der Theke gesehen.

Cameron fixiert Lukas, indem er den Kopf senkt und mit seinen Augen über den oberen Rand der Lesebrille hinaus direkten Blickkontakt mit ihm aufnimmt. Er hat schon beim Erstkontakt bemerkt, dass dieser junge Mann eine gewisse Auffassungsgabe für Details hat.

„Können Sie sich noch erinnern, wann das genau war und ob Ihnen an den Aboriginals irgendetwas Besonderes aufgefallen ist?", will Cameron von Lukas wissen.

„Es war an unserem zweiten Abend in der Mungo-Lodge", entgegnet Lukas. „Ich kann mich nur daran erinnern, dass die drei ziemlich besoffen waren; von der Statur waren sie alle drei sehr schlank, man kann schon sagen dürr und dass sie Kontakt mit uns aufnehmen wollten. Einer wollte unbedingt mit mir Pool-Billard spielen und warf Geld in den Billard-Tisch, damit die Bälle kamen. Der Typ war mir aber nicht geheuer. Er schaute mich derart aggressiv an, dass ich nicht drauf eingegangen bin. Wahrscheinlich wäre der mir an die Gurgel gegangen, wenn ich ihn abgezogen hätte."

„Haben Sie eine Erklärung dafür, warum sich der Mann Ihnen gegenüber so verhalten hat?", setzt Cameron das Gespräch fort.

„Nein, mir war das damals vollkommen schleierhaft. Wir hatten dem Typ ja nichts getan. Wir saßen vorher nur mit Nick am Tisch und plauderten".

Cameron hat so eine Idee. Er ist ja nun schon eine lange Zeit bei der Polizei und hat im Laufe der Jahre viel Erfahrung und ein gewisses Gespür für Zusammenhänge entwickelt, die keinerlei rationaler Zuordnung standhielten. Er will unbedingt herausbekommen, wer diese drei Aboriginals waren, die an dem besagten Abend in der Mungo-Lodge saßen. Der Kommissar notiert sich diesen Punkt in seinem Notizbuch und fährt mit einer Frage fort, die er an uns alle stellt:

„Gibt es neben dem ungeschickten Verhalten im Zusammenhang mit dem „God Tree" und der damit verbundenen Verärgerung des Aboriginal-Clans beziehungsweise deren Karadji noch ein anderes Ereignis, mit dem Sie sich in Australien einen Feind gemacht haben könnten?" Dazu fällt uns zunächst nichts Konkretes ein.

Dann erkundigt sich der Kommissar noch nach den Flügen, nach Taxi-Fahrten oder sonstigen Kontakten zu australischen Personen. Da erinnert sich Sabine, dass wir vor dem Rückflug in Melbourne alle fünf so extrem gründlich am Flughafen gefilzt worden waren und mir die Mineralien abgenommen wurden, die ich in Broken Hill eingesammelt hatte. Jetzt wird Cameron hellhörig. Ich muss genau erzählen, wo und zu welchem Zweck ich die Mineralien gesammelt habe. Ich erwähne auch die Begegnung mit dem freundlichen Herrn und seinen beiden Rottweilern.

„Wissen Sie noch für welche Firma der Wachmann

tätig war?", fragt Cameron weiter.
„Das kann ich Ihnen nicht sagen", antworte ich. „Aber ich würde die Stelle heute noch finden, wo mich die beiden Hunde fast zerfleischt hätten."

„Dann fahren wir morgen gemeinsam nach Broken Hill", ordnet der Polizeihauptkommissar an.

„Sie waren in der gleichen Konstellation also schon einmal 2017 hier in der Gegend unterwegs?", übernimmt Camerons Kollegin die Gesprächsführung. Zu sechst sitzen wir im Polizeibüro der Kommissarin.

„Fast", antwortet Nadja. „Louis ist damals nicht dabei gewesen, Lukas aber schon."

„Hatten Sie den Eindruck, dass die Entführer wussten, mit wie vielen Personen Sie im Hotel waren, als Sie entführt wurden? Anders gefragt: Hat sich irgendjemand daran gestört, dass Louis nicht im Apartment war?", will die Kommissarin von uns wissen. Mila antwortet, die Entführer hätten nicht nach einer fehlenden Person gefragt.

„Wer in Australien wusste eigentlich von Ihrer erneuten Reise?", nimmt die Kommissarin den Faden wieder auf. Haben Sie die Reise über ein Reisebüro in Deutschland gebucht?"

Wir erklären ihr, dass die komplette Reise von Tracey Ngooli organisiert wurde, die im Tourismusbüro in Wentworth arbeitet. Sie und ihr Cousin Nick, den wir als Reiseführer im Mungo Nationalpark kennen gelernt haben, seien die einzigen Australier, die von unserer Reise wussten. Beide stammen übrigens aus dem besagten Dorf ‚Mugnugari'. Die Kommissarin schaut uns verdutzt an.

Vehement verteidigen wir die beiden und sind hundertprozentig davon überzeugt, dass sie nichts mit

unserer Entführung zu tun haben.
„Im Gegenteil", wirft Mila ein. „Nick wollte uns befreien in der besagten Nacht."

„Das werden wir überprüfen", beendet die Kommissarin das Gespräch.

„Wir haben Fingerabdrücke genommen von der Tastatur des Computers nach dem Einbruch in der Mungo Lodge", berichtet der Sergeant seinem Kommissar. Cameron hat recherchiert, welche einheimischen Personen in der Mungo Lodge ein- und ausgingen und ob es irgendwelche Vorfälle in der Vergangenheit gegeben hat. So kommt er auf den merkwürdigen Einbruch vom Juli 2020, bei dem nichts Nennenswertes gestohlen worden war.

„Jetzt lasst uns doch mal schauen, ob wir in ‚Mugnugari' fündig werden", ermuntert er den Sergeant.

Sie brauchen nicht lange zu suchen. Man trifft sich in der Trinkerecke des Dorfes und hat schnell einige Typen ausfindig gemacht, die Geld brauchen, um ihren Whiskeykonsum zu finanzieren. Die Fingerabdrücke können bequem von den Flaschen und Gläsern entnommen werden. Dazu braucht es keine Anordnung der Staatsanwältin. Die beiden Herren geben nach einigem Zögern schließlich zu, dass sie mit reichlich Whiskey belohnt worden sind, als sie die gewünschten Daten erfolgreich auf einen Stick kopierten. Cameron fragt nach dem Auftraggeber des Einbruchs. Er geht davon aus, dass wiederum der Karadji dafür herhalten muss.

„Nein", ist die einstimmige Antwort der beiden Aboriginals. „Das waren weiße Bohrkumpels, die hier ab und zu vorbeikommen."

„Wir müssen als nächstes die Sozialstruktur in dem Dorf erkunden", gibt Cameron die Marschroute für die kommende Woche vor.

„Wer hat mit wem Kontakt? Ist der Einfluss des Karadji wirklich so groß? Welche Außenkontakte bestehen mit wem? Wie groß ist der Informationsaustausch innerhalb des Dorfes? Ich glaube einfach nicht, dass der Karadji die Entführung allein zu verantworten hat. Organisiert ja, aber meiner Überzeugung nach gibt es noch einen Drahtzieher im Hintergrund", prophezeit er.

„Gelegentlich kommen Arbeiter von Bohrtrupps aus der Nähe vorbei und trinken hier ihr Feierabendbier. Hier in der Gegend wird nach wie vor nach Opalen gesucht", erklärt die Inhaberin der Mungo Lodge. „Natürlich treffen die hier dann auf unsere Übernachtungsgäste, auf die Farmer, die hier vorbeikommen und auf Einheimische, die hier auch verkehren. Wir sind froh über jeden Gast, der sich hier in dieser verlassenen Gegend einfindet", ergänzt sie, auch wenn die Mungo Lodge für einige nur als Kneipe dient."

„Können Sie sich denn an die deutsche Familie erinnern, die hier bei Ihnen 2017 für einige Tage einquartiert war und jetzt entführt worden ist?", fragt Cameron.

„Nein", antwortet die Frau. „Aber Nick kennt sie. Er war damals ihr Guide und hat mich diesbezüglich schon informiert."

Von den Dorfbewohnern sind Nick und Tracey die einzigen, die vorurteilsfrei mit der Polizei zusammenarbeiten. Sie berichten Cameron, dass insgesamt fünf

Personen aus ihrem Dorf einer geregelten Beschäftigung außerhalb ihres Dorfes nachgehen. Drei Männer wären bei der Minengesellschaft Foster Mining Corporation (FMP) mit Sitz in Broken Hill beschäftigt. Nick arbeite als Tourismusführer im Mungo Nationalpark und Tracey im Tourismusbüro der Stadtverwaltung von Wentworth. Außerdem würden noch einige wenige Männer gelegentlich als Saisonarbeiter bei Farmern im Umkreis arbeiten.

Die beiden berichten weiterhin, der Rest der Dorfbewohner führe ein sehr traditionelles Leben, in dem der Karadji das Sagen habe. Tracey spricht an, dass einige Männer Probleme mit Alkohol hätten und es diesbezüglich gelegentlich zu Problemen käme. Es seien aber nur wenige Familien davon betroffen.

Ansonsten gäbe es ein gefestigtes Sozialgefüge. Die Dorfbewohner träfen sich allabendlich auf dem Dorfplatz und tauschten sich aus. Der Kommissar fragt, ob denn zum Beispiel der geplante Besuch der deutschen Familie ein Thema gewesen sei. Nick meldet sich zu Wort und antwortet:

„Klar. Tracey hat mich bei einer Klatschrunde abends darüber informiert, dass die deutsche Familie kommt, die vor einigen Jahren schon einmal hier war. Sie hat auch erzählt, wie der Kontakt zu ihr zustande kam. Warum auch nicht?“

„Soll kein Vorwurf sein“, entgegnet Cameron. „Ist ja nicht verboten, sich über andere Leute zu unterhalten. Eine Frage hätte ich aber noch an Sie: Hatten Sie jemals in der Gesprächsrunde davon erzählt, dass die Fischers Samen vom ‚God Tree‘ mit nach Deutschland genommen hatten?

Sie wussten davon, hat mir die Familie berichtet."
„Niemals", entgegnet Nick. „Ich weiß doch, welches Theater der Karadji daraus gemacht hätte, wenn er das erfahren hätte. Das Foto von ihrem kleinen ‚God Tree' hat mir Tracey gezeigt als wir alleine waren."

11. November 2021, Broken Hill, Australien

Als ich mit Cameron in der Stadt ankomme, suchen wir zum Mittagessen einen Imbiss auf. Cameron nutzt die Gelegenheit und befragt den Imbissbetreiber, wem denn das ganze Gelände mit den riesigen Abraumhalden eigentlich gehöre.

„Das meiste Land hier ist Eigentum der Minengesellschaft FMP", antwortet der Kellner. „Hier ist aber schon seit Jahren nicht mehr viel zu holen", ergänzt er seine Antwort.

Ich führe Cameron zu dem Weg, den ich vor viereinhalb Jahren entlang gegangen bin, um zu den Abraumhalden zu kommen. Dieses Mal achte ich auf Verbotsschilder und finde auch welche. Sie sehen aber so aus, als wären sie erst vor Kurzem aufgestellt worden. Wir sind noch nicht ganz an der Stelle angelangt, an der ich während unserer ersten Urlaubsreise die Mineralien eingesammelt hatte, kommen dann aber nicht weiter, weil in der Zwischenzeit ein Zaun errichtet worden ist, der uns den Weg versperrt.

„Der war vor vier Jahren noch nicht hier", erkläre ich Cameron.

„Würde mich mal interessieren, was es hier zu schützen gibt", antwortet dieser. Er sucht eine Stelle, wo man vielleicht durchschlüpfen könnte, findet jedoch keine. Das ist auch besser so, denn von weitem hört man schon das Hundegebell. Ich bin richtig erleichtert, dass der Zaun gebaut wurde. Die beiden Rottweiler sind durch zwei Dobermänner ersetzt worden. Ich frage mich, ob ich die wohl auch hätte vertreiben können, bin aber froh, dass ich das nicht ausprobieren muss. Das furchteinflößende Gebell der Hunde verstummt sofort, als aus dem Hintergrund ein Pfiff ertönt. Beide Hunde legen sich brav hin. Den bewaffneten Wachmann, der sich nähert, kenne ich bereits. Er hat sich nicht verändert und blafft uns sofort an:

„Was habt Ihr hier verloren? Das ist Privatgelände. Steht doch überall auf den Schildern."

„Immer mit der Ruhe", entgegnet Cameron. „Ich bin Hauptkommissar Cameron, Kriminalpolizei. Wem gehört das Gelände und mit wem kann ich mich ein bisschen unterhalten, was hier eigentlich so getrieben wird?" Cameron zeigt ihm seinen Dienstausweis.

Auch der Wachmann erklärt, dass das Gelände Eigentum der Minengesellschaft FMP sei und hier seit Jahren kein Bergbau mehr betrieben werde. Seine Aufgabe sei es, das Gelände vor Neugierigen zu schützen.

„Aber was gibt es denn hier zu beschützen?", fragt Cameron ihn und ergänzt: „Ich sehe hier nur Steinhügel."

„Das müssen Sie schon meinen Chef fragen", erwidert der Wachmann kurzangebunden. „Sie finden ihn in seinem Büro in Broken Hill in der Kaolin Street."

Was davor geschah:

02. November 2021, Wentworth, Australien

Die Wirtschaftsministerin meldete sich telefonisch bei Cameron und bat ihn um ein vertrauliches Gespräch. Falls möglich, sollte dieses Gespräch an einem neutralen Ort stattfinden. Sie schlug das Roadhouse in „Wagga Wagga" vor. Man könne sich bereits morgen um 18 Uhr dort treffen.

„Kann ich erfahren um was es geht?", fragte der Kommissar.

„Geduld, Herr Kommissar. Das erfahren Sie morgen", vertröstet ihn Cormack.

Das Firmengebäude der FMP in Broken Hill hatte schon bessere Zeiten erlebt. Das sah man auf den ersten Blick. Es war ein großes Gebäude, von dem nur ein Bruchteil aktuell belegt schien. Der Chef, der uns empfing, entpuppte sich als Verantwortlicher für den Wach- und Instandhaltungsdienst der Firma. Er teilte uns mit, das Gelände gäbe seit Jahren nichts mehr her und er hoffe, dass sich das bald wieder ändere. Nicht weit entfernt von hier hätten die Chinesen mittlerweile stillgelegte Minen gekauft und reaktiviert, um nach „Seltenen Erden" zu schürfen. Das wünsche er sich auch für Broken Hill. Er betonte noch, man benötige diese seltenen Metalle dringend für die Mikroelektronik, weil die Vorkommen in Südafrika bald erschöpft seien.

Für detaillierte Informationen müssten wir uns allerdings an die Zentrale in Melbourne wenden. Er gab uns die Adresse.

Der offizielle Firmensitz von FMP ist in Broken Hill. Der repräsentative Verwaltungssitz mitsamt der Führungsriege befindet sich jedoch im FMP-Tower in Melbournes bester Citylage. Hier wurde Cameron bereits erwartet und von einem Mitarbeiter direkt in die Direktoriumsetage geführt. Brandon Whincup begrüßte ihn zurückhaltend und Cameron begann unverzüglich mit seiner Befragung:

„Herr Whincup, Sie haben sicherlich in den Medien von dem Blutbad in dem Dorf ‚Mugnugari' in der Nähe von Wentworth gehört. Ich versuche herauszufinden, wie es dazu kommen konnte und warum die deutsche Familie entführt wurde."

„Und was habe ich bitte schön damit zu tun?", unterbrach ihn Whincup

„Zunächst einmal gar nichts. Ich wollte von Ihnen nur erfahren, welche Schätze Sie eigentlich in Broken Hill vor wem beschützen?", antwortete der Kommissar. Whincup zuckte zusammen und erwiderte: „Was hat das denn mit dem Blutbad zu tun?"

„Ich stelle hier die Fragen, Herr Whincup", entgegnete Cameron. Whincup war sichtlich gereizt und sprang von seinem Stuhl auf.

„Ich weiß nicht, was Sie mir anhängen wollen, Herr Kommissar", brüllte er. „Sie können gerne einen Termin mit meinem Anwalt machen. Ich gebe Ihnen die Kontaktdaten. Von mir hören Sie kein Wort mehr."

„Vielen Dank. Das reicht mir bereits als Information. Mehr will ich zum jetzigen Zeitpunkt gar nicht wissen. Die Kontaktdaten nehme ich aber trotzdem gerne mit. Vielleicht brauche ich sie später", beendete Cameron den

Besuch.
Der Kommissar lud uns zum wiederholten Mal in sein Büro ein, das ihm die Polizeistation in Wentworth vorübergehend eingerichtet hatte. Er fragte:

„Kann sich irgendjemand von Ihnen erklären, wie die Firma FMP in die Entführung verwickelt sein könnte?

„Nicht direkt, aber ich hab‘ eine Information, die Sie interessieren könnte“, meldete sich Mila. „Ich kenne die Herren Trembley und Whincup persönlich. Wir haben uns vor Kurzem in der Schweiz kennengelernt.“

Cameron schaute so, als habe er Mila nicht korrekt verstanden.

„Ich arbeite in einer großen internationalen Anwaltskanzlei in Frankfurt“, fuhr Mila erklärend fort: „Ich hatte geschäftlich mit ihnen zu tun. Genaueres kann ich Ihnen allerdings nicht sagen. Ich bin zur Geheimhaltung verpflichtet. Eigentlich hätte ich Ihnen nicht einmal von dem Treffen erzählen dürfen. Ich habe lange genug mit mir gehadert, ob ich es tun solle. Aber letztendlich will ich, dass dieser Fall aufgeklärt wird und alle beteiligten Verbrecher zur Verantwortung gezogen werden. Da kann jedes Puzzlestück helfen. Schließlich wären wir fast ums Leben gekommen. Die Entführung, der Zwangsaufenthalt in dieser gottverdammten engen Höhle und das „Bleeding“ waren wahrlich kein Zuckerschlecken für uns.“

„Da machen Sie sich mal keine Sorgen über meine Verschwiegenheit“, entgegnete der Kommissar. „Ich bin Ihnen sehr dankbar für diese Information.“

Die Wirtschaftsministerin war sichtlich nervös. Sie

schaute Cameron lange an. Gerade so, als wüsste sie noch nicht genau, ob er der richtige Mann sei, dem sie sich anvertrauen sollte.

Schließlich begann sie: „Ich habe aus den Medien von der Tragödie in der Nähe von Wentworth erfahren. Ich bin zutiefst erschüttert, glauben Sie mir. Ich verstehe auch überhaupt nicht, wie so etwas im 21. Jahrhundert passieren konnte. Aber das ist noch nicht alles. Haben Sie ein bisschen Zeit mitgebracht? Ich muss Ihnen das größte Wirtschaftsprojekt vorstellen, das jemals in Australien zustande gekommen wäre, wenn nicht dieses Blutbad alles kaputt gemacht hätte."

Cormack referierte detailliert über das Projekt „New Australia." Sie benannte alle Parteien, alle beteiligten Personen, schilderte den Konflikt mit den „Barkindji" wegen der Wasserentnahme und dem geplanten Pipelinebau. Sie berichtete von den Geheimtreffen in der Schweiz und Australien, von der Finanzierung, von den Zugeständnissen für die Aboriginals und der Einbindung Trembleys in das Projekt, um zu vermitteln.

„Ich habe mich für Trembley stark gemacht. Und dieser Idiot hat alles vermasselt", schimpft sie. „Und das genau vier Tage vor der Vertragsunterzeichnung. Ich fasse es immer noch nicht."

Cameron kam aus dem Staunen nicht heraus.

Wieder trafen wir uns in Camerons Büro.

„Überlegen Sie noch einmal ganz genau. Wer in Australien außer Tracey und Nick wusste davon, dass Sie einen zweiten Urlaub in Australien planten?", begann er. „Ich habe Ihnen die Frage bereits mehrfach gestellt – und vermisse aber noch eine Antwort. Es muss noch einen

Kontakt gegeben haben", fragte uns der Kommissar eindrücklich. „Haben Sie vielleicht irgendein Event von Deutschland aus gebucht, das nicht über Tracey lief? Einen Mietwagen, eine Busfahrt, ein Konzert oder irgendetwas? Gab es irgendeinen weiteren Kontakt, vielleicht per E-Mail und wenn es nur eine Anfrage war?" ergänzte Cameron.

Ich überlegte angestrengt. „Eine Anfrage hatte ich tatsächlich per E-Mail nach Australien geschickt. Sorry, dass mir das erst jetzt einfällt", meldete ich mich zu Wort. Alle schauten mich verdutzt an.

„Mir wurden ja bei unserem ersten Besuch die Gesteinsproben aus Broken Hill am Flughafen in Melbourne weggenommen. Damals sagten mir die Zollinspektoren, eine Ausfuhr von Mineralien sei nicht verboten, wenn zuvor schriftlich ein Antrag gestellt und dieser positiv beschieden werde. Darauf wollte ich mich nicht einlassen und hatte mir deshalb überlegt, die Gesteinsproben und Mineralien, die ich wiederum in den Abraumhalden um Broken Hill einsammeln wollte, dieses Mal in einem Labor in Australien untersuchen zu lassen. Aus diesem Grund hatte ich Kontakt zu einem australischen Labor in Melbourne aufgenommen."

„Und wie heißt dieses Labor?", wollte Cameron von mir wissen.

„Geolab Ltd.", antwortete ich schuldbewusst.

„Hatten Sie einen Termin mit dem Labor für die Übergabe der Proben ausgemacht?", fragte mich der Kommissar.

Ich erklärte ihm: „Gemäß unserer Reiseplanung wären wir am 24. Oktober 2021 in Broken Hill gewesen. Ich wollte die Proben mittels Kurier in das Labor schicken. Die Untersuchungsergebnisse sollte ich 48 Stunden später via E-Mail erhalten. So lange war unser Aufenthalt in der Gegend um Broken Hill geplant. Sollten interessante Ergebnisse herauskommen, hätte ich noch zusätzliche Proben entnehmen können. Das war der Plan.

Kurz vor unserer Abreise nach Melbourne gab es dann aber doch noch eine Änderung. Ich sprach an diesem Tag mit einem Kollegen, der in einem international agierenden Laborverbund arbeitet, bei dem ich früher ebenfalls beschäftigt war. Er erzählte mir, dass dieser Laborverbund mit dem Namen ‚Worldlab' in den letzten Jahren stark expandiert sei und auch in Australien vor einem Jahr ein großes Labor eröffnet habe und zwar in der Stadt Mildura. Der ehemalige Kollege schwärmte mir von der internationalen Verknüpfung der Laborstandorte über das Internet vor und dass jeder Standort weltweit mit allen anderen Standorten des Laborverbundes in Echtzeit kommunizieren und Daten austauschen könne. Am Ende verblieben wir dann so, dass meine Proben aus Broken Hill bei ‚Worldlab' in Mildura untersucht werden sollten. Ich bräuchte mich um nichts weiter zu kümmern. Er wollte den Auftrag schon jetzt in Deutschland anlegen und an die Kollegen in Mildura weiterleiten. Am nächsten Tag bekam ich eine Auftragsbestätigung mit Fertigstellungstermin innerhalb von 48 Stunden nach Probeneingang von meinem ehemaligen Kollegen. Den Auftrag bei ‚Geolab Ltd.' habe ich zwei Tage vor unserem Abflug per E-Mail storniert.

Ich wollte unbedingt wissen, was das für merkwürdige Mineralien waren, die ich gesehen hatte", erklärte ich dem

Kommissar. „Gerade weil sie mir weggenommen wurden, wollte ich es wissen. Ich bin nicht der Typ, der so leicht aufgibt; auch nicht nach Jahren."

„Interessant, Herr Fischer", antwortete Cameron nachdenklich und machte sich Notizen.

„Und noch etwas ist mir eingefallen, Herr Kommissar", fuhr ich fort. „Ich weiß aber nicht, ob das wirklich wichtig ist. Meine Tochter Mila hat mich darauf gebracht, weil sie mir von einem Entführungsfall eines deutschen Wissenschaftlers in Südafrika erzählte.

Zum Jahresbeginn, ich denke es war Anfang 2021, veröffentlichte ich auf der Homepage unserer Firma einen Artikel über die Bestimmung von Metallen nach einer, nennen wir es alternativen Methode, die zwar schon seit langer Zeit bekannt, aber irgendwie in Vergessenheit geraten ist. Ich erzähle Ihnen das nur, weil die Resonanz auf diesen Artikel außerordentlich groß war. Ich hätte niemals damit gerechnet, dass diese Veröffentlichung in Amerika, China und Japan wahrgenommen wird."

„Welche Metalle kann man denn mit der beschriebenen Methode bestimmen?", wollte der Kommissar von mir wissen.

„Viele", lautete meine Antwort. „Der Aufwand ist allerdings sehr groß und entsprechend teuer. Deshalb hat sich dieses Verfahren auch nie durchgesetzt."

„Ist dieses Verfahren denn unter Chemikern allgemein bekannt oder anders gefragt: Wie sind Sie darauf gestoßen?", wollte Cameron wissen.

„Das habe ich im Rahmen eines Fortgeschrittenen-praktikums während meines Studiums kennengelernt", antwortete ich. „Das war am Institut für Anorganische Chemie der Goethe-Universität Frankfurt. Institutsleiter war Prof. Dr. Karl-Heinz König. Ich glaube es war im Jahr 1985, ist also schon eine Ewigkeit her."

„Um welche Metalle ging es denn dabei?", wollte Cameron genauer wissen.

„Damals ging es um Platinmetalle, also um Ruthenium, Rhodium, Palladium, Iridium, Platin und Osmium."

„Habe ich da gerade eben Osmium gehört?", fragte der Kommissar und hob die Augenbrauen.

„Ja, da haben Sie richtig gehört", entgegnete ich. „Erstaunlich, aber ich kann mich noch daran erinnern. Vermutlich, weil ich damals unglaublich stolz war, bei der Veröffentlichung der Studien namentlich, aber in letzter Position, genannt worden zu sein. Ich hatte wohl bei der Methodenentwicklung und der Auswahl eines geeigneten Lösungsmittelgemisches ein glückliches Händchen.

Und dieses Lösungsmittelgemisch erlaubte eine saubere Trennung der Platinmetalle in komplexierter Form. Deswegen wurde ich, obwohl nur Student, mit auf die Veröffentlichungsliste gesetzt."

„Würde man denn diese Veröffentlichung aus dem Jahre 1985 in Kombination mit Ihrem Namen heute noch finden, zum Beispiel. über das Internet?", wollte der Kommissar von mir wissen.

„Ich weiß nicht, wie weit die Digitalisierung hier fortgeschritten ist", antwortete ich. „Denkbar schon. Geben

Sie doch einfach mal den Namen Fischer sowie die Suchworte Platinmetalle oder Osmium und Thioharnstoffchelate bei Google ein. Dann werden Sie es ja sehen."

Es war für Cameron ein Leichtes herauszufinden, wer der Eigentümer von „Geolab Ltd." war. Whincup hatte das Labor vor zwanzig Jahren gegründet, um seine Erze schnell und zuverlässig untersuchen lassen zu können. Er hatte viel Geld in die Laborausstattung und die Mitarbeiter investiert. Anfangs hatte das Labor unter dem Namen „FMP Geo Laboratories" firmiert. Zu diesem Zeitpunkt war die Firma quasi ein Betriebslabor von FMP, was zur Folge hatte, dass kaum Aufträge von außen bearbeitet wurden. Um dies zu ändern, benannte Whincup das Labor um und gründete eine eigene Limited. Von nun an kamen auch Aufträge und Proben von anderen Firmen aus der Branche. Dieser Schachzug Whincups erwies sich als außerordentlich clever. So kam er an wichtige Informationen seiner Konkurrenten und wurde von den Labormitarbeitern immer auf dem Laufenden gehalten.

Cameron lud Whincup vor. „Herr Whincup", begann der Kommissar das Gespräch. „Das Projekt ‚New Australia' ist ja zuallererst Ihr Projekt. Sie, – respektive Ihre Mitarbeiter – haben herausgefunden, dass die Abraumhalden von Broken Hill das wertvollste Metall der Welt enthalten. Sie haben als Erster die Dimension dieses Projektes erkannt. Sie haben den russischen Investor ins Boot geholt und die australische Regierung für das Projekt gewinnen können", eröffnete Cameron das Gespräch.

„Worauf wollen Sie hinaus?", antwortete Whincup

knapp.

„Sie hatten sicherlich ein großes Interesse daran, dass der Vertragsabschluss am 01. November ungestört zustande kommt“, ergänzte der Kommissar.

„Nicht nur ich“, erwiderte Whincup. „Die australische Regierung, der russische Investor, die Aboriginals und sogar Trembley fieberten alle dem Termin entgegen. Das gesamte Projekt bedeutete ein Win-Win-Geschäft für alle. Es hätte dabei keinen Verlierer gegeben. Jeder profitierte auf seine Weise davon.“

„Wirklich jeder?“, fragte der Kommissar weiter. „Was hätte denn, sagen wir mal, Trembley davon gehabt?“.

„Kommen Sie Cameron“, entgegnete Whincup. „Wollen Sie mich verarschen? Als ob Sie nicht längst wüssten, welch herrliches Anwesen am Zürichsee in der Schweiz auf Trembley wartete, quasi als Dankschön für seine Bemühungen, den Aboriginals den Pipelinebau für das benötigte Wasser schmackhaft zu machen. Ist mir schon klar, dass die Tochter der deutschen Familie Ihnen das erzählt haben muss. Es gibt schon merkwürdige Zufälle im Leben, dass ausgerechnet sie den Schenkungsvertrag in der Schweiz bearbeitet hat.“

„Das ist schön, dass Sie mir das hier erzählen“, freute sich Cameron. „Mir hat nämlich niemand etwas von diesem Deal erzählt. Umso mehr bin ich auf die Details gespannt, die Sie mir jetzt hoffentlich berichten.“

Cameron führte die üblichen Nachforschungen durch. Wer war der Mensch Marc Trembley? Wo kam er her? Welchen Beruf übte er aus bevor er in Australien für SHIP tätig wurde? Hatte er Familie? Wie waren seine finanziellen Verhältnisse? War Trembley in seinem

Heimatland polizeilich bekannt? Warum hatte er den Karadji ermordet und warum wollte er die deutsche Familie töten? Wenn es darum ginge, den Vertragsabschluss am ersten November nicht zu gefährden, warum musste dann diese traditionelle Gerichtsverhandlung ein paar Tage zuvor abgehalten werden? Selbst wenn es nicht die Idee von Trembley gewesen wäre, sondern vom Karadji, hätte Trembley doch auf ihn einwirken können und müssen, diese Veranstaltung bis nach dem Vertragsabschluss zu verschieben. Bringt ein Mensch für ein nobles Anwesen am Zürichsee in der Schweiz eine ganze Familie um?

Die knappe Antwort der Staatsanwältin lautete: „Sehr wahrscheinlich ja."

Cameron fand die Heimatadresse von Trembley heraus – eine Kleinstadt namens Kingswinford in Zentral-England. Eine Dienstreise nach England war somit unausweichlich.

20. November 2021, Kingswinford, England

Interessiert blickt Cameron vom Flugzeug aus auf die grünen Wiesen, die satten Felder und die grauen englischen Herrenhäuser in dieser Gegend.

Das heruntergekommene Mietshaus in der Sutton Lane steht im krassen Gegensatz hierzu und scheint keine gute Adresse zu sein. Der Putz der Außenfassade bröckelt, die Stromleitungen sind über Putz verlegt. Aus der Dachrinne tröpfelt Wasser und im Vorgarten quellen die Mülltonnen über.

Cameron findet einen Klingelknopf mit dem Namen Trembley. Er drückt den Knopf und ist sich sicher, es werde keine Reaktion erfolgen.

„Zu wem wollen Sie denn?“ Eine ältere Frau mit Zahnlücken öffnet zu seiner Überraschung ihr Fenster im Erdgeschoss und blickt ihn neugierig an.

„Zu Familie Trembley, sollte diese hier wohnen“, entgegnet Cameron und stellt sich vor. „Ich bin übrigens Hauptkommissar Cameron.“

„Sie sprechen mit australischem Dialekt“, bemerkt die Frau.

„Richtig gehört. Ich komme aus Sydney“.

„Herr Trembley ist so gut wie nie hier. Familie hat er nicht. Zumindest nicht hier. Ich sammle seine Post für ihn. Ist nicht viel. Manchmal kommt er nur einmal im Jahr und holt sie ab. Ist wohl die meiste Zeit in Australien, wie er mir einmal erzählt hat. Ich glaube, den kennt außer mir kein Mensch hier im Haus“, erzählt die Frau.

„Wissen Sie denn, woher Mr. Trembley stammt oder wo er früher gewohnt hat?“, fragt Cameron.

„Er hat mir einmal erzählt, dass er ursprünglich aus der Grafschaft West Sussex stamme. Mehr weiß ich nicht“, erwidert die Frau.

„Vielen Dank für Ihre Auskünfte“, verabschiedet sich der Kommissar. „Ach, eine Frage hätte ich doch noch an Sie“, nimmt Cameron das Gespräch noch einmal auf. „Wann haben Sie denn Herrn Trembley zum letzten Mal hier gesehen?“

„Das kann ich Ihnen sogar genau sagen“, antwortet die Frau. „Das ist noch nicht lange her. Es war ein Tag nach meinem Geburtstag. Ich räumte die leeren Flaschen zusammen, um sie zum Altglascontainer zu bringen. Wissen Sie, meine beiden Schwiegersöhne saufen so viel. Da ist so eine Geburtstagsfeier immer ein willkommener

Anlass es richtig krachen zu lassen. Sie müssen den Schnaps ja dann nicht selbst bezahlen. Wie dem auch sei – ich hatte gerade meinen Handwagen beladen und wollte losgehen, da kam auf einmal Trembley in den Hof reinspaziert."

„Und wann haben Sie Geburtstag?", fragt der Kommissar weiter?"

„Am 15. Oktober", lautet die Antwort.

„Wissen Sie wie lange Mr. Trembley in Kingswinford blieb?", will der Kommissar noch wissen.

Die Frau erwidert: „Er hat mir gesagt, er wolle eine Woche bleiben. Gesehen habe ich ihn dann aber nicht mehr. Allerdings fuhr am 22. Oktober ein Taxi vor und hat jemanden abgeholt. Ich nehme an, es war Trembley, denn ansonsten fährt hier niemand im Haus mit dem Taxi. Die versaufen ihr Geld lieber." Cameron sinniert:

„Die Entführung fand am 21. Oktober statt. Somit war Trembley am Tag der Entführung nicht in Australien."

Cameron fährt weiter nach Chichester, weil dort der Verwaltungssitz der Grafschaft West Sussex ansässig ist. Er weist sich aus und bringt sein Anliegen vor:

„Mein Name ist Roger Cameron. Ich bin Hauptkommissar bei der Kriminalpolizei Sydney in Australien. Ich bin mit Ermittlungen in einem Mordfall beschäftigt und aus diesem Grund hier in England."

„Es geht aber nicht zufällig um Marc Trembley, der in Australien dieses Blutbad veranstaltet hat?", fragt die Verwaltungsangestellte zu Camerons Verblüffung. Mit dieser Frage hat er nicht gerechnet – was man ihm wohl ansieht.

„Wissen Sie", ergänzt die Verwaltungsangestellte,

„erstens haben wir auch in England Fernsehen und Internet und zweitens ist Marc Trembley hier bekannt wie ein bunter Hund." Die Dame schickt Cameron zu Lord Whinsley. „Der kann Ihnen einiges über die Trembleys erzählen", versichert sie.

Lord Whinsley gehört zu einem alten englischen Adelsgeschlecht, das seit Generationen verarmt ist, weshalb er – wie viele Menschen – gezwungen ist, seinen Lebensunterhalt mit Arbeit zu verdienen. Der alte Lord kennt sich bestens mit den Adelsfamilien Englands aus und ist seit seiner Pensionierung stundenweise als Geschichtslehrer bei einem Community Center (eine vergleichsweise Einrichtung wie eine Volkshochschule) beschäftigt. Außerdem fungiert er als Museumsführer; er ist ein gefragter und anerkannter Experte.

„Ich soll Ihnen also etwas über diesen verrückten Sohn des alten Edward Trembley erzählen? Da sind Sie bei mir genau richtig. Ich kenne die Familie gut", beginnt Lord Whinsley und ist in Plauderstimmung.

„Ich muss aber zunächst etwas ausholen. Seit dem Mittelalter gibt es den erblichen Adelstitel des Grafen von Sussex. Die Königsfamilie hatte nie wirklich Interesse an dieser Grafschaft. So kam es, dass immer, wenn das Geld knapp wurde, Land aus der Grafschaft Sussex verkauft wurde. Zum Zug kamen dann Leute aus niederen Adelsgeschlechtern oder der Geldadel. Das waren in der Regel reiche Kaufleute. Dazu zählten zu Beginn des 19. Jahrhunderts die Trembleys. Sie hatten großes Glück. Im Jahre 1841 wurde die Eisenbahn gebaut. Dadurch wurde es möglich, die Strecke von London nach Brighton und

zurück an einem Tag zu bewältigen.
Dies führte zu einem enormen Zuzug nach Brighton mit allen Konsequenzen. Die Grundstückspreise stiegen, Häuser und Hotels wurden gebaut. Geschäfte und Fabriken folgten entsprechend. Die Trembleys hatten genau zum richtigen Zeitpunkt investiert und wurden steinreich. Die Folgegenerationen der Trembleys waren allesamt gute Geschäftsleute und vermehrten ihr Vermögen stetig. Die Generation um 1900 hatte sehr viele Nachkommen und das Vermögen wurde auf entsprechend viele Köpfe verteilt. Dennoch schafften es alle, ihren Erbteil gewinnbringend anzulegen und zu vermehren. So kam es, dass die Familie Trembley erstens in der Grafschaft West Sussex weit verbreitet ist und zweitens jede Familie bis zum heutigen Tag über ordentlich Vermögen verfügt, das wiederum weitervererbt wird.

Edward Trembley, der Vater von Marc Trembley, war ein guter Freund von mir. Wir trafen uns jede Woche, um über aktuelle Geschehnisse in unserem Land zu diskutieren. Unsere Kinder gingen in dieselbe Grundschulklasse.

Marc war schon immer das schwarze Schaf der Familie. Er trat sehr früh der Labour Party bei. Er interessierte sich nicht für die Firma seines Vaters, geschweige denn für die Familie. Er sollte Betriebswirtschaft studieren, um später die Firma zu übernehmen. Marc wollte aber lieber Theologie studieren. Die ganze Familie ist sehr gläubig, müssen Sie wissen. Er entschied sich dann aber doch kurzfristig für ein Studium der Soziologie, und auch das brachte er nicht zu Ende. Er brauchte ständig Geld, um irgendwelche Rebellenminderheiten in irgendwelchen Krisengebieten dieser Welt zu unterstützen. Sein Vater überschrieb die Fabrik schließlich seiner Tochter – zum Glück. Marc erhielt nur den Pflichtteil seines Erbes. Das waren aber auch noch eine Millionen Englische Pfund. Und jetzt raten Sie einmal, was er damit gemacht hat? Er hat das gesamte Geld den Rebellen der Nicaraguanischen Revolution gespendet, damit diese eine sozialistisch orientierte Gesellschaftsordnung mit enger Anlehnung an den Warschauer Pakt nach dem Vorbild Kubas in Nicaragua etablieren sollten!

Als der alte Edward starb, kam Marc nicht einmal zu seiner Beerdigung. Es hieß, er lebe dauerhaft in Australien. Dass er noch einen Wohnsitz in England hatte, wusste ich nicht. Ich habe seit Jahrzehnten nichts mehr von ihm gehört. Bis die Berichterstattung des Blutbades in Australien im Fernsehen ausgestrahlt und sein Name genannt wurde. Unglaublich diese Geschichte. Was hat ihn denn zu einer solchen Tat bewogen?“, fragt Lord Whinsley.

„Um dies herauszufinden, bin ich hier“, erwidert der Kommissar.

24. November 2021, Sydney, Australien

Cameron berichtet nach seiner Rückkehr der Staatsanwältin ausführlich von seinem Besuch in England:

„Trembley stammt aus einer steinreichen Familie in England. Er hat sein Millionenerbe für nicaraguanische Freiheitskämpfer gespendet und ist ein Idealist durch und durch. Er hat sich noch nie für Geld interessiert. So ein Mensch bringt doch niemanden für Geld um.“

„Einen anderen Ansatzpunkt habe ich aber nicht“, antwortet die Staatsanwältin. „Wenn er den Karadji nicht ermordet hätte, würde ich ihn in die Rubrik ‚Gotteskrieger' einordnen, der die deutsche Familie mit dem Tode bestrafen wollte, weil sie ein Heiligtum der Aboriginals geschändet hatten. Konvertiten sind oftmals radikaler als die geborenen Glaubensbrüder. Das passt hier aber nicht. Leider können wir Trembley selbst nicht mehr befragen. Der Psychologe meint, dass er momentan nicht vernehmungsfähig sei." Sie holt Luft. „Können Sie das bestätigen, Cameron? Sie haben ihn doch sicherlich auch in der Klinik besucht?"

„Ich habe mehrfach versucht, ein Wort aus ihm herauszubekommen. Es ist mir nicht gelungen", gibt der Kommissar zur Antwort. „Bei meinem ersten Besuch kniete er auf dem Boden seines Zimmers und starrte mit aufgerissenen Augen die nackte Wand an. Er reagierte auf überhaupt nichts, weder auf meine Begrüßung, noch auf meine Fragen. Ich bekam den Eindruck, sein Geist hätte den Körper bereits verlassen. Bei meinem zweiten Besuch schaute er mich zwar kurz an, unterbrach seine Tätigkeit aber nicht".

„Welcher Tätigkeit ging Trembley denn nach?", will die Staatsanwältin wissen.

„Er sang", erläutert der Kommissar und ergänzt: „ Er sang laut und deutlich die britische Nationalhymne, und zwar alle Strophen auswendig. Als er mit der letzten Strophe fertig war, fing er wieder von vorne an. Seine Pflegerin berichtete mir, er singe seit drei Tagen und unterbräche seinen Gesang nur kurz für die Mahlzeiten. Ich machte danach noch einen Versuch, mit ihm Kontakt aufzunehmen. Er tat so, als wäre ich gar nicht anwesend."

26. November 2021, Sydney, Australien

Cameron bestellt die Wirtschaftsministerin und Whincup gemeinsam in sein Büro, weil er wissen will, in welchem Verhältnis sie zueinander stehen.

„Jetzt reden wir einmal im ganzen kleinen Kreis über die Entführung der deutschen Familie", beginnt er das Gespräch. „Zwei Leute fehlen, die hier eigentlich hätten dabei sein sollen. Der eine ist ermordet worden, der zweite ist der Mörder und seitdem nicht mehr kommunikationsfähig.

Der Informationsaustausch im Dorf ‚Mugnugari' kann, das haben meine Nachforschungen ergeben, als rege bezeichnet werden. Tracey Ngooli, die Mitarbeiterin des Tourismusbüros in Wentworth und Nick, der Reiseführer, brachten, wenn auch unbeabsichtigt, Informationen über die deutsche Familie und ihre geplante zweite Reise ins Dorf. Andere Dorfmitglieder erfuhren dies und gaben diese Informationen ebenfalls weiter, ob unbewusst oder zielgerichtet, sei dahingestellt. Manche hatten direkt oder indirekt zu Ihren Leuten Kontakt, Herr Whincup, natürlich zum Karadji und damit auch zu Trembley. Jeder wusste irgendetwas vom anderen. Am Ende auch die Politiker. Dann ist da noch der Einbruch in der Mungo Lodge, bei dem die Kontaktdaten der deutschen Familie gestohlen wurden. Die Einbrecher haben wir ermittelt. Sie handelten im Auftrag nicht näher identifizierbarer Bohrkumpels aus der Umgebung.

Frau Ministerin, wir konnten über das Handy von Herrn Trembley einen Kontakt zu Ihnen zurückverfolgen. Sie riefen am 24. Oktober 2021 um 16:37 Uhr von Ihrem Privathandy Herrn Trembley an. Das ist belegt. Das Gespräch dauerte zwölf Minuten. Worum ging es bei diesem Gespräch?"

Ohne die Antwort von Pamela Cormack abzuwarten, wendet er sich an Brandon Whincup:

„Und nun zu Ihnen Herr Whincup: Sie wussten ganz genau, dass die deutsche Familie ein paar Tage vor der wichtigen Vertragsunterzeichnung nach Australien kommen und Dr. Fischer Gesteins- und Mineralienproben in Broken Hill entnehmen und diese in Ihr Labor „Geolab Ltd." schicken wollte. Sie sollten schnellst möglich auf anorganische Spurenelemente analysiert werden. Er hat dann aber kurzfristig den Auftrag storniert, weil ein Kollege ein anderes Labor in Mildura empfohlen hatte. Ich gehe mal davon aus, dass Ihnen die Stornierung ebenfalls berichtet wurde. Den Rest konnten Sie sich zusammenreimen. Wird nicht der erste Auftrag gewesen sein, den Sie an das neue Labor verloren haben. Sie wussten doch vermutlich auch, dass Dr. Fischer über die Bestimmung von Platinmetallen, zu denen auch Osmium zählt, Studien Mitte der 1980er Jahre veröffentlicht hat?

In der heutigen Zeit verbreiten sich Nachrichten, ob wahr oder Fake, innerhalb von Minuten über den gesamten Globus. Stellen Sie sich vor Herr Whincup, Dr. Fischer hätte die Untersuchungsergebnisse an sein Labor in Deutschland weitergeleitet. Das geht mittels E-Mail per Knopfdruck. Unter Wissenschaftlern ist es ja üblich, dass man seine Entdeckungen so schnell als möglich veröffentlicht, damit einem ja kein anderer zuvorkommt. Von dort wäre die Nachricht via Twitter ungefähr so verbreitet worden: ‚Sensationsfund in Australien. In den riesigen Abraumhalden der Bergwerksstadt Broken Hill hat ein deutscher Wissenschaftler Osmium, eines der seltensten Metalle der Welt, entdeckt. Dieses Metall ist von unschätzbarem Wert für die industrielle Weiterentwicklung von Brennstoffzellen und damit für die Energieversorgung der Welt. Mit dieser Entdeckung ist in Kombination mit erneuerbaren Energien endlich eine klimaneutrale Energieversorgung in greifbare Nähe gerückt'.

Der Entdecker des Osmiums in Broken Hill wäre somit Dr. Fischer gewesen und nicht Sie, Herr Whincup. Damit wäre das gesamte Vertragskonstrukt für das Projekt ‚New Australia' ins Wanken gekommen, selbst wenn der Großteil der Abraumhalden in Broken Hill auf Ihrem Land abgelagert ist. Wer hätte denn diesen Vertrag noch unterschreiben wollen, wenn der Entdecker des Osmiums nicht berücksichtigt worden wäre? Die juristische Auseinandersetzung wäre doch vorprogrammiert gewesen. Darauf hätten sich weder Sie, Herr Whincup, noch Sie Frau Cormack, jemals eingelassen."

Cameron macht eine Redepause und erwartet den Protest der beiden Beschuldigten. Es folgt aber keiner.

„Es spricht einiges dafür, dass Sie beide in die Entführung zumindest mit involviert sind", ergänzt er nun.

Prompt kommt der Protest. Whincup schreit am lautesten. Aber die Außenministerin kann sich schließlich durchsetzen. Fast erscheint es, als fiele ihr eine Last von den Schultern als sie beichtet:

„Ich rief Trembley an, um ihn über die Vertreterregelung für die Unterschriften zu informieren. Nur für den Fall der Fälle. In diesem Telefonat teilte Trembley meine Meinung, dass eine Vertreterregelung ein wirklich wichtiger Unterpunkt in dem Vertrag sei. Er berichtete mir von dem Gespräch mit dem Karadji und dass dieser es war, der die deutsche Familie hatte entführen lassen. Glauben Sie mir Herr Cameron, ich war schockiert als ich das hörte! Er erzählte mir von der Geschichte mit dem ‚God Tree' und der geplanten traditionellen Gerichtsverhandlung. Er erklärte mir auch, dass diese ursprünglich nach der Vertragsunterzeichnung hätte stattfinden sollen, aber zwingend vorverlegt werden musste, da dem Karadji im Traum sein naher Tod prophezeit worden war."

Whincup erklärt mit den gleichen Worten, dass er am selben Tag von Trembley angerufen worden sei und erst zu diesem Zeitpunkt erfahren habe, dass es der Karadji war, der die deutsche Familie hatte entführen lassen. In einem emotionalen Ton beteuert er wie folgt seine Unschuld:

„Herr Kommissar, ich sage Ihnen die ganze Wahrheit. Ich wusste natürlich, um welche Familie es sich bei den Entführten handelt. Ich wusste von dem anstehenden Besuch der deutschen Familie und ich habe meine Kontaktleute in ‚Mugnugari.' Das haben Sie gut recherchiert. Ich wollte den Besuch verhindern, das stimmt. Ich bin für die Anrufe im Vorfeld mit der Didgeridoo-Musik und den Drohungen verantwortlich. Ich wusste über das Klettern auf dem ‚God Tree' Bescheid und dass die Aboriginals darüber empört waren. Allerdings: Von den Veröffentlichungen von Dr. Fischer wusste ich nichts. Weder von denen aus den 80er Jahren noch von aktuellen Veröffentlichungen. Mir war lediglich bekannt, dass er Chemiker ist und Gesteinsproben aus Broken Hill untersuchen lassen wollte.

Ich bin es, der dafür gesorgt hat, dass die gesammelten Proben des deutschen Chemikers 2017 am Flughafen

Melbourne beschlagnahmt wurden. Ich gebe auch zu, Trembley den Deal mit dem Luxusanwesen am Zürichsee vorgeschlagen zu haben. Aber: Mit der Entführung und dem Blutbad habe ich absolut nichts zu tun!

Der Karadji hat mir versichert", das betonte Trembley mehrfach , „den Entführten passiere nichts und man ließe sie direkt nach der traditionellen Gerichtsverhandlung frei. Die Wirtschaftsministerin und ich wollten unser Wirtschaftsprojekt nicht gefährden und verabredeten, erst dann einzuschreiten, wenn die deutsche Familie nicht wie angekündigt freigelassen würde. Es ging ja wirklich nur um wenige Tage."

„Der Richter wird Ihre Vorgehensweise als unterlassene Hilfeleistung einstufen. Das kann ich Ihnen jetzt schon garantieren. Sie können dann auch beide direkt Ihre Anwälte anrufen und hierbleiben", knurrt der Kommissar.

Unvermittelt wird er durch das Klingeln des Telefons unterbrochen. Er erhält einen Anruf von einem Mann, der sich als Dorfvorsteher von „Mugnugari" vorstellt und mitteilt, er habe zwei Beobachtungen gemacht, die möglicherweise zur Aufklärung der Tathintergründe beitragen könnten.

27. November 2021, Aboriginaldorf „Mugnugari", New South Wales, Australien

Cameron fährt am nächsten Morgen hin und fragt den Ortsvorsteher, warum er sich denn erst jetzt melde. Schließlich sei die Polizei nach den Geschehnissen wiederholt in ihrem Dorf gewesen, um Hinweise zur Aufklärung der Straftat zu sammeln.

„Das liegt in erster Linie daran, dass die Mehrheit der Dorfbevölkerung, inklusive mir, mit der Polizei nichts zu tun haben will. Und das hat seine guten Gründe", betont der Gefragte. „Außerdem ist mir erst jetzt bewusst geworden, dass meine Beobachtung für Sie interessant sein könnte."

„Ich höre", fordert Cameron den Dorfvorsteher zum Erzählen auf.

Dieser beginnt wie folgt: „Der Karadji war nachts öfters allein unterwegs, um heilige Orte aufzusuchen, wo er im Traum in Kontakt mit den Ahnen treten konnte. Insofern ist es nichts Ungewöhnliches, wenn er mitten in der Nacht oder erst gegen Morgen zurück ins Dorf kam. So war es auch in den beiden Nächten des 16. auf den 17. Oktober 2021 und des 25. auf den 26. Oktober 2021. Ich weiß das, weil ich erstens einen sehr leichten Schlaf habe und somit jede nächtliche Bewegung im Dorf mitbekomme und zweitens, weil sich meine Hütte direkt neben der des Karadji befindet."

„Kann ja alles sein", entgegnet der Kommissar. „Aber was wollen Sie mir mitteilen? Es scheint ja nicht unüblich zu sein, dass der Karadji erst mitten in der Nacht nach Hause kommt."

„Wissen Sie Herr Kommissar, dass wir Indigenen nicht nur über einen extrem guten Orientierungssinn verfügen, sondern auch Daten und Zeiten exakt zuordnen können und darüber hinaus auch unsere Sinnesorgane in einem verschärfteren Zustand sind als diejenigen der Europäer? Das liegt vermutlich an unserer, wie die Weißen es nennen würden, einfachen Lebensweise in der Wildnis".

Der Dorfvorsteher hält kurz inne. „Hier kann man nur überleben, wenn man alle Sinne beisammen hat", fährt er fort und grinst über sein Wortspiel. „Die Sinne sind natürlich nicht bei allen gleichgut ausgebildet. Es gibt Personen, die außergewöhnlich gut sehen oder hören können, andere stechen durch ihren Orientierungssinn heraus. Wieder andere erkennen Wetterumschwünge oder Erdbeben bevor sie eintreten. In der Gemeinschaft profitiert somit jeder von den Fähigkeiten des anderen, was in der Summe ein Gewinn für jedes einzelne Mitglied bedeutet und nach außen hin die Gruppe stärkt.

Bei mir ist speziell der Geruchssinn extrem gut ausgebildet. Ich kann Gerüche zuordnen, wo andere überhaupt nichts riechen. Ich kann Menschen am Odeur unterscheiden ohne sie zu sehen. Vielleicht ist das so, weil meine Augen schon seit meiner Kindheit ziemlich schlecht sind.

Ich kann mir Düfte auch sehr gut merken! Selbst nach Jahren erinnere ich mich noch daran, wer oder was wie gerochen hat.

Jetzt habe ich aber genug von mir erzählt. Was ich ihnen eigentlich mitteilen will, ist, dass ich in den genannten beiden Nächten zwei Gerüche wahrgenommen habe, als der Karadji an meiner Hütte vorbeiging. Ich kenne den Geruch des Karadji, aber dieses Mal roch er anders. Oder sagen wir einmal so: Er roch wie immer, aber zusätzlich kamen noch zwei Geruchskomponenten hinzu, die ich bei ihm zuvor noch nie wahrgenommen hatte. Die eine Komponente war eindeutig Zigarettenrauch, und zwar nicht das Kraut, das einige von uns rauchen. Es war ein feiner Zigarettenrauch, den ich in dieser Nuance bisher noch nicht gerochen hatte. Der zweite Fremdgeruch war Parfüm, so wie es europäische Frauen benutzen".

„Und Sie sind sich ganz sicher, dass Sie das in der Nacht vom 16. auf den 17. Oktober und in der Nacht vom 25. auf den 26. Oktober wahrgenommen haben?“, hakt Cameron nach.

„Absolut sicher!“, antwortet der Dorfvorsteher.

„Das erste Datum war kurz vor der Entführung, das zweite Datum einen Tag vor dem Blutbad. Ist ihnen das bekannt?“, fragte der Kommissar.

„Deswegen habe ich mich bei Ihnen gemeldet“, erwidert der Dorfvorsteher.

Noch am selben Nachmittag fährt Cameron in die Stadt und nimmt den Dorfvorsteher mit. Zunächst besuchen sie einen Tabakwarenladen, wo der Kommissar dem Mann hinter dem Tresen seinen Dienstausweis zeigt. Dieser zuckt merklich zusammen, als habe er ein schlechtes Gewissen. Cameron beruhigt ihn:

„Guten Tag. Keine Sorge, ich suche eigentlich nur jemanden, der sich mit Zigaretten auskennt. Ich bin nämlich Nichtraucher und habe keine Ahnung, welche Marken denn eigentlich so geraucht werden.“

Erleichtert antwortet der Zigarettenverkäufer: „Von einem guten Tabakwarenladen erwarten die Leute, dass auch solche Zigarettenmarken vorrätig sind, die nicht zu den Mainstream-Marken gehören. Diesem Anspruch stellen wir uns. Wir führen Marken aus aller Herren Länder. Diejenigen Kunden, die solche Zigaretten rauchen, kommen immer wieder, weil sie diese Produkte an der Tankstelle nicht bekommen. Was den Umsatz angeht, spielen diese Exoten aber im Grunde genommen keine Rolle. Der Umsatz wird mit den stark beworbenen ‚Top Ten‘ der Branche gemacht.“

„Okay", versteht Cameron. „Dann hätte ich gerne von den ‚Top Ten' jeweils ein Päckchen."

Wieder draußen, lassen sich beide auf einer etwas abgelegenen Sitzbank nieder und Cameron zündet aus jeder Packung nach und nach eine Zigarette an. Der Dorfvorsteher schnuppert daran und nimmt den Geruch in sich auf. Cameron hofft inständig auf eine Identifizierung der Marke. Nachdem alle zehn Päckchen durchprobiert sind, schüttelt der Dorfvorsteher den Kopf. Da ist nichts dabei, was dem Karadji angehaftet hat. Der Kommissar ist enttäuscht.

Anschließend sucht und findet Cameron eine Parfümerie.

„Kann ich Ihnen helfen?", wird er von der Fachverkäuferin erwartungsvoll begrüßt, davon ausgehend, dass der Mann wie üblich ein Parfüm für seine Frau oder seine Geliebte suche. Das sieht Cameron ihr sofort an. Um nicht in langwierige Verkaufsgespräche verwickelt zu werden, kommt er direkt auf den Punkt:

„Mein Name ist Cameron. Ich bin Kriminalhauptkommissar und gerade mit einem Fall beschäftigt, wo es unter anderem um den Geruch beziehungsweise um die geruchliche Erkennung eines speziellen Parfüms geht. Es ist mir klar, dass der Markt sehr viele Produkte anbietet. Ich bräuchte bitte daher Proben der meist gekauften aktuellen Parfums. Können Sie mir diesbezüglich helfen?"

Da sich gerade kein anderer Kunde im Laden aufhält, hat die Parfümerieverkäuferin ein wenig Zeit und Muße, sich mit Cameron zu unterhalten, auch wenn sie nicht davon ausgeht, ihm irgendein Produkt verkaufen zu können. Sie erklärt:

„Ihre Frage ist gar nicht so einfach zu beantworten. Ich könnte jetzt in meine Umsatzdatenbank schauen und mir nach Marken sortiert die Umsätze der letzten Monate ausspucken lassen. Dann wüssten wir, welche Parfümmarken im März, April, Mai… und so weiter – wie oft verkauft wurden. Es kommen ja immer neue Produkte auf den Markt. Manche sind Eintagsfliegen, verkaufen sich aber über einen kürzeren Zeitraum extrem gut. Manche werden zu Klassikern, die selbst nach Jahrzehnten in keiner gut sortierten Parfümerie fehlen dürfen. Kein Mensch wird zwei Parfüms gleichzeitig auftragen. Insofern ist auch der Parfümeriemarkt ein Verdrängungsgeschäft. Kaufen Sie das eine Produkt, lassen Sie das andere liegen. Aber auch in unserer Branche gilt: Totgesagte leben länger. Wenn ein Modepapst, der schicke Klamotten für die oberen Zehntausend entwirft, in einem Fernsehinterview nebenbei einwirft, dass ‚Chloe´ das erotischste Parfüm ist, das jemals kreiert wurde, dann werden die Gutgläubigen dieser Welt die nächsten Jahre dieses Produkt so lange kaufen wie dieser Modepapst angesagt ist."

„Okay", unterbricht Cameron ihre Ausführungen, „bitte warten Sie einen Moment". Er geht zur Ladentür, öffnet sie und bittet den Dorfvorsteher herein.

Zur Verkäuferin gewandt: „Sie haben mich davon überzeugt, dass ich mich voll und ganz auf Ihre Erfahrung und Ihr Fachwissen verlassen kann. Besteht die Möglichkeit, von zehn Parfums, von denen Sie glauben, dass sie marktrelevant sind, eine Probe zu bekommen?"

Die Verkäuferin, die zwar einige Pröbchen der teuren Marken in der Schublade weiß, schüttelt den Kopf. „Nein, um daran zu riechen, muss das Produkt gekauft werden", konstatiert sie.

Der Kommissar schluckt und kauft aus den zehn erwählten Marken die erste. Der Dorfvorsteher lässt den Duft wirken. Nach dem vierten Versuch ist er sich dann absolut sicher, dass es sich um genau den Duft handelt, den er bei dem Karadji wahrgenommen hatte. Es ist das Parfum „Coco Mademoiselle“ von Chanel.

Mit vier edlen Parfums und erheblich weniger Bargeld in der Tasche verlassen der Kommissar und der Aboriginal den Laden. Die Parfümerieverkäuferin hingegen ist schlussendlich dann doch zufrieden mit sich und der Welt.

Immerhin mit einem Teilerfolg bei seinen Nachforschungen bringt er den Ortsvorsteher wieder in sein Dorf zurück.

29. November 2021, Sydney, Australien

Als Cameron im Kollegenkreis von seinen Geruchsexperimenten erzählt, hören diese aufmerksam zu. Die Damen probieren aus, welche Parfums sie erriechen können, ohne das Fläschchen zu sehen.

Die Raucher unter den Herren absolvieren den gleichen Test mit den Zigaretten. Dann fragt eine Raucherin, welche Zigarettenmarken denn zum Test stünden. Cameron zeigt ihr die Packungen, worauf die rauchende Kollegin anmerkt:

„Das sind ja alles Zigarettenmarken für Männer! Da es sich aber offensichtlich um eine Frau handelt, die geraucht hat – denn ich habe noch nie gehört, dass ein Mann „Coco

Mademoiselle“ aufträgt –, sollte man vielleicht noch einmal ein paar Zigarettenmarken testen, die von Frauen bevorzugt geraucht werden?!“

„Warum soll es keine Männer geben, die ‚Coco Mademoiselle‘ auftragen?“, wirft ein junger Kollege, der besonders witzig sein möchte, mit künstlich erhöhter Stimme ein und schwingt dabei demonstrativ die Handtasche seiner Kollegin. „Das finde ich aber ungerecht“, frotzelt der Witzbold mit übertrieben schmollendem Mund weiter.

„Prima, dass wir so schnell einen Freiwilligen gefunden haben, der morgen früh in den Zigarettenladen geht und zehn Marken Damenzigaretten kauft“, freut sich Cameron und ergänzt: „Hätte Deborah den Einwurf nicht gemacht, wäre ich nie darauf gekommen. Probieren wir es aus!“

30. November 2021, Aboriginaldorf „Mugnugari“, New South Wales, Australien

Beim zweiten Versuch, die Zigarettenmarke herauszufinden, ist Cameron, beziehungsweise der Dorfvorsteher erfolgreich. Der ist sich hundertprozentig sicher, dass der Karadji in beiden Nächten nach der Zigarettenmarke „Eve“ gerochen hat.

„Viel ist es nicht, was wir haben“, wirft Cameron bei der Polizeibesprechung in die Runde und ergänzt: „Wir müssen diese Spur unbedingt verfolgen! Fakt ist, wir suchen eine Frau, die ‚Eve‘ raucht, ‚Coco Mademoiselle‘ aufträgt und sich mitten in der Nacht mit dem spirituellen Führer der ‚Mugnugari‘ kurz vor der Entführung der deutschen

Familie und der Tragödie während der traditionellen Gerichtsverhandlung getroffen hat. Erschwert wird das Ganze dadurch, dass meine ‚Kandidatin' auch noch zufälligerweise die australische Wirtschaftsministerin ist. Wir reden von keiner geringeren als von Pamela Cormack.

Ich habe die Frau schon persönlich getroffen. Sie hat weder geraucht, noch hat sie nach Zigaretten gerochen. Was ich aber in Erinnerung habe ist, dass sie ordentlich Parfum aufgetragen hatte. Ich habe natürlich keine Ahnung, welches Parfum das war. Für mich roch es nach orientalischem Freudenhaus."

Erst zu seiner Kollegin, dann zu seinem Kollegen gewandt: „Deborah, Du besuchst die Cormack und fragst sie nach ihrem Alibi für die beiden Tage und Nächte. Nebenbei kannst Du schauen, ob Du das Bouquet ihres Parfums einer Marke zuordnen kannst. Du hast ja bei unseren Experimenten diesbezüglich am besten abgeschnitten."

„Spencer, Du nimmst sie ins Visier und beobachtest, ob sie nicht ab und zu mal raucht. Observiere sie in ihrem privaten Umfeld, ob sie abends auf dem Balkon eine dampft oder ob sie Zigaretten kauft. Es gibt Menschen, die rauchen nur am Feierabend oder wenn sie unter besonderem Stress stehen. Manche rauchen auch nur heimlich, weil es ihnen peinlich ist. Vielleicht ist das bei ihr auch der Fall. Und Spencer, pass auf und lass dich um Himmels Willen nicht beim Beschatten erwischen. Ich komme in Teufels Küche, wenn jemand erfährt, dass ich die Wirtschaftsministerin bespitzeln lasse. Wenn Du sie beim Rauchen erwischst, dann sieh zu, die Zigarettenmarke herauszubekommen oder vielleicht sogar einen Zigarettenstummel zu erhaschen."

Und was machen Sie und die anderen in der Zwischenzeit?," will Spencer wissen, der offenbar keine große Lust auf die Dienstreise hat.

„Mach Dir mal keine Sorgen, wir würden hier Däumchen drehen", kam prompt die Antwort. „Wir beschäftigen uns in der Zwischenzeit mit Whincup."

01. Dezember 2021, Canberra, Australien

Deborah und Spencer nehmen den nächsten Flieger nach Canberra. Vor Ort mieten sie einen unauffälligen Wagen. Deborah übernimmt die Tagschicht im Ministerium.

Beim Besuch der Ministerin will sie herausbekommen, ob diese irgendwelche privaten Kontakte hat, von denen aus man in ein paar Stunden Fahrzeit bis nach Wentworth käme. Schließlich kann die Ministerin ja schwerlich von Canberra bis Wentworth fahren, sich mitten in der Nacht mit dem Karadji treffen, um dann sofort wieder zurück nach Canberra zu eilen. Alternativ hätte sie natürlich in irgendeinem Hotel übernachten können, das auf der Strecke liegt. Das wollte sie ebenfalls überprüfen. Deshalb beabsichtigen Deborah und Spencer, den Rückweg mit dem Mietwagen zurückzulegen. Sie nehmen sich vor, die Motels und Road Houses abzuklappern, die auf der Strecke liegen.

Spencer beginnt mit der Schicht nach Feierabend und in der Nacht. Er will herausbekommen, welches Auto die Ministerin privat fährt und was sie sonst so treibt.

Hauptkommissar Cameron hat sich eine Strategie zurechtgelegt, wie er Whincup am besten zum Reden bringen könne, ohne dass der gleich abblockt oder mit seinen Anwälten droht.

„Herr Whincup“, beginnt er das Gespräch. „Wir beide werden vermutlich niemals Freunde werden; müssen wir auch nicht. Dennoch habe ich meine Arbeit zu machen und erstens den Entführungsfall, zweitens alles, was danach kam, aufzuklären. Es führt kein Weg daran vorbei: Ich brauche Sie, um die Wahrheit ans Licht zu bringen. Wenn Sie tatsächlich unschuldig sind, was Sie ja immer wieder betonen, wäre es das Sinnvollste, mir bei der Aufklärung des Falles zu helfen. Umso eher könnte ich die Verantwortlichen ermitteln, wodurch Sie entlastet würden. Ansonsten werden die Ermittlungen künstlich in die Länge gezogen. Die Verantwortlichen werde ich dennoch finden früher oder später. Dieser Fall ist zu politisch und medial, als dass er ohne Fahndungserfolg ad acta gelegt werden könnte. Auch wenn Sie der Meinung sind, dass ich Sie gerne als Drahtzieher überführen würde, was im Übrigen nicht stimmt, geht an mir kein Weg vorbei. Wir müssen uns diesbezüglich arrangieren. Mein Vorschlag lautet deshalb: Bringen wir die Angelegenheit so schnell wie möglich hinter uns.“

Whincup überlegt eine ganze Weile. Dann antwortet er: „Was wollen Sie von mir wissen?“

„Zunächst einmal müssen Sie mich davon überzeugen, dass Sie nichts mit der Entführung und dem Blutbad zu tun haben“, erwidert Cameron. „Diesbezüglich könnten wir ein ganzes Stück weiterkommen, wenn Sie mir belegen, was Sie in den Nächten vom 16. auf den 17. Oktober und vom 25. auf den 26. Oktober gemacht haben.“

Whincup antwortet ohne lange Bedenkzeit:

„Am 16. Oktober ist mein Hochzeitstag. Wie jedes Jahr fahren wir an diesem Tag in unser Ferienhaus nach Warrnambool, weil wir dort vor dreißig Jahren geheiratet haben. Wir bleiben dann immer über das Wochenende. Wegen Corona konnten wir dieses Jahr nicht Essen gehen und haben uns stattdessen den Koch und zwei Mitarbeiterinnen ins Haus geholt. Das war zwar auch nicht ganz coronakonform, aber wir haben es trotzdem so gemacht. Ich hoffe, Sie machen den Leuten diesbezüglich keinen Ärger."

„Nein, allerdings muss ich sie natürlich befragen", gibt Cameron zur Antwort. „Ich bin aber nicht vom Ordnungsamt. Folglich haben der Koch und seine Leute nichts von mir zu befürchten. Und wo waren Sie in der Nacht vom 25. auf den 26. Oktober?"

Whincup schaut in den Kalender seines Smart Phones und lacht. „Da habe ich aber ein wirklich hieb- und stichfestes Alibi", erklärt Whincup. „In dieser Nacht war ich im Schlaflabor im Melbourner Krankenhaus. Mein Kardiologe hat mich dort hingeschickt, weil mein 24-Stunden-EKG irgendwelche nächtlichen Herz-Rhythmus-Störungen aufgezeichnet hat. Ich habe dem Arzt gleich gesagt, dass ich nichts am Herzen habe, sondern momentan dauergestresst bin. Ich konnte ihm allerdings nicht sagen, woran das liegt."

Die Wirtschaftsministerin duftet deutlich nach „Coco Mademoiselle." Deborah kann den Geruch eindeutig identifizieren. Pamela Cormack hat aber auch wirklich dick aufgetragen. Zigarettengeruch nimmt Deborah nicht wahr. Vielleicht wird dieser aber auch von der Parfumwolke überlagert. Die Ministerin ist sichtlich nervös, als Deborah sie fragt, wo sie an den beiden besagten Tagen und Nächten gewesen sei. Cormack kramt fahrig immer wieder in ihrer Handtasche herum.

„Das sah gerade so aus, als würde sie nach Zigaretten suchen, weil sie jetzt unbedingt eine rauchen müsse", erzählt sie Cameron später. „Ich war vollkommen überrascht, dass die im Fernsehen so super cool erscheinende Wirtschaftsministerin so daneben war", gibt Deborah Cameron zu Protokoll.

Nach kurzer Zeit hat sich die Ministerin aber wieder fest im Griff. Auch sie blickt in den Kalender ihres Smart Phones und antwortet: „Ich war in beiden Nächten in Hay um meine Eltern zu besuchen. Wissen Sie, ich stamme aus Hay, bin dort aufgewachsen. Meinen Eltern geht es gesundheitlich nicht sehr gut und ich arbeite nun einmal weit entfernt in Canberra, komme also nicht so oft dorthin."

„Hay liegt doch an der A 20, von Canberra aus westwärts Richtung Mildura", wirft Deborah ein.

„Stimmt", bestätigt Cormack.

„Da haben Sie aber ordentlich weit zu fahren", ergänzt Deborah. „Anders betrachtet sind es aber von dort aus nur noch circa drei Stunden bis Wentworth. Wie oft im Jahr fahren Sie denn so zu Ihren Eltern?"

„Meistens so drei- bis viermal im Jahr", antwortet Cormack.

„Gab es einen speziellen Grund, warum Sie Ihre Eltern dieses Mal so kurz hintereinander besucht haben?", will die Kommissarin genauer wissen. Nach dieser Frage kippt die Stimmung. Cormack atmet hörbar ein und geht in den

Kampfmodus über: s„Wenn Sie aufgepasst hätten, wüssten Sie die Antwort! Da Sie das aber offensichtlich nicht getan haben, erkläre ich es Ihnen noch einmal: Meine Eltern sind alt und krank. Außerdem fahre ich zu ihnen wann immer es mir passt. Im Übrigen bin ich die Wirtschaftsministerin dieses Landes und habe, wie Sie sich sicher vorstellen können, viel zu tun. Ich muss jetzt zu meinem nächsten Termin. Ich wünsche Ihnen noch einen schönen Tag." Damit be-endet sie das Gespräch abrupt.

„Hätte die Wirtschaftsministerin nicht irgendeinen Vertrauten zu dem Karadji schicken können? Sie ist schließlich eine allseits bekannte Person, die jede Woche im Fernsehen zu sehen ist", fragt Spencer Deborah, als diese ihm am Abend erzählt, dass ihr Bauchgefühl ihr sage, Cormack sei es in persona, die sich nachts mit dem Karadji getroffen habe.

„Ich vermute, sie wollte keine Mitwisser haben", antwortet Deborah und ergänzt: „Stell dir mal vor, wenn da einer ausgeplaudert hätte, was die besprochen haben! Sie ist schließlich Bundesministerin."

Spencer positioniert sich mit seiner mit Weitwinkelobjektiv ausgestatteten Kamera auf der dem Garten zugewandten Straßenseite des Grundstücks. Er hat seinen Leihwagen so geparkt, dass er direkt vom Fahrzeug aus fotografieren kann. Zuvor knickt er einige Äste der Hecke ab, wodurch sich ein schmales Sichtfenster ergibt und er die Terrasse der Wirtschaftsministerin einsehen kann, ohne selbst gesehen zu werden. Die Leute glauben immer, hochrangige Politiker wohnen in einem Hochsicherheitstrakt eines speziell für sie bereitgestellten Gebäudes. So ist es aber nicht. Der Premierminister wohnt natürlich in seinem Amtssitz, der bewacht ist. Alle anderen wohnen mit ihren Familien oder alleine in ganz normalen – mehr oder weniger luxuriösen – Häusern, an denen vielleicht etwas öfters als bei gewöhnlichen Menschen die Polizeistreife vorbeifährt.

Die Wirtschaftsministerin lebt seit ihrer Scheidung allein. Kinder hat sie keine, also kann sie in ihrer Freizeit tun und lassen was sie will. An diesem Abend ist sie allein zu Hause und geht alle zwanzig Minuten auf ihre Terrasse, um zu rauchen. Ob man aus der Bildvergrößerung erkennen kann, welche Zigarettenmarke sie raucht, bleibt abzuwarten. Spencer erfüllt bereits am ersten Abend seinen Auftrag.

Den Rückweg von Canberra legen Deborah und Spencer am nächsten Tag, wie von Cameron angeordnet, mit dem Auto zurück. Sie stellen sich mit Pausen auf zehn Stunden Fahrzeit ein, was gut kalkuliert ist. Deborah lässt sich über das Polizeipräsidium die Adresse von Cormacks Eltern in Hay heraussuchen. Sie ist sich mittlerweile sicher, dass die Wirtschaftsministerin von ihrem Elternhaus aus die beiden etwa dreistündigen Fahrten bis Wentworth unternommen hat, um den Karadji zu treffen.

„Du bist Dir schon im Klaren darüber, dass es sich bei den Leuten, die wir jetzt besuchen um die Eltern unserer Wirtschaftsministerin handelt?“, wirft Spencer ein.

„Sekt oder Selters“, gibt Deborah zurück. „Das nehme ich auf meine Kappe.“

Deborah kann gut mit älteren Herrschaften umgehen, was sofort zu merken ist. Spencer und sie werden spontan zum

Tee eingeladen. Cormacks Eltern sind froh, jemanden zum Plaudern zu haben. Deborah stellt sich und Spencer als Polizeimitarbeiter vor, die einige Fragen an sie haben. Zunächst reagieren beide ängstlich. Als Deborah ihnen jedoch freundlich erklärt, es gehe darum die Daten zu überprüfen, wann ihre Tochter sie besucht habe, schauen sich die Eltern misstrauisch an.

„Reine Routine", erklärt Deborah nach außen hin ganz unbefangen und erläutert gewandt: „Wir müssen aus Sicherheitsgründen überprüfen, wo und in welchem Radius sich unsere Minister aufhalten. Heutzutage weiß man ja nie, wer ihnen hinterherschleicht." Dieses Argument überzeugt die Eltern der Ministerin.

Die Mutter der Wirtschaftsministerin setzt zu einem längeren Monolog an, den ihr Mann gelegentlich zu unterbrechen versucht, was ihm aber nicht gelingen will.

„Wissen Sie, Frau Kommissarin", beginnt sie „eigentlich wollten mein Mann und ich viele Kinder haben. Wir stammen beide aus guten Familien, hatten nie finanzielle Sorgen und zum Glück auch nie nennenswerte private Probleme. Nur mit dem Kinderkriegen hat es nicht so geklappt. Ich war insgesamt sieben Mal schwanger und jedes Mal habe ich meine Kinder verloren. Das waren ganz schlimme Jahre für uns. Kein Arzt konnte uns helfen und wir hatten uns mit unserem Schicksal abgefunden. Mit 42 Jahren, keiner hatte mehr damit gerechnet, wurde ich dann nach über zehn Jahren zum letzten Mal schwanger. Und, man glaubt es nicht, dieses Mal hatte es geklappt! Ich habe tatsächlich ein gesundes Kind, ein wunderschönes Mädchen, zur Welt gebracht. Sie können sich nicht vorstellen, wie glücklich wir waren, unsere

Pamela bekommen zu haben. Sie hat alle Liebe dieser Welt erfahren, wurde in den besten Schulen und Universitäten Australiens ausgebildet und ist unser ganzer Stolz und unser Lebenselixier. Sie ist bis heute unser Ein und Alles. Sie hat Karriere gemacht und es bis zur Wirtschaftsministerin gebracht. Überlegen Sie sich das einmal! Mehr geht doch schon fast nicht mehr.“

Cormacks Mutter macht eine kurze Pause bevor sie weitererzählt: „Pamela hat beruflich alles erreicht. Sie ist ein richtiger Karrieremensch. Was aber leider bei ihr zu kurz kam, ist das Private. Vielleicht haben wir einen Fehler gemacht und haben den Fokus zu sehr auf ihren Erfolg im Leben gerichtet. Aber – wir wollten ja nur das Beste für sie. Obwohl Pamela hier in Hay einen Jugendfreund hatte, mit dem sie einige Zeit zusammen war, ging sie aber dann zum Studieren ins Ausland. Wir hatten ihr dazu geraten und das Ganze finanziert. Anfangs hielt die Beziehung trotz der räumlichen Distanz. Pamela kam mehrmals im Jahr nach Australien zurück, um uns zu besuchen. Irgendwann hatte sie dann aber in London einen neuen Freund und die Beziehung zu Tom, so hieß ihr Freund in Hay, endete. Nicht im Streit oder wegen irgendeines Vorfalls. Nein, nur weil sie einfach so weit voneinander entfernt lebten und sich so selten sahen. Als Pamela zurück kam, war Tom mit einer anderen Frau verheiratet. Tom suchte trotzdem den Kontakt zu ihr. Sie wollte aber seine junge Ehe nicht zerstören und wies ihn ab. Schließlich heiratete Pamela einen anderen Mann. Die Ehe hielt aber nur einige Jahre und wurde dann wieder geschieden. Seit dieser Zeit ist Pamela privat ziemlich ruhelos, wenn Sie verstehen, was ich meine. Dann erhielten wir vor zirka einem Jahr die Nachricht, dass auch Toms Ehe zerbrochen sei. Daraufhin nahm Pamela wieder den Kontakt zu Tom auf. Es sah anfangs nach einem Happy End aus. Aber so einfach war es dann doch nicht. Tom hat zwei Kinder, um die er sich zu kümmern hat und Pamela meinte, er müsse jederzeit parat stehen, wenn sie hier auftaucht. Irgendwie haben sie sich dann doch arrangiert. Aber eine feste Beziehung ist das in meinen Augen nicht. Wenn Pamela hier ist, übernachtet sie gelegentlich bei ihm."

Das Gespräch wird unterbrochen, weil es an der Haustür klingelt. John öffnet die Tür. Es ist die Nachbarin, die John mitteilt, dass ihre Tochter angerufen habe und sich Sorgen mache, da ihre Eltern nicht ans Telefon gehen. Pamela hat sie informiert, dass sie schon den ganzen Tag versuche, die Eltern zu erreichen.

„Sie hat mich gebeten, ich solle mal bei Euch vorbei gehen und nach dem Rechten schauen", teilt sie John mit.

„Dann ist wieder der blöde Akku vom Telefon leer. Ich mache gleich einen neuen hinein. Vielen Dank, Francy, dass Du uns informiert hast", verabschiedet John die Nachbarin.

„War denn Ihre Tochter am 16. und 17., sowie am 25. und 26. Oktober hier bei Ihnen?", will Deborah von den Eltern wissen.

„John, hol doch bitte den Kalender", fordert sie ihren Mann auf. „Da tragen wir nämlich immer all unsere Termine und Besuche ein", erklärt sie Deborah. John schaut auf den Kalender bevor er ihn seiner Frau übergibt.

„Ja", nickt er. „An diesen Tagen war sie kurz hintereinander hier bei uns, nachdem sie uns bald ein halbes Jahr nicht besucht hatte."

„Und hat sie auch hier bei Ihnen übernachtet?", will Deborah wissen.

„Nein", entgegnet die Mutter. „Sie hat beide Nächte bei Tom verbracht."

„Wären Sie so nett und würden uns die Adresse von Tom nennen? Wie heißt Tom mit Nachnamen?", bittet Deborah sie.

„Thomas Richards, 22 Barry Way, Hay 2711", liest Cormacks Mutter ebenfalls vom Kalender ab. „Wissen Sie, der Kalender hat den Vorteil, dass im hinteren Teil ein Adressregister ist, das man heraustrennen und dann jedes Jahr an den neuen Kalender dran heften kann. Dadurch muss man nicht immer wieder alle Adressdaten neu übertragen."

„Vielen Dank Frau Cormack und auch Ihnen Herr Cormack für das nette Gespräch und den leckeren Tee. Dann wollen wir Sie nicht weiter stören. Es ist alles in bester Ordnung. Wir wünschen Ihnen noch einen schönen Tag", beendet die Kommissarin das Gespräch.

„Meine Herren!", lobt Spencer Deborah anerkennend. „Die hast Du ja so elegant um den Finger gewickelt, dass sie Dir ihre komplette Lebensgeschichte und die halbe Lebensgeschichte ihrer Tochter erzählt haben! Aber die Infos, die wir, Entschuldigung, ich meine du, bekommen hast, sind der Wahnsinn. Aber Ärger könnte es trotzdem geben." Deborah antwortet:

„Ich habe dir vorhin gesagt: Sekt oder Selters" und ergänze : „No risk, no fun. Bevor die Buschtrommel losgeht müssen wir bei Thomas Richards sein. Also los!"

Deborah und Spencer haben Glück. Sie brauchen nur fünfzehn Minuten mit dem Auto zu Tom – und noch mehr Glück: Tom ist zu Hause. Er schaut ziemlich verdutzt, als zwei Polizeibeamte vor seiner Haustür stehen und ihn fragen, ob Pamela Cormack zwei Nächte im Oktober bei ihm verbracht habe. Er fragt nicht einmal, warum sie das wissen wollen. Etwas brüskiert antwortet er nur:

„Mit dieser Frau habe ich nichts mehr zu tun. Die hat in jeder Stadt einen anderen Lover sitzen. Macht im Fernsehen auf seriöse Wirtschaftsministerin und ist in Wahrheit die größte Schlampe unter der australischen Sonne. Mir erzählte sie von den Liebenden, die in ihrem jungen Leben auseinandergerissen worden seien, deren Lebenslinien sich jetzt aber wieder gekreuzt hätten. Ich habe ihr das geglaubt, bis ich zufälligerweise per Whats App Liebesschwüre von ihr erhielt, die allerdings nicht an mich, sondern an einen anderen Lover adressiert waren. Tja, einmal die falsche Taste gedrückt und schon passiert so etwas. Sie hat dann auch gar nicht versucht sich herauszureden. Wir haben die Sache direkt beendet. War besser so."

„Und wann war das?", wollte Deborah wissen.

„Das war am 14. August, ihrem Geburtstag. Seitdem habe ich sie nicht mehr gesehen", antwortet Tom.

Deborah und Spencer befinden sich in Feierstimmung, ausgelassen scherzen sie die gesamte Rückfahrt, so zufrieden sind sie mit ihrer erfolgreichen Mission. Erst als Cameron anruft und ihnen mitteilt, dass er für den morgigen Tag zum Polizeipräsidenten einbestellt worden sei, wird ihr Siegesrausch kurz unterbrochen. Nachdem sie ihrem Chef aber die Sachlage erklärt haben und der ebenfalls begeistert ist, wenn auch mit erhobenem Zeigefinger, bessert sich ihre Laune wieder.

Hauptkommissar Cameron und die beiden Kommissare Deborah und Spencer sitzen zusammen, um die Lage zu besprechen. Cameron resümiert:

„Ihr beiden habt tolle Arbeit geleistet. Wir sind mit unserer Ermittlungsarbeit ein Riesenstück weiter gekommen. Super Arbeit von euch beiden. Ich war mir von Anfang an sicher, dass der Karadji zumindest nicht allein für die Entführung der deutschen Familie verantwortlich ist. Cormack ist eine potentielle Drahtzieherin. Sie ist extrem ehrgeizig, scheut keinen Konflikt und strahlt eine gewisse Überzeugungskraft aus. Sie könnte zumindest versucht haben, den Karadji zu beeinflussen. Sie könnte aber auch noch andere Beteiligte mit ins Boot geholt haben. In erster Linie fallen mir hierzu zwei Namen ein."

„Whincup und Trembley", wirft Spencer ein. „Das hast du genau richtig erkannt", lobt ihn Cameron.

„Das sehe ich etwas anders", meldet sich Deborah zu Wort. „Ich habe auch die Russen noch bei mir auf dem Zettel stehen. Die haben ebenfalls ein Rieseninteresse an einer ungestörten Vertragsunterzeichnung. Außerdem haben wir noch den Mord im Treppenhaus der chinesischen Bergbaugesellschaft, wo dem Opfer ein Zettel mit einem Warnhinweis in russischer Sprache in die Hand gedrückt worden ist."

„Okay", seufzt Cameron. „Wir wissen aber nicht, ob das wirklich etwas mit unserem Fall zu tun hat."

„Die Frage ist ja auch, wer den Kontakt zu dem Karadji hergestellt hat", fährt Spencer fort. „Wie unsere Recherchen ergeben haben, ist der Mann ziemlich weltfremd. Er lebt zurückgezogen in seinem Dorf und beschäftigt sich ausschließlich mit dem spirituellen Wissen und den Traditionen der ‚Mugnugari'. Diesen Mann kann man nicht einfach mal anrufen oder ihn per Mail kontaktieren, um einen Termin für einen Plausch mit ihm zu machen. Selbst die Wirtschaftsministerin bekommt das nicht hin. Ich glaube nicht, dass der sich von ihrem Titel groß beeindrucken lässt."

„Da hast du Recht", bestätigt Cameron. Deborah ergänzt: „Das Gleiche gilt im Übrigen auch für Whincup. Wenn einer den Kontakt hergestellt hat, dann kann es nur Trembley gewesen sein."

„Den dürfen und können wir leider nicht befragen", übernimmt Cameron das Wort. „Somit bleiben weiterhin als Hauptansprechpartner für unsere weiteren Ermittlungen Whincup und die Wirtschaftsministerin."

„Und beide lügen wie gedruckt", fügt Spencer hinzu.

„Die Cormack haben wir mehr oder weniger im Sack. Das ist nur eine Frage der Zeit, wann sich die Schlinge um ihren Hals zuzieht", meldet sich Deborah. „Interessiert mich aber schon, was sie dem Karadji zu bieten hatte, damit er für sie die deutsche Familie entführen ließ. Ich glaube nicht, dass man ihm einfach ein paar Dollar hinblättert und schon ist er bereit. Was soll der denn mit Geld anfangen?"

„Das sehe ich genauso", stimmt Cameron zu. „Wir dürfen aber nicht vergessen, dass der Karadji auch ein gewisses Eigeninteresse an der Entführung hatte. Vielleicht bedurfte es gar keiner großen Überzeugungsarbeit. Wir kümmern uns jetzt erst einmal verstärkt um Whincup", gibt der Hauptkommissar die Zielrichtung vor.

15. Oktober 2021, Melbourne, Australien

Whincup erhält erneut einen Anruf seines Sicherheitschefs.

„Wir haben wieder jemanden beim Steine sammeln erwischt, Boss", teilt dieser ihm mit. „Genau genommen sind es sogar zwei Personen. Diesmal sind es Chinesen." Whincup wird kreidebleich. Kalter Schweiß bildet sich auf seiner Stirn und er muss sich setzen. Sein schlimmster Albtraum scheint wahr zu werden. Damit hat er jetzt auf die letzten Tage nicht mehr gerechnet.

„Boss, hören Sie mich? Sind Sie noch am Apparat?", kann man durch den Telefonhörer die Stimme des Sicherheitschefs vernehmen.

„Ja, danke", antwortet dieser tonlos. „Es ist alles o.k. Ich lege jetzt auf."

Am selben Tag meldet sich die Wirtschaftsministerin bei Whincup. Aufgeregt und außer Atem teilt sie ihm mit, dass eine chinesische Bergbaugesellschaft beim Wirtschaftsministerium eine offizielle Anfrage über die Eigentumsverhältnisse der Abraumhalden in Broken Hill eingereicht habe.

Whincup erzählt Cormack von den beiden Chinesen, die seine Sicherheitsleute heute Morgen in Broken Hill aufgegriffen haben.

„Und dann kommt noch in ein paar Tagen der deutsche Chemiker mit seiner Familie dazu. Wenn der doch wenigstens nur alleine käme“, gibt Cormack zu bedenken. Whincup kann mit dieser Aussage zunächst nichts anfangen. Cormack bittet Whincup noch, den russischen Ansprechpartner zu informieren, weil sich momentan die Ereignisse überschlagen.

Whincup zögert zunächst, Juri Novikow anzurufen. Novikows Leute und auch die Personen, die von Novikows Leuten beauftragt worden waren, hatten den Einbruch in das Haus der deutschen Familie in Deutschland perfekt organisiert und durchgeführt. Den Eukalyptusbaum zu stehlen war daher keine große Herausforderung für die beiden Einbruchprofis gewesen. Whincup hatte Novikow um diesen Gefallen gebeten, um den Druck auf die Familie zu erhöhen, nicht nach Australien zu reisen, bevor der Vertrag für das Wirtschaftsprojekt unterzeichnet war. Dafür, so die Überlegung Whincups, schienen ein paar kräftige Russen bestens geeignet.

Stutzig wurde Whincup aber, als Novikow ihn kontaktierte, um Vollzug zu melden. Dabei erklärte er ihm, dass man die Angelegenheit auch ganz anders hätte regeln können, nämlich auf die „russische Art“.

„Man hätte ja die Leute einfach in einen körperlichen Zustand versetzen können, in dem sie für die nächsten Wochen und Monate nicht reisefähig gewesen wären. Wahrscheinlich hätte es sogar genügt, sich nur mit dem Mann zu beschäftigen“, lautete sein Vorschlag.

Whincup will auf keinen Fall, dass die Russen jetzt durchdrehen. Er muss Novikow aber über die aktuellen Entwicklungen informieren und tut dies auch.

„Herr Whincup, wann genau erfuhren Sie von der Entführung der deutschen Familie und von wem?“, fragt Cameron Whincup.

„Das habe ich Ihnen bereits mitgeteilt. Ich habe zum ersten Mal von der Entführung im Radio gehört. Es war wohl am 22. Oktober, wenn die Entführung am Abend des 21. Oktober stattgefunden hat. Am 24. Oktober wurde ich von Herrn Trembley informiert, dass der Karadji die Entführung veranlasst habe“, gibt Whincup zur Antwort.

„Das ist gelogen. Ich weiß, dass Sie am Morgen des 16. Oktober von der Außenministerin angerufen wurden und sich über dreißig Minuten mit ihr besprachen. Worüber haben Sie sich unterhalten? Wenn Sie in der Nacht vom 16. auf den 17. Oktober und vom 25. auf den 26. Oktober nicht persönlich in der Nähe des Dorfs ‚Mugnugari‘ unterwegs waren, hatten Sie demnach irgendeine andere Person zu dem Treffen mit dem Karadji geschickt?“, forscht der Hauptkommissar nach. „Haben die Russen etwas mit der Entführung zu tun?“, bohrte Cameron weiter. „Was wissen Sie über den Mann, der in Ihrer Firma putzte und im Haus der chinesischen Konkurrenz ermordet wurde? Ich rate ihnen in Ihrem eigenen Interesse, die Wahrheit zu sagen. Wir reden hier von Mord, beziehungsweise im Falle der deutschen Familie, von Entführung und versuchtem Mord. Wir wissen, dass die Wirtschaftsministerin in den beiden Nächten vor Ort war. Wer war noch dabei? Das hat sie unmöglich allein durchgezogen.“

Whincup winselt: „Ich habe mit all diesen Dingen nichts zu tun, auch wenn Sie mir nicht glauben wollen. Cormack hatte mich am 16. Oktober morgens angerufen und mir mitgeteilt, sie plane, den Karadji zu treffen. Trembley hatte den Zeitpunkt organisiert, wollte aber nicht zu dem Termin mitkommen. Sie erklärte mir, sie gedenke nicht, auf den letzten Metern vor dem Ziel das Rennen zu verlieren. Sie schlug vor, die Russen im Abwehrkampf gegen die Chinesen stärker mit in die Pflicht zu nehmen und den Karadji zu unterstützen, die deutsche Familie zu bestrafen. Wenn der dies wollte, dann musste er diese erst einmal unter seine Kontrolle bringen, das heißt, er musste die Familie entführen, sodass sie keinen Schaden mehr anrichten konnte. Herrgott, mir war das Ganze zu heiß! Ich hatte noch die Worte von Novikow im Ohr, als der mir erklärte, wie man jemanden auf die russische Art am Reisen hindert. Aufgrund dessen habe ich Cormack mitgeteilt, dass ich mit dieser Sache nichts zu tun haben wolle und sie auch nicht bei dem Treffen begleiten würde. Ich wollte auch gar nicht wissen, ob sie das Ganze wirklich in die Tat umsetzten würde, was sie vorschlug. Sie beschimpfte mich, ein Schlappschwanz zu sein. Daraufhin drohte ich ihr, dass ich den Vertrag nicht unterzeichnen würde, sollte der deutschen Familie auch nur ein Haar gekrümmt werden."

Whincup holt Luft. „Als ich dann eine Woche später von der Entführung der deutschen Familie im Radio erfuhr, ging ich davon aus, dass die Russen sie entführt hätten. Kurz zuvor wurde ja noch der Mitarbeiter, der in meinem Unternehmen beschäftigten Reinigungsfirma, von irgendwelchen Russen ermordet. Ich bekam es mit der Angst zu tun, es könne auch meiner Familie etwas zustoßen. Immerhin war ich mehr oder weniger ein Mitwisser. Mir wurde bewusst, dass ich persönlich weder bei der Unterzeichnung des Vertrages noch bei der Vertragsabwicklung erforderlich war. Cormack hatte mit ihrer Stellvertreterregelung im Vertrag für das Wirtschaftsprojekt dafür gesorgt, dass auch John Mitchell, einer meiner Geschäftsführer bei FMP, die notwendige Unterschrift hätte leisten können. Und für den Rest hatte er firmenintern ohnehin alle Rechte. Ich bekam schreckliche Angst, dass ich liquidiert werden könnte.

Noch am selben Tag flog meine Familie nach England. Ich wollte sie ursprünglich in unserem Haus am Zürichsee sicher unterbringen. Auch wenn es mir zu diesem Zeitpunkt nur noch wenige Tage gehören sollte, ging ich davon aus, Trembley würde sicherlich nicht am ersten Tag dort antanzen. Dann fiel mir allerdings ein, dass auch Novikow das Anwesen kannte. Deshalb disponierten wir um. Sie können das natürlich nachprüfen Herr Cameron. Ich nenne Ihnen gerne die Flugdaten.

Da ich auch Angst um mein eigenes Leben hatte, rief ich die Wirtschaftsministerin an und forderte von ihr, in meinem Fall die Stellvertreterregelung für die Unterschrift aus dem Vertrag herauszunehmen – quasi als Lebensversicherung. Cormack ging nicht darauf ein.

So war ich richtiggehend froh, als ich zwei Tage später von Trembley erfuhr, der Karadji habe die Entführung veranlasst und seine Leute hätten die Entführung durchgeführt. Mir fiel geradezu ein Stein vom Herzen.

Ich rief Novikow an. Der schwor Stein und Bein, dass weder er noch irgendeiner seiner Leute weder direkt noch indirekt irgendetwas mit der Entführung der deutschen Familie zu tun hätten. Das Gleiche gelte für den ermordeten Putzmann. Für ihn war klar, dass die Chinesen die Putzkraft selbst umgebracht und ihm dem Zettel mit der auf Russisch verfassten Botschaft in die Hand gedrückt hatten." Whincup ereiferte sich: „Für Novikow war klar, dass die Chinesen nur ihre russische Firma diskreditieren wollten, um die Vertragsunterzeichnung noch irgendwie zu verhindern. Herr Kommissar, dieses Mal habe ich Ihnen die volle Wahrheit erzählt. Ich habe nichts mit der Entführung und erst recht nichts mit dem grauenhaften Blutbad zu tun", beteuert Whincup.

„Sie haben mich überzeugt, Herr Whincup. Ich stelle mir jetzt allerdings die Frage, wie die Ministerin den Karadji zur Durchführung der Entführung überreden konnte?", sinniert der Kommissar.

„In diesem Fall kann ich Ihnen nicht weiterhelfen", antwortet Whincup. „Ich habe definitiv keine Ahnung."

„Wer sagt denn eigentlich, die Wirtschaftsministerin habe den Karadji dazu gebracht, die deutsche Familie zu entführen? Dass sie sich mitten in der Nacht kurz vor der Entführung mit ihm getroffen hat, heißt doch gar nichts", betont die Staatsanwältin.

„Aber das ist doch genau der springende Punkt bei der Angelegenheit", entgegnet Cameron. „Sie hätte ja irgendeine x-beliebige Truppe für die Entführung anheuern können. Die Russen hätten ihr sicherlich gerne geholfen, wenn sie Novikow angesprochen hätte. Ich vermute aber, sie wollte den Karadji mit seinen Leuten, weil man ihm ein eigenes Motiv unterstellen könnte. Sie wusste mit

Sicherheit davon, dass der Karadji nicht gut auf die deutsche Familie zu sprechen war. Das hat Trembley ihr sicherlich gesteckt. Hätten wir nicht so gut recherchiert, wäre nie herausgekommen, dass sich die Wirtschaftsministerin in den beiden Nächten mit dem Karadji getroffen hat. Der Karadji wäre dann der Alleinverantwortliche für die Entführung gewesen. Das Motiv gab es ja."

„Klingt plausibel, Herr Hauptkommissar", lobt die Staatsanwältin Cameron, „aber es bleibt dabei. Frau Cormack und der Karadji können sich, wenn sie wollen, auch mitten in der Nacht zum Kartenspielen treffen, auch wenn diese Treffen kurz vor der Entführung beziehungsweise einen Tag vor dem Blutbad stattgefunden haben und Frau Cormack dafür drei Stunden mit dem Auto von ihrem Elternhaus hin und die gleiche Zeit wieder zurück braucht. Das ist ein Indiz, aber kein Beweis dafür, dass diese Frau irgendetwas mit den Verbrechen zu tun hat, die wir versuchen aufzuklären. Wissen Sie eigentlich, warum sich die Wirtschaftsministerin einen Tag vor der traditionellen Gerichtsverhandlung erneut mit dem Karadji getroffen hat?"

„Nein", antwortet Cameron. „Das bekomme ich aber noch raus. Was oder wen muss ich denn noch liefern, damit das Gericht die Cormack als Auftraggeberin für die Entführung vorlädt?" will er von der Staatsanwältin wissen. Er ist sichtlich enttäuscht und verärgert.

„Beweise", antwortet diese. „Stichfeste Beweise. Mein Bauchgefühl sagt mir, dass sie die nur in dem Dorf ‚Mugnugari' finden können."

03. Dezember 2021, Aboriginaldorf „Mugnugari", New South Wales, Australien

Cameron, Deborah und Spencer besuchen gemeinsam das Dorf. Um überhaupt eine Chance zu haben, an neue Informationen zu kommen, ist Cameron auf die geniale Idee gekommen Tracey und Nick anzusprechen. Sie sollen die Kommissare unterstützen. Seit den in der Vergangenheit geführten Gesprächen ist nämlich eine gewisse Reserviertheit der Aboriginals gegenüber der Polizei zu spüren. Man könnte es auch anders ausdrücken: Die Dorfbewohner zeigen absolut kein Interesse, den Polizisten bei ihren Ermittlungen zu helfen; sie blockieren. Deborah zieht mit Tracey los, um die Frauen des Dorfes zu sprechen. Nick führt Spencer zu den Männern in die Trinkerecke. Eine freundliche Begrüßung ist nicht zu erwarten und findet auch nicht statt. Cameron selbst sucht den Dorfvorsteher auf.

„Herr Bakana", beginnt Cameron das Gespräch. „Sie haben uns sehr geholfen mit Ihrer Information über Ihre olfaktorischen Wahrnehmungen bei der nächtlichen Rückkehr Ihres Karadji und der exakten zeitlichen Zuordnung der beiden genannten Ereignisse. Mit Hilfe dieser Informationen konnten wir die Besucherin, und damit auch die potentielle Auftraggeberin für die Entführung der deutschen Familie, ermitteln. Mein Problem ist nur folgendes: Die Staatsanwältin sagt: ‚Nur weil die beiden Personen sich getroffen haben, heißt das noch lange nicht, dass sie ein Verbrechen, wie beispielsweise die Entführung, verabredet haben.' Damit hat die Staatsanwältin leider auch recht. Aus diesem Grund sind wir hier. Wir suchen irgendwelche Hinweise, die unsere Vermutung belegen."

„Ihr Weißen macht es Euch aber wirklich nicht leicht", kommentiert der Dorfvorsteher. „Das regeln wir hier draußen ganz anders, einfach unkomplizierter. Wir haben unser eigenes Stammesrecht. Wenn ein Fall so offensichtlich ist wie dieser, dann machen wir das hier unter uns aus. Dazu brauchen wir nicht die Weißen und ihre Gerichte. Das erledigt unser Karadji in einer traditionellen Gerichtsverhandlung. Viele Europäer nennen das brutal. Wir nicht. Auch das ist unsere Kultur. Damit sind wir groß geworden und so wird es immer bleiben.

Allgemein gilt: *Das Opfer bestraft den Täter.* Je schwerer das Verbrechen, desto härter die Vergeltung. Ein Diebstahl bedeutet mehrere Schläge mit einem Knüppel auf den Kopf, Gewalt gegen Kinder oder Frauen und Tötungsdelikte werden mit dem Speer gesühnt."

Cameron hört aufmerksam zu. „Verstehe. Wenn ich aber keine Beweise dafür bringe, dass euer Karadji mit der Entführung der deutschen Familie nur beauftragt und dazu überredet wurde, dann ist nach unserem Recht der Karadji der Verantwortliche und damit der Haupttäter der Entführung und vermutlich auch des Blutbades. Der oder die eigentlichen Drahtzieher oder die Drahtzieherin wird nicht belangt. Dann geht die alte Geschichte mit den brutalen Riten und Traditionen der Aboriginals wieder los. Und das, obwohl wir einen starken Verdacht haben, wer hinter allem steckt, aber gerichtlich nicht zu belangen ist. Wollen Sie solch eine Ungerechtigkeit?" provoziert Cameron den Dorfvorsteher.

Bevor die Antwort erfolgt, werden sie durch das Klingeln seines Mobiltelefons unterbrochen. Es ist Deborah, die ihm ganz aufgeregt mitteilt, er solle doch ganz schnell zu ihr nach draußen kommen.

„Herr Bakana, ich bin gleich wieder da“, entschuldigt sich der Kommissar und eilt zu Deborah.

„Das hier ist Frau Laarakuma“, stellt sie die Aboriginal dem Kommissar vor. „Bitte erzählen Sie Herrn Cameron, was Sie in der Nacht vom 16. auf den 17. Oktober beobachtet haben.“

„Wissen Sie, Herr Kommissar“, beginnt Frau Laarakuma, „die Leute im Dorf sagen, ich sei verrückt. Man hat mir vor zwanzig Jahren meine Tochter weggenommen. Sie war einfach von heute auf morgen verschwunden. Das hatte nichts mit den Maßnahmen zu tun, als die Weißen uns unsere Kinder gestohlen hatten. Das war früher. Meine Tochter wurde mir von meinen eigenen Leuten weggenommen. Sie sperren mich oft ein, damit ich nicht weglaufen kann, um meine Tochter zu suchen. Ich komme einfach nicht über den Verlust meiner Tochter hinweg. Weil ich tagsüber meist schlafe, bin ich nachts wach. Wenn dann die anderen schlafen, stehle ich mich aus meiner Hütte und laufe die ganze Nacht in der Gegend herum, um Ausschau nach meiner Tochter zu halten. Die Leute im Dorf behaupten, sie sei längst tot. Aber selbst wenn dem so wäre, dann will ich wenigstens ihre Überreste finden, damit ich sie ordentlich beerdigen kann.

Auf jeden Fall war ich in der besagten Nacht weit außerhalb des Dorfes unterwegs. Es war in der Nähe des kleinen Billabongs, aus dem die Kängurus trinken; in der Nähe des Weges, der zur Landstraße nach Wentworth führt. Es war mitten in der Nacht, als ich das Auto bemerkte, das dort parkte. Im Auto saßen zwei Personen. Ich konnte ihre Gesichter erkennen, weil eine Person kurz ein Feuerzeug anzündete. Sie wollte wohl rauchen. Ich sah eine weiße Frau und einen Aboriginalmann.“

„Haben Sie den Karadji in jener Nacht erkannt?“, will Cameron von der Frau wissen.

„Wieso den Karadji?“ erwidert Frau Laarakuma irritiert. „Unser Dorfvorsteher saß im Auto bei der Frau.“

Cameron marschiert direkt wieder zum Dorfvorsteher und konfrontiert ihn mit dem, was er soeben erfahren hat. Der Dorfvorsteher, ein Mann Mitte Vierzig, überlegt lange, bevor er antwortet :

„Wussten Sie, Herr Kommissar, dass 25 Prozent aller Gefängnisinsassen in Australien Ureinwohner sind, obwohl Aboriginals nur zweieinhalb Prozent der Bevölkerung ausmachen? Die Gründe hierfür sind vielfältig und wir wollen an dieser Stelle auch nicht darüber diskutieren.

Meiner Meinung nach passen unsere Kulturen einfach nicht zusammen. Heutzutage werden in Australien durch europäisch geprägte Gerichte Opfer zu Tätern gemacht. Wir kamen sehr gut ohne euch Europäer zurecht. Fakt ist aber, dass wir von euch überrannt wurden. Wir konnten uns nicht wehren und sind im Lauf der letzten zweihundert Jahre zum Verlierer im eigenen Land geworden. Das kann man bedauern, ändern wird man es dadurch nicht. Das ging den Indianern, den Inuit, den indigenen Völkern in Südamerika und den Maori in Neuseeland nicht anders. Selbst den Europäern wird vielleicht eines Tages das gleiche Schicksal widerfahren. So ist das nun einmal. ‚Nichts währet ewiglich und nichts ist konstanter als der Wandel‘, sagt der griechische Philosoph Heraklit. Sie müssen wissen, Herr Cameron, dass ich als Kind meiner Familie entrissen wurde, um in einem kirchlich geführten Heim nach westlichem Vorbild erzogen zu werden. Dort hatte ich Zugang zu Literatur, auch zu solcher, die nicht unbedingt der kirchlichen Lehre entsprach. Besonders die griechischen Philosophen hatten es mir angetan. Ich kenne somit beide Kulturkreise; den der Europäer und den der Aboriginals. Glauben Sie mir, beide Kulturen haben ihre Daseinsberechtigung.

Unser Karadji hat uns immer vor den Gefahren gewarnt, sollten wir uns der Kultur der Europäer beugen. Er war ein sehr traditionsbewusster Mann. Ich mochte ihn sehr. Er hatte mich als jungen Mann auserkoren, sein Nachfolger zu werden, weil ich ein gelehriger Schüler war und Interesse an den Überlieferungen aus der Traumzeit zeigte, von denen er uns berichtete. Ich wollte aber nicht. Ich hatte schon in jungen Jahren bemerkt, dass man das Rad der Geschichte nicht zurückdrehen kann. Ich hatte nicht vor, als letzter aufrichtiger Aboriginal den Heldentod zu sterben. Schließlich gab der Karadji auf, mich als seinen Nachfolger zu gewinnen.

Ich habe es trotz der vielen Jahre europäischer Erziehung nie geschafft, meine indigene Kultur abzulegen. Ich bin einfach zu eng mit ihr verbunden. Nachdem ich aus dem Heim – so muss man es korrekterweise benennen – freigelassen wurde, bin ich in mein Dorf zurückgekehrt. Ich war der Meinung war, dass hier mein Platz ist, um in Frieden leben zu können. Trotz meiner Weigerung, in die Fußstapfen des Karadji zu treten, blieb ich bis zu seinem Tod sein Freund und erster Ansprechpartner im Dorf.

In unserem Stamm ist es Tradition, mit den Weißen so wenig wie möglich zu tun zu haben, von Freundlichkeiten oder gegenseitiger Unterstützung ganz zu schweigen. Ich habe aber im Laufe meines Lebens festgestellt, dass wir mit dieser Einstellung nicht weiterkommen. Es ist nun einmal wie es ist. Auch wenn unsere Kulturen nicht zusammenpassen, müssen wir uns irgendwie arrangieren. Das geplante große Wirtschaftsprojekt wäre meiner Meinung nach eine gute Chance gewesen, es zu versuchen und einen neuen Weg, dieses Mal unter Einbeziehung von uns Indigenen, zu gehen. Dafür mussten wir dieses große Opfer mit der Pipeline bringen. Die Wirtschaftsministerin hatte sehr große Angst, dass der Mann dieser deutschen Familie das Projekt kurz vor der Vertragsunterzeichnung zu Fall bringen könnte. Sie wollte den Karadji sprechen, um ihm das noch einmal genau zu erklären und ihn zu einer Maßnahme zu ermuntern, die nicht ganz mit Ihrem Rechtsverständnis im Einklang steht. Sie hoffte, dass unser Stammesrecht diesbezüglich genügend Spielraum bot, weil ja auch noch, wie sie betonte, die Schändung des ‚God Tree' im Raum stand, die ja auch irgendwie gesühnt werden müsste. Frau Cormack betonte, es ginge hierbei nur um wenige Tage, für die die deutsche Familie versteckt werden müsse. Ja, sie nannte es wirklich ‚versteckt'."

„Warum kam dieses Treffen zwischen der Wirtschaftsministerin und dem Karadji nicht zustande und warum haben Sie sich überhaupt bei mir gemeldet?", will der Kommissar wissen. „So wie Sie jetzt dastehen, sind Sie zumindest Mittäter bei der Entführung."

„Bei Ihnen gemeldet habe ich mich, weil ich wollte, dass der Drahtzieher – in diesem Fall die Drahtzieherin – der Entführung gefasst und bestraft wird", fährt der Dorfvorsteher fort.

„Die Geschichte ist aber noch nicht zu Ende erzählt. Der Karadji weigerte sich vehement, die Wirtschaftsministerin zu treffen. Also rief sie mich an und bat um den nächtlichen Termin. Alles was sie dem Karadji erzählen wollte, erzählte sie mir, mit der Bitte, es genauso an ihn weiterzugeben. Das habe ich auch getan. Sonst nichts. Mit der Entführung habe ich nichts zu tun und hätte dieser auch niemals zugestimmt."

„Und was war mit dem zweiten Termin in der Nacht vom 25. auf den 26. Oktober, dem Tag vor der traditionellen Gerichtsverhandlung, haben Sie den auch wahrgenommen?"

„Nein", erklärt der Dorfvorsteher. „In dieser Nacht hat sich tatsächlich der Karadji mit der Wirtschaftsministerin getroffen. Sie hatte von Trembley erfahren, dass der Karadji die traditionelle Gerichtsverhandlung vorziehen wollte und ahnte nichts Gutes. Der Vertrag war ja noch nicht unterschrieben. Sie hatte wohl große Angst, dass bei dieser Verhandlung den Entführten irgendetwas zustoßen könnte. Sie war hier, um den Karadji daran zu erinnern, maßvoll und besonnen mit der deutschen Familie umzugehen. Diese Einmischung passte dem Karadji überhaupt nicht und sie trennten sich im Streit. Der Karadji erzählte mir in der Nacht von dem Gespräch. Er betonte, er hätte sich niemals auf diesen Deal mit der Wirtschaftsministerin einlassen dürfen."

28. März 2022, Sydney, Australien

Die Gerichtsverhandlung findet im großen Saal des Gerichtsgebäudes statt; das Medieninteresse ist extrem groß. Das liegt zum einen an dem internationalen Interesse, welches die Entführung und das Blutbad seinerzeit ausgelöst hatte und zum anderen an der prominenten Angeklagten, die dieses Gerichtsverfahren zu bieten hat.

Bei der Verhandlung geht es zunächst um die Entführung. Die ihrer Immunität enthobene Wirtschaftsministerin ist von ihrem Amt freigestellt worden. Sie schildert das nächtliche Treffen vom 16. auf den 17. Oktober mit dem Dorfvorsteher wie folgt:

„In der besagten Nacht wollte ich mich eigentlich mit dem Karadji treffen. Den Termin mitten in der Nacht hatte ich vorgeschlagen, damit uns nach Möglichkeit niemand sieht. Immerhin bin ich – sie hielt inne –, nein, war ich die Wirtschaftsministerin und wollte so kurz vor der Vertragsunterzeichnung für dieses einzigartige Wirtschaftsprojekt nicht den Anschein erwecken, ich mache außerhalb des Protokolls noch irgendwelche Absprachen oder Zugeständnisse.

Der Karadji war in meinen Augen ein gewisser Risikofaktor, weil er im Vorfeld mehrfach betont hatte, dass die, wie er es nannte ‚Schändung ihres Heiligtums', des ‚God Tree', durch die deutsche Familie gesühnt werden müsse. Wir alle wussten von seinem großen Hass gegen diese Familie. Der Vater, Dr. Claus Fischer, hatte bei dem ersten Urlaub in Australien versucht, Mineralien aus den Abraumhalden von Broken Hill zur chemischen Elementbestimmung mit nach Deutschland zu nehmen. Die Mineralien wurden ihm am Flughafen vom Zoll weggenommen. Es war aber bekannt, dass er bei dem geplanten zweiten Urlaub erneut versuchen wollte, Steine und Mineralien zu sammeln, um diese zu untersuchen. Es bestand bei uns allen große Angst, dass im Rahmen dieser

Untersuchungen auch das Element Osmium entdeckt werden könnte, was unseren Wirtschaftsvertrag in arge Nöten gebracht hätte, weil der Entdecker ja gewisse Rechte an seiner Entdeckung hat.

Speziell Herr Whincup war besessen von der Idee, dass dies passieren könnte. Ich bekam richtig Angst, er könnte die Familie entführen oder sogar umbringen lassen. Als Entführer oder Organisator einer Entführung bot sich der Karadji an, weil er ein eigenes Interesse an den Leuten hatte, sie zu bestrafen. Um dies zu verhindern, wollte ich mich mit dem Karadji treffen: Erstens, um ihn um Zurückhaltung zu bitten und zweitens, um ihn zu warnen, dass er sich nicht von dritten Personen zu irgendwelchen illegalen Handlungen überreden lassen sollte, egal welche Versprechungen oder Geschenke man ihm auch machte. Der Karadji weigerte sich aber, sich mit mir zu treffen. In meiner Not wandte ich mich an den Dorfvorsteher des Dorfes ‚Mugnugari'. Dieser war zu einem Treffen mit mir bereit. So erzählte ich ihm mein Anliegen und er versprach mir, das Besprochene dem Karadji am nächsten Morgen mitzuteilen."

Als nächstes wird Whincup gehört. Er hat während der Aussage der Wirtschaftsministerin mehrfach mit dem Kopf geschüttelt und schildert das Gespräch, das er am Morgen des 16. Oktober 2021 mit Frau Cormack geführt hat ganz anders:

„Es ist unglaublich, wie diese Frau, die damals in höchstem Amt und Würden war, derart verlogen sein kann. Es war umgekehrt! Sie wollte dem Karadji ins Gewissen reden und vor der deutschen Familie warnen, sie könne das für alle Aboriginals so wichtige Wirtschaftsprojekt vereiteln – was unbedingt verhindert werden müsse. Dies wäre, so wollte sie dem Karadji vorschlagen, am einfachsten, wenn man die deutsche Familie bis zur Vertragsunterzeichnung ein paar Tage in ‚Gewahrsam' nähme. Nach der Vertragsunterzeichnung könne er die Familie dann auch wegen ihres Vergehens gegenüber des ‚God Tree' entsprechend seinen Vorstellungen bestrafen."

Dann wurde der Dorfvorsteher, Herr Bakana, befragt, was er in der Nacht vom 16. auf den 17. Oktober 2021 mit der Wirtschaftsministerin besprochen habe. Er rief Cameron kurz vor der Verhandlung an und bereitete ihn darauf vor, dass er von seinem Aussageverweigerungsrecht Gebrauch machen werde. Er teilte ihm mit, dass er, egal was er auch sage, am Ende doch als Mitwisser oder Mittäter verurteilt werde, obwohl er sich keiner Schuld bewusst sei. Deshalb widerrufe er seine Aussage und werde in der Gerichtsverhandlung schweigen. Dabei bleibt er auch. Er beantwortet lediglich die Fragen nach seiner Identität und sonst nichts.

Damit steht Aussage gegen Aussage.

Der Richter ist von den vorgebrachten Anschuldigungen nicht überzeugt, wie man sich vorstellen kann. Er fragt die Staatsanwältin, wer denn noch als Drahtzieher der Entführung in Frage käme.

Die Staatsanwältin erwidert, dass prinzipiell der russische Investor „Ruda Prom", ein potentielles Interesse an einer Entführung hätte haben können. Eine Verbindung zu den Entführern konnte jedoch nicht nachgewiesen werden. Des Weiteren sei möglich, dass Marc Trembley Einfluss auf den Karadji genommen habe. Dieser sei aber nicht vernehmungsfähig.

Die Staatsanwältin weißt noch darauf hin, dass auch der Dorfvorsteher eine wichtige Rolle bei der Beauftragung der Entführung gespielt haben könnte. Immerhin sei es möglich, dass er das Gespräch mit der Wirtschaftsministerin verändert an den Karadji weitergegeben und Kommissar Cameron bei seiner Erstbefragung belogen habe. Möglich sei auch, dass sowohl der Dorfvorsteher als auch Herr Whincup die Unwahrheit gesagt haben und die Aussage von Frau Cormack der Wahrheit entspreche.

Nach einer einstündigen Verhandlungspause beginnt der zweite Teil der Gerichtsverhandlung. Jetzt geht es nicht mehr allein um die Entführung, sondern um das Blutbad nach der traditionellen Gerichtsverhandlung.

Zunächst wird der Ethnologe Prof. Ernest Gilmor von der Universität Canberra zu den Praktiken der traditionellen Gerichtsverhandlung von Aboriginals befragt. Prof. Gilmor referiert zunächst im Groben über die verschiedenen Rituale, die hierbei zur Anwendung kommen. Er schildert, dass bei den indigenen Völkern Australiens Blut bei der Bestrafung eines Täters eine wichtige Rolle spiele. So seien auch die Praktiken des „Bleedings“ zu verstehen, die im Falle der entführten deutschen Familie angewandt worden waren. Professor Gilmor hebt hervor, diese Praxis der Bestrafung habe aber nicht das Ziel, den oder die Täter zu töten, wenngleich dies gelegentlich vorkäme.

Es gibt insgesamt drei psychiatrische Gutachter, die die Schuldfähigkeit Trembleys unterschiedlich bewerteten. Es steht außer Frage, dass Trembley den Karadji, seinen Freund, ermordete. Zu vermuten ist auch seine Absicht, die deutsche Familie oder wenigsten einige ihrer Mitglieder, insbesondere Mila und/oder Nadja, zu töten. Über das Motiv konnte allerdings nur spekuliert werden.

Wusste Trembley aus den gestohlenen Unterlagen aus der Mungo Lodge, dass Mila diejenige ist, die Jahre später den Vertrag über die bedingte Schenkung von Whincup bearbeitete? Immerhin befinden sich Ausweiskopien mit Namen und Bild unter den Unterlagen und das Treffen in der Schweiz liegt noch nicht lange zurück. Oder hat er Mila erst bei der traditionellen Gerichtsverhandlung erkannt und ist deshalb so durchgedreht? Der bilaterale Vertrag zwischen ihm und Whincup sollte mit Sicherheit geheim bleiben. Warum aber war der verkleidete Trembley so unsicher, welche der beiden Schwestern er töten sollte? Hatte er die beiden vielleicht verwechselt? Es sind schließlich Schwestern. Eine gewisse Ähnlichkeit ist gegeben. Oder wollte er beide töten und es ist ihm nur um die Reihenfolge gegangen?

Trembley hat sein Millionenerbe an Freiheitskämpfer in Nicaragua gespendet. Das wird dank Camerons Recherchen bekannt. Er führt auch kein luxuriöses Leben. Sein einziges teures Hobby ist seine Reiseleidenschaft und die damit verbundene Fliegerei. Ist dieser Mann im Stande, für – zugegebenermaßen – viel Geld in Form des noblen Anwesens in der Schweiz, Menschen zu ermorden? Oder ist es lediglich die Scham vor einer Entblößung des unethischen Deals mit Whincup? Sein Image entspricht dem eines absoluten Altruisten. Hat er dieses um jeden Preis bewahren wollen?

Trembleys Beweggründe bleiben reine Mutmaßung. Merkwürdig erscheint auch, dass die Polizei bei der Durchsuchung seiner Wohnung eine Schusswaffe samt Munition fand. Hat er vorgehabt noch jemanden zu töten? Stand eventuell noch Whincup auf seinem Zettel, um die Spuren der Schweizer Schenkung zu verwischen?

Unklar ist auch Trembleys Rolle bei der Entführung. Ist er Initiator, Mittelsmann oder Trittbrettfahrer? Hat er den Karadji aufgestachelt oder nur im Auftrag der Wirtschaftsministerin gehandelt? Wusste er von der geplanten Entführung oder hat er gar nichts damit zu tun? Warum erschien Trembley überhaupt bei der traditionellen Gerichtsverhandlung? Was war hierbei sein persönliches Interesse? Die Maskerade konnte doch nur bedeuten, dass er eingreifen wollte. Sonst hätte er sich ja nicht entsprechend vorbereitet.

An Trembleys aktueller Unzurechnungsfähigkeit gibt es nichts zu rütteln. Die Frage steht im Raum, ob er bereits zum Tatzeitpunkt unzurechnungsfähig gewesen oder ob der aktuelle Zustand allein auf die erlebten traumatischen Erfahrungen zurückzuführen sei. Hierzu hat jeder Gutachter seine eigene Meinung.

Unstrittig ist: Trembley kann nicht mit Gefängnis bestraft werden – also wird er in einer psychiatrischen Anstalt untergebracht.

Die Außenministerin wird wegen unterlassener Hilfeleistung zu einer Freiheitsstrafe von sechs Monaten auf Bewährung verurteilt. Ihre politische Karriere ist damit beendet.

Was das Strafmaß für Whincup angeht, wird zwischen Staatsanwaltschaft und Richter am meisten diskutiert. Für unterlassene Hilfeleistung wird er ebenfalls zu sechs Monaten auf Bewährung verurteilt. Für die weiteren Vergehen zu einer Zahlung von 50.000 Australischer Dollar. Der Richter hebt bei der Urteilsverkündung hervor, er glaube persönlich nicht, dass der Verurteilte nicht an der Entführung der deutschen Familie beteiligt gewesen sei. Er hätte seiner Überzeugung nach Whincup wegen der Begehung einer schweren Straftat verurteilt. Da aber keine stichhaltigen Beweise für eine Beteiligung vorlägen, müsse er in diesem Fall nach dem Motto „in dubio pro reo“ von der Unschuld des Angeklagten ausgehen.

Die drei Aboriginals, die die Entführung durchführten, werden jeweils zu zwölf Monaten Gefängnis verurteilt. Sie sind die einzigen, die ihre Tat offen zugeben. Auch wenn sie unisono erklären, sie haben ja im Auftrag des Karadji gehandelt und nur seine Anweisungen befolgt, nutzt es ihnen nichts. Der Richter muss ihnen erklären, in Australien gelte das Gesetz für alle Bürger, unabhängig von Hautfarbe, Religion, Ethnie oder Sprache. Damit sei jegliche Art von Freiheitsberaubung verboten und müsse geahndet werden.

Der Richter erläutert in seiner abschließenden Begründung weiterhin:

„Anscheinend haben weder die Entführer noch die Auftraggeber bemerkt, dass die deutsche Familie Fischer bei ihrer zweiten Reise eine Person mehr waren als bei ihrem ersten Besuch. Ich spreche hier von Louis Christensen, dem

Freund der älteren Tochter. Dieser wurde nicht entführt und hielt über Handy Kontakt zum mitentführten Freund der jüngeren Tochter. Das war das große Glück für die verschleppte Familie. Es ist nicht auszudenken, was passiert wäre, wenn die beiden jungen Männer nicht Koordinaten ausgetauscht hätten oder wenn das Handy entdeckt worden wäre, durch das letzten Endes das Versteck der Entführungsopfer ermittelt werden konnte. Aus der Tatsache, dass das Fehlen der sechsten Person bei der Entführung nicht bemerkt worden ist, kann man den Schluss ziehen, dass nicht die aktuellen Reiseunterlagen, sondern die von der ersten Reise aus dem Jahr 2017 für die Planung der Straftat herangezogen wurden. Hier war die Familie nur zu fünft unterwegs war. Somit scheiden Tracey Ngooli, aber auch Nick Ngooli, der Reiseführer, als Verdächtige, die irgendetwas mit der Entführung zu tun haben könnten, aus.

Ich glaube auch nicht, dass die russischen Investoren beziehungsweise ihre Mitarbeiter mit der Entführung etwas zu tun haben", erläutert der Richter weiter. „Die sind hier zu wenig verwurzelt. Die kennen hier außer Herrn Whincup niemanden. Wenn, dann hätten sie alles über seine Infrastruktur organisieren müssen. Und dafür gibt es keinerlei Hinweise, geschweige denn Beweise."

Am Ende kann sogar noch zurückverfolgt werden, wer dem Karadji die Information zukommen ließ, dass die deutsche Familie Samen vom heiligen „God Tree" gepflückt hatte. Es handelt sich tatsächlich um die drei Trinker, denen wir an jenem Abend in der Mungo Lodge begegneten. Sie belauschten das Gespräch mit Nick, als wir von der Besteigung des „God Tree" erzählten. Die drei stammen ebenfalls aus dem Dorf „Mugnugari“ und plauderten diesen wesentlichen Punkt irgendwann bei einem Bier aus.

Lange spekuliert die australische Presse darüber, ob der Mord an dem Mann, der am Tag unserer Ankunft in Melbourne im Treppenhaus der chinesischen Bergbaugesellschaft XiangIng verübt wurde, von einem russischen Killerkommando begangen wurde. Zeugen hätten kurz vor dem Mord angeblich zwei Männer gesehen, die sich auf Russisch unterhielten und sich um das Bürogebäude herumdrückten. Der Getötete war bei einer Putzfirma beschäftigt, die die Büroräume bei FMP reinigte. Eventuell könnte er von deren Aktivitäten um die geheimen Osmiumvorkommen in Broken Hill etwas mitbekommen haben und, so vermutet die Presse, habe er diese Informationen an die Chinesen verkaufen wollen.

Die komplette russische Delegation verlässt Australien Hals- über Kopf, allerdings erst nachdem die Medien über das Blutbad berichteten.

Eine polizeiliche Zusammenarbeit mit der russischen Seite kommt nie zustande.

23. Dezember 2021; Hainstadt, Deutschland

Wieder zu Hause, klingelt es ein paar Tage später an unserer Haustür. Ein Mann steht davor und äußert, er habe aus den Nachrichten von unserer Reise und den Unannehmlichkeiten gehört. Höflich fragt er, ob er reinkommen dürfe, denn er habe uns etwas mitzuteilen. Erst druckst er ein bisschen verlegen herum, er wolle sich bei uns entschuldigen und stellt sich dann wie folgt vor:

„Mein Name ist Michael Pfingstmann. Ich bin von Beruf Falkner und arbeite im Wildpark Edersee, wo ich Vögel für Flugschauen ausbilde und präsentiere. Mein besonderes Interesse gilt australischen Vögeln, die aber in Europa selten zu bekommen sind, weil die Ausfuhr von Tieren aus Australien schon seit Jahrzehnten verboten ist. Nur mit Ausnahmegenehmigungen der Naturschutzbehörden gelangt ab und zu ein Vogel nach Europa." Herr Pfingstmann räuspert sich verlegen, schaut mich tapfer an und fährt fort: „Wissen Sie Herr Sänger, Australien ist für mich das Paradies. Ich mache in keinem anderen Land der Welt mehr Urlaub. Ich fliege jedes Jahr dorthin; meistens von London aus, weil es billiger ist als von Deutschland aus. Auf einem dieser Flüge habe ich vor einigen Jahren Marc Trembley kennen gelernt. Man ist ja froh, wenn man auf solch einem Langstreckenflug einen Gesprächspartner neben sich hat mit dem man sich versteht. Ich habe ihm von meiner Passion für australische Vögel erzählt und dass es mein Lebenstraum sei, einmal einen Flötenvogel oder einen „Lachenden Hans" für eine Flugschau abzurichten."

Ich traue meinen Ohren nicht, als der Falkner mir das eröffnet und bin gespannt wie ein Flitzebogen, wie es nun weiter geht.

Pfingstmann berichtet: „Herr Trembley erklärte mir, er habe ganz gute Beziehungen zu australischen Behörden und werde versuchen mir zu helfen. Tatsächlich konnte ich mit seiner Hilfe jeweils ein Paar der genannten Vogelarten offiziell nach Deutschland importieren. Die Vögel erwiesen sich als sehr gelehrig und sind die Attraktion bei unseren Flugschauen."

Pfingstmann eiert erneut verlegen herum. Dann sammelt er sich und fährt fort: „Anfang des Jahres habe ich dann einen Anruf von Marc Trembley erhalten, der mich fragte, ob denn die vermittelten Vögel noch lebten und ob es ihnen gut gehe. Als ich dies bejahte, fragte Trembley weiter, ob ich ihm einen Gefallen tun könnte. Das kann ich ihm natürlich schlecht ausschlagen. Sie müssen mir glauben, Herr Fischer, dass ich nichts über die näheren Umstände wusste, warum ich meine Vögel in ihrem Garten fliegen lassen sollte. Er sagte nur: ‚Die kennen diese Vogelarten. Es ist Teil eines Plans diese Leute zum Nachdenken zu bewegen. Mehr brauchst du nicht zu wissen.' Trembley gab mir Ihre Adresse und ich fuhr dreimal bei Ihnen vorbei und ließ die Vögel fliegen, beziehungsweise lenkte sie auf den großen Apfelbaum in Ihrem Garten. Außerdem sollte ich ein Foto von Ihrer Terrasse machen und es an Trembley schicken. Das habe ich auch getan", gesteht Pfingstmann. „Dass der Flötenvogel Sie bei dem letzten Besuch attackierte, war natürlich nicht in meinem Sinne. Das müssen Sie mir glauben. Der Vogel ist sehr gut ausgebildet, hatte aber wohl in der fremden Umgebung einen Befehl missverstanden. Ich weiß, dass die Schnabelhiebe eines Flötenvogels nicht ohne sind."

Das Foto mit dem Aboriginal auf unserer Terrasse, das ich im Januar per E-Mail zugeschickt bekommen hatte, entpuppt sich als Photoshop-Meisterwerk. Vermutlich stammt es von Trembley beziehungsweise ist von ihm beauftragt worden.

Noch heute werde ich in Albträumen von Dingo-Rudeln angegriffen. Ob ich dieses Trauma jemals loswerde, weiß ich nicht. Bei der Reflektion über einen solchen Albtraum fällt mir auf, dass wir während unseres ersten Urlaubs in Australien nie den Dingozaun passiert hatten. Der Zaun war errichtet worden, um die Schafherden im Südosten des Kontinents vor den Dingos zu schützen. Weder bei unserem ersten Urlaub, noch bei unserer zweiten Reise – als Urlaub kann man diese ja nicht bezeichnen, – hatten wir diese Dingo-freie Zone verlassen. Dennoch wurde ich von einem Rudel angegriffen.

Dieser Umstand lässt mir keine Ruhe und ich schreibe Nick eine E-Mail. Er liefert mir die Erklärung: Die Verlaufsgrenze des Zaunes befände sich nicht weit weg von Wentworth und ein paar Wochen vor unserer Ankunft seien durch einen Sturm etliche Stellen beschädigt worden. Dadurch konnten wohl mehrere Dingorudel auf die andere Seite des Zauns gelangen, was aufgrund von Schafsrissen belegt sei. Nick teilt mir weiter mit, dass solche Vorfälle öfters stattfänden und dies dann immer in einer Hetzjagd auf die Dingos ausarte. Er ginge davon aus, dass alle Dingos, die den Zaun passierten, in der Zwischenzeit erschossen worden seien; zumindest hätte er seit Wochen nichts mehr von Schafrissen gehört
Zur gleichen Zeit sorgt der australische Premierminister Wayne Johnson dafür, dass die Vertragsunterzeichnung für das Projekt „New Australia“ zunächst auf unbestimmte Zeit verschoben wird. Auch wenn seiner Wirtschaftsministerin keine Beteiligung an der Entführung nachgewiesen werden kann, ist ihm ihr, wie er es

nennt „übertriebenes und fragwürdiges Engagement" nicht mehr geheuer. Er betont weiterhin, dass Kidnapper wie die „Mugnugari" sicherlich nicht die richtigen Geschäftspartner für ein Wirtschaftsprojekt mit Staatsbeteiligung sind. Johnson entzieht Pamela Cormack die Verantwortung für das Projekt und setzt stattdessen seinen Finanzminister Greg Keyman ein. Dieser ist von Beruf Steuerfachmann, ein Bürokrat ohne Bezug zur Wirtschaft und ohne Gespür für die Anliegen der Aboriginals. Diese fühlen sich ihrerseits wegen des in ihren Augen „übertriebenen" Polizeieinsatzes im Rahmen unserer Befreiung als hintergangen und betrogen und lehnen kategorisch eine weitere Unterstützung des Projektes ab. Selbst Whincup sieht keine Möglichkeit mehr, „New Australia" zu verwirklichen.

So kommt es, dass unsere Reise mit all den Geschehnissen für so viel Furore im Land gesorgt hat, dass das größte Wirtschaftsprojekt Australiens nie zustande kommen konnte – ebenso wenig wie die bedingte Schenkung von Whincups Anwesen am Zürichsee an Trembley.

Whincup hat seine Abraumhalden in Broken Hill an die Chinesen verkauft, die das Material heute auskoffern und in riesigen Containerschiffen nach China verschicken, wo es aufgearbeitet wird. In der Nähe von Shenzhen, im Südosten Chinas, wird innerhalb kürzester Zeit eine riesige Fabrik aus dem Boden gestampft, die nicht nur osmiumhaltige Katalysatoren für Wasserstoff-Brennstoffzellen, sondern gleich noch die fertigen Brennstoffzellen in allen Größen und für alle möglichen Anwendungsgebiete, produziert.
Der Traum von der Industrialisierung Australiens ist ausgeträumt!

Teil 2

Mai 2021, Zürich, Schweiz

Weltweit werden populationsgenetische Studien durchgeführt, um immer neue Herkunft-informative DNA-Marker zu entdecken Anhang3. Eines der führenden Forschungsinstitute auf diesem Gebiet ist das „Institut für Populationsgenetik“ der ETH Zürich, an dem Nadja im Rahmen ihrer Doktorarbeit heute forscht. Ihre Aufgabe ist es, DNA-Proben möglichst vieler geografischer Bevölkerungsgruppen australischer Ureinwohner zu untersuchen, um neue Herkunft-informative DNA-Marker zu finden und zu validieren.

Die größte Forschergruppe, die sich mit dieser Thematik befasst, ist allerdings in Australien beheimatet. Es ist das „Institute of Anthropology“ der Monash University in Australien, an dem Nadja im Frühjahr 2017 ihr Praktikum absolvierte. Zwischen der ETH Zürich und dem „Institute of Anthropology“ in Melbourne bestehen intensive Kontakte und gemeinsame, internationale Forschungsprojekte.

Das ist die wissenschaftliche Anschauungsweise der westlichen Welt.

Aus der Sicht der traditionellen Aboriginals liegen die Dinge anders: Nicht der sexuelle Akt ist Urheber der Empfängnis. Stattdessen gehen sie von menschlichen Geistern aus, die die Luft bewohnen und nur darauf warten, in den Mutterschoß hineingeträumt zu werden. Normalerweise geschieht dies durch die Frau selbst auf Anweisung eines Totems. Das Kind hat seinen Ursprung in weit entfernter Vergangenheit und ist unabhängig von jeder lebenden Person.

Bei einigen wenigen Aboriginal-Stämmen gibt es noch heute bedauerlicherweise Beschneidungszeremonien für Mädchen und junge Frauen. Bevor die Europäer nach Australien kamen, gehörte zu allem Übel manchmal noch ein Liebesakt mit denjenigen Männern dazu, die die Beschneidungszeremonie durchführten – und das alles mit der Genehmigung der Eltern beziehungsweise des künftigen Ehemannes.

Dieses Ritual wird heutzutage nicht mehr praktiziert – glaubte man.

Auch im Laufe der Ehe dürfen Beziehungen mit anderen Ehemännern oder frauen eingegangen werden. Wichtig ist dabei nur, dass sie derselben Klasse angehören. Oftmals werden alte Männer mit ganz jungen Frauen verheiratet. Sterben die Männer, werden die Frauen an jüngere Männer weitergegeben.[12]

Durch diese für uns merkwürdigen Brauchtümer entstehen biologische Verwandtschaften, die ohne DNA-Analysen nicht mehr nachvollziehbar sind.

Insofern stellen die Aboriginals für Populationsgenetiker eine besondere Herausforderung dar, wenn Gene nachverfolgt werden müssen, um Abstammungsanalysen durchzuführen.

Monate nach dem Blutbad meldet sich Nick bei Nadja. Er fragt per WhatsApp, ob sie noch an den Haarproben aus seinem Dorf interessiert sei und schreibt, dass es nach dem Tod ihres Karadji auf absehbare Zeit keinen Nachfolger mehr geben werde und folglich auch keiner mehr die genetische Untersuchung verbieten könne. Er habe fünf Haarproben von heller häutigen Aboriginals aus ihrem Dorf gesammelt. Die übrigen sechs seien nicht zu einer Abgabe bereit gewesen. Die fünf Proben, einschließlich auch seiner eigenen und die seiner Cousine Tracey, könne er ihr in das Schweizer Institut schicken, wenn sie es wünsche.

Nadja ist begeistert. Sie hat nicht mehr damit gerechnet, Haarproben aus Nicks Heimatdorf zu bekommen und stellt sich auf eine komplizierte DNA-Sequenzierung ein, um Informationen über die biogeografische Herkunft der Vorfahren der Haarspender zu erfahren. Dem ist jedoch nicht so. Die Untersuchungsergebnisse überraschen zwar, sind aber eindeutig: Die hellere Haut der Probanden, es sind allesamt „Mugnugari", ist ganz einfach zu erklären: Es gab keine Mutationen in der DNA-Sequenz, die auf eine Änderung der Hautfarbe schließen lässt. Die maternal vererbten DNA-Marker belegen eindeutig, dass die mütterliche Linie der Probanden seit vielen Generationen aus der Region stammt. Nadja kann aber deutliche Unterschiede zu den bereits bekannten DNA-Markern der „Barkindji" feststellen, die ja die überwiegende Mehrheit der Indigenen in der Murray-Darling-Region stellen.

Die kulturellen Unterschiede zwischen den beiden Stämmen spiegeln sich also auch in ihrer DNA wider. Die beiden Stämme zeigen nur eine geringfügige Durchmischung ihrer Gene, obwohl sie seit Generationen in derselben Region leben. Die Auswertung der paternal vererbten DNA-Marker ist ebenfalls ein-deutig, aber umso überraschender: Alle heller häutigen Probanden haben einen männlichen Vorfahren aus Europa. Die biogeografische Herkunft ist Groß-britannien oder benachbarte nordeuropäische Regionen, was auf circa neunzig Prozent der europäischen Einwanderer in Australien zutrifft. Der Clou dabei ist, dass sie alle dieselbe Person als Vorfahren haben – und zwar stammt diese aus der vorherigen Generation. Mit anderen Worten heißt das: Alle fünf Probanden haben denselben weißen Vater. Nick und Tracey sind also nicht Cousin und Cousine, sondern Halbgeschwister mit einem gemeinsamen europäisch stämmigen Vater.

Nadja schreibt uns per Whats App, sie müsse uns allen ganz dringend etwas mitteilen – und so verabreden wir einen Skype-Termin für den Abend.

„Na was hast du uns so Wichtiges zu erzählen?", fragt Sabine ihre Tochter. Die ist ganz aufgeregt.

„Stellt euch mal vor, was meine Untersuchungen ergeben haben!", lässt sie die Bombe platzen. „Es gibt in den Proben aus Nicks Heimatdorf gewisse DNA-Marker, die ähneln Sequenzen, die ich in Proben gefunden habe, die aus zwei isoliert lebenden Dorfgemeinschaften aus dem Norden Australiens stammen. Und das, obwohl tausende von Kilometern dazwischen liegen! Hier scheint es eine Verbindung zu geben, die die Proben der Barkindji aus der unmittelbaren Nachbarschaft von Nicks Heimatdorf nicht aufweisen. Was aber noch interessanter ist, und deshalb habe ich den schnellen Skypetermin gewollt, um es euch mitzuteilen, ist folgendes –…"

Sie erklärt uns weitläufig, was sie über die Verwandtschaftsverhältnisse in Nicks Heimatdorf herausgefunden hat. Wir können es kaum glauben!

„Bist du dir ganz sicher?", will Louis wissen.

„Du musst die Ergebnisse von einem zweiten Labor überprüfen lassen“, werfe ich ein.

„Das habe ich gemacht“, erwidert Nadja.

„Was, alle heller häutigen Bewohner aus Nicks Heimatdorf haben denselben weißen Vater und niemand wusste davon? Das gibt es doch gar nicht. Wie viele Betroffene gibt es denn?“, fragt Lukas empört. Nadja erklärt:

„Ob alle heller häutigen Dorfbewohner denselben Vater haben, weiß ich nicht. Ich weiß auch nicht, wie viele es genau gibt. Nick sprach von insgesamt elf Personen. Aber für die fünf Personen, deren Haarproben ich untersucht habe, gilt die Aussage.“

„Das könnte ein Fall für die Staatsanwaltschaft werden“, gibt Mila zu bedenken und ergänzt: „Bin mal gespannt, was das noch nach sich zieht.“

15. Mai 2022, Bundesstaaten Victoria und New South Wales, Australien

Nadja schickt die Untersuchungsergebnisse mitsamt der Haarproben an das „Institute of Anthropology“ der Monash-University in Melbourne zur nochmaligen Überprüfung. Ihre Ergebnisse werden wiederum bestätigt. Die leitende Professorin dort kontaktiert unmittelbar darauf die Staatsanwaltschaft in Sydney, der Hauptstadt des Bundesstaates New South Wales.

Polizeihauptkommissar Cameron wird der Fall zugewiesen – was naheliegend ist, denn schließlich kennt er das Dorf, um das es geht.

Cameron rollt mit großem Gefolge in das Heimatdorf von Tracey und Nick ein: Der Amtsarzt, zwei Arzthelferinnen, eine Sozialarbeiterin sowie fünf Polizisten sind dabei. Der Dorfvorsteher sowie fünf Mitglieder des Ältestenrats empfängt sie.

Cameron händigt dem Ortsvorsteher ein Dokument der Staatsanwaltschaft aus, in dem diese anordnet, dass alle Bewohner ihres Dorfes eine Haarprobe für eine genetische Untersuchung abzugeben hätten. Es bestehe hinreichender Tatverdacht auf sexuelle Straftaten in ihrem Dorf. Einer der Dorfältesten versucht zu intervenieren und weist auf das Selbstbestimmungsrecht der Aboriginals hin. Es hilft alles nichts. Schließlich ist es der Ortsvorsteher, der sich durchsetzt und die Dorfältesten davon überzeugt, dass sie der Anordnung folgen müssen. So werden an diesem Tag insgesamt 693 Haarproben entnommen und zur Untersuchung in die „Monash University“ in Melbourne gebracht. Eigentlich wäre die Gerichtsmedizin in Sydney zuständig für den Fall gewesen. Da jedoch der Melbourner Universität bereits die ersten Untersuchungsergebnisse von Nadja vorliegen, wird das dortige „Institute of Anthropology“ mit den weiteren Untersuchungen beauftragt.

Von fünf heller häutigen Haarspendern wusste man ja bereits vom gemeinsamen Vater. Nach der Reihenuntersuchung kommen sechs weitere Haarspender mit hellbrauner Hautfarbe hinzu. Insgesamt haben also elf Dorfbewohner denselben, europäisch stämmigen Vater.

Jetzt beginnt die eigentliche Polizeiarbeit. Ein Plan wird erarbeitet, welche Daten von den verwandten Personen zu erheben sind. Dazu zählen: Alter der betroffenen Personen, Alter der Mütter, Hautfarbe der betroffenen

Personen, Hautfarbe der betroffenen Mütter, Befragung der Mütter zum biologischen und familiären Vater der Kinder, Befragung der Mütter bezüglich sexueller Gewalt und religiöser Riten.

Das Ergebnis kann wie folgt zusammengefasst werden:

Alle elf Personen mit dem gemeinsamen europäisch stämmigen Vater zeigen phänotypisch hellbraune Haut. Sieben von ihnen besitzen rötliche, der Rest braune Haare. Die Personen sind zwischen vier und dreißig Jahren alt. Nick ist der älteste Betroffene.

Bei den Müttern fällt auf, dass sie bei der Geburt ihrer Kinder sehr jung gewesen sind – eigentlich selbst noch Kinder. Die älteste Mutter war bei ihrer Erstgeburt fünfzehn Jahre, die jüngste gerade mal dreizehn Jahre alt. Dieses Ergebnis schlägt bei der Staatsanwaltschaft ein wie eine Bombe.

Wer ist der weiße Kinderschänder, der in einem kleinen Dorf bei Wentworth elf Kinder gezeugt hatte?

Bislang sind immer nur die Aboriginals im Focus gewesen, wenn es um sexuelle Übergriffe in abgelegenen Dörfern ging. Dieses Mal ist es anders.

Die weiteren Ermittlungen gestalten sich schwierig. Traditionell lebende Aboriginals gehen davon aus, dass Mütter ihre Kinder von menschlichen Geistern empfangen. Die Frage nach dem biologischen Vater ihrer Kinder kann folglich keine der Mütter beantworten. Auch die Frage nach Vergewaltigung oder Prostitution wird von allen Frauen verneint. Irgendwer aber muss der weiße Vater ihrer Kinder sein?

Der leitende Polizeihauptkommissar ist am Verzweifeln. Daher schaltet er eine Kollegin ein, in der Hoffnung, im Gespräch von Frau zu Frau erhöhe sich die Chance, mehr zu erfahren. Die Kollegin Joleen Webson übernimmt diese schwierige Aufgabe, die viel Einfühlungsvermögen erfordert.

Das junge Alter der Mütter bringt Webson auf die richtige Spur. Sie spricht mit den Müttern über ihr Familienleben, ihr Verwandtschaftsverhältnis und was ihnen allgemein wichtig ist in ihrem Leben. Sie merkt dabei sehr schnell, dass diese Frauen ein sehr traditionell geprägtes Leben führen mit dem sie offensichtlich zufrieden sind. Die Kommissarin befragt die Frauen dann nach Traditionen und Ritualen. Schließlich kommen sie auf das Thema Beschneidung. Da es der Kommissarin von Anfang an gelungen ist, Vertrauen bei den Aboriginal-Frauen aufzubauen, erfährt sie Details über diesen rituellen Akt, die sie als aufgeklärte Frau des 21. Jahrhundert schwerlich nachvollziehen kann. Webson muss sich zusammenreißen, um nicht die Fassung zu verlieren. Auf die Frage der Kommissarin, wer denn diesen Akt durchführe, nennen die Mütter einen Mann namens Ockerman. Webson schluckt und fragt, wer denn dieser Ockerman sei und wo man ihn finden könne. Die Mütter erklären, sie wissen das nicht. Schließlich sei der Ockerman ja von oben bis unten mit rotem Ocker bemalt und trage außerdem eine Maske. Und das sei schon immer so gewesen.

Cameron trifft sich zwei Tage später mit den Dorfältesten, um diese näher zu den bei ihnen praktizierten Ritualen zu befragen.

„Ja", geben diese ohne Umschweife zu. „Es gibt diese Jahrtausende alten Rituale und wir praktizieren sic auch noch heute. Das ist Teil unserer Kultur, die wir uns von niemandem nehmen lassen."

Auch Cameron ringt bei dem Gehörten um Fassung. Ohne weitere Umschweife fragt er nach dem Ockerman, wer ihn aussuche, wo er herkomme und wer ihn kenne.

„Das ist einzig und allein die Angelegenheit des Karadji, den Ockerman auszuwählen. Er ist der Einzige, der ihn kennt und ihn über seine Pflichten informiert", antwortet einer der Dorfältesten. Ein zweiter Mann fügt hinzu: „Streng genommen wählt nicht der Karadji selbst den Ockerman aus. Der Karadji erfährt im Traum von Baiame den Namen der auserwählten Person. Und wenn der Baiame der Meinung ist, dass ein Weißer als Ockerman auserkoren ist, dann ist das eben so."

„Und der Karadji hat sein Wissen mit ins Grab genommen, nehme ich an", poltert der Polizeihauptkommissar gereizt.

„Das kann man so nicht sagen", entgegnet der dritte Dorfälteste. „Das Wissen existiert ja im Traum weiter."

Als Cameron die Staatsanwältin informiert, ist diese nicht sonderlich überrascht.

„Erst das Blutbad, jetzt die nächste Katastrophe und das alles in einer kleinen Aboriginal-Gemeinde, deren Bewohner eigentlich nichts weiter wollen als ihre Ruhe. Die machen dicht. Da wird keiner irgendetwas dazu beitragen, uns zu helfen", mutmaßt die Staatsanwältin.

„Aber es geht um ein abscheuliches Verbrechen!“ Die Stimme des Polizeihauptkommissars überschlägt sich. „Das ist doch kein Spaß, was hier passiert ist. Seit dreißig Jahren geht in diesem Dorf ein Mann ein und aus und schwängert ihre minderjährigen Kinder. Das muss doch irgendjemand mitbekommen haben! Da müssen wir doch etwas tun!“

Sie haben vollkommen Recht, Herr Kommissar“, pflichtet die Staatsanwältin ihm bei. „Aber das Thema mit sexuellen Übergriffen bei den Aboriginals kocht ja immer wieder hoch und ist politisches Zündfeuer. Wir kennen alle die Problematik. Aber dieses Mal stammt der Täter nicht aus den eigenen Reihen der Aboriginals. Es ist ein Weißer. Das ist so ziemlich das Einzige, was wir bisher wissen. Glauben Sie mir, wir kriegen ihn. Das älteste betroffene Kind des Kinderschänders ist heute dreißig Jahre alt. Gehen wir einmal von einem Mindestalter des Täters bei der ersten Tat von fünfzehn Jahren aus, dann ist er heute mindestens 45 Jahre, vermutlich aber deutlich älter. Das jüngste Kind des Täters ist vier Jahre alt – das heißt: bis vor fünf Jahren, vielleicht bis heute, ist er aktiv. Ich ordne einen Massengentest bei allen europäisch stämmigen Männern mit Mindestalter von 45 Jahren im Umkreis von 50 Kilometern um das Dorf an. Ist mir egal, wie groß der Widerstand ist.“

Cameron ist hoch zufrieden.

Am nächsten Tag besucht er abermals das Dorf. Er will dem Dorfvorsteher mitteilen, dass von der Staatsanwaltschaft in Sydney umfangreiche Massentests bei weißen Männern im Umkreis angeordnet worden seien, um herauszufinden, wer der Ockerman sei, der sie seit vielen

Jahren besucht. Cameron hat die Dorfältesten bewusst nicht hinzu gebeten, da er sich ihrer Unterstützung nicht sicher sein kann. Außerdem will er dem relativ jungen Dorfvorsteher damit drohen, dass die Polizei ohnehin den Täter fände. Es soll sein letzter Versuch sein, die Aboriginals doch noch zur Zusammenarbeit zu bewegen.

Als der Polizeihauptkommissar mit seinem Auto auf dem Dorfplatz eintrifft, vernimmt er das Schluchzen einer Frau, die vollkommen verwirrt scheint. Er nähert sich ihr und erkennt Frau Laarakuma, die den Dorfvorsteher gemeinsam mit der Wirtschaftsministerin im Auto gesehen hat. Frau Laarakuma fällt vor dem Kommissar auf die Knie und hält sich an seinem Bein fest.

„Helfen Sie mir Herr Kommissar", fleht sie Cameron an. „Helfen Sie mir, meine arme Tochter zu finden. Sie ist schon so lange verschollen. Selbst wenn sie tot ist, will ich sie wenigstens ordentlich beerdigen." Mehrere Frauen kommen herbei und wollen sie gewaltsam wegzerren.

„Sie hat manchmal diese Gefühlsausbrüche, bei denen sie vollkommen durchdreht. Beachten Sie sie einfach nicht", gibt eine der Frauen dem Kommissar zu verstehen.

„Es waren Leute aus dem Dorf, die sie weggeschafft haben. Ich weiß es genau", schreit Frau Laarakuma. Der Schmerz steht ihr ins Gesicht geschrieben.

„Lassen Sie die Frau zu Wort kommen!", befiehlt Cameron.

„In welchem Jahr war das genau?", fragt der Kommissar.

„Es war 2001", antwortet sie wie aus der Pistole geschossen.

„Frau Laarakuma, ich habe nicht viel Hoffnung, dass ich Ihnen helfen kann. Ich kann aber im Polizeiarchiv

recherchieren, ob der Fall polizeilich gemeldet wurde. Vielleicht kommen wir ja so weiter. Aber bitte erwarten Sie nicht zu viel", versucht der Kommissar sie zu beruhigen.
„Haben Sie vielen, vielen Dank Herr Kommissar. Ich werde warten bis ich von Ihnen Antwort bekomme. Sie sind ein guter Mann. Das habe ich schon bei unserem ersten Zusammentreffen bemerkt." Dann wendet sie sich an die Frauen, die um sie herumstehen und spricht:
„Jetzt könnt Ihr mich wieder wegsperren. Ich komme mit."
„Wir sperren dich nicht weg, um dir Böses zu tun, Nerida. Wir wollen bloß nicht, dass dir etwas passiert. Deshalb wollen wir dich unter unserer Kontrolle haben", erwidert eine der Frauen.

„Was ist denn mit der Tochter der Frau passiert?", fragt Cameron den Dorfvorsteher.

„Ihre Tochter war eines Tages verschwunden. Keiner weiß, was mit ihr passiert ist. Ich auch nicht", erhält er zur Antwort. Cameron ist sich jetzt sicher, dass er mit keinerlei Unterstützung durch ihn zu rechnen hat. Das zarte Band zwischen ihm und dem Dorfvorsteher ist zerschnitten, seitdem der Kommissar ihn des Lügens im Entführungsfall überführt hat.

Cameron befragt später Nick zum Verschwinden des Mädchens. Nick berichtet:
„Ich kann mich noch daran erinnern, als das Mädchen verschwand. Ich war selbst noch ein Kind von dreizehn Jahren. Wir waren ungefähr im gleichen Alter. Damals habe ich die Zusammenhänge überhaupt nicht ver-

standen. Allerdings kann ich mich nicht daran erinnern, dass wir deshalb von der Polizei besucht worden wären. Ich denke, das Ganze wurde nicht nach außen gemeldet, sondern unter den Teppich gekehrt. Es gibt im Dorf verschiedene Gerüchte, was mit dem Mädchen passiert sein könnte, aber ob die stimmen, wird ihnen mit Sicherheit kein Mensch hier sagen."

„Und die wären?", will der Kommissar wissen.

Nick schaut sich um, ob niemand von den Dorfbewohnern ihnen zuhört und schildert:

„Das Mädchen ist in der Nacht vor ihrer Beschneidungszeremonie verschwunden. Es wird erzählt, dass sie nicht an der Zeremonie teilnehmen wollte, weil sie Angst davor hatte und deshalb weggelaufen ist."

„Sie hatten eben von verschiedenen Gerüchten gesprochen. Welches Gerücht gibt es noch?", bohrt Cameron weiter.

„Das zweite Gerücht besagt, der Vater habe sein Kind weggebracht, um Schande von seiner Familie abzuwenden, weil sich das Kind unseren Traditionen widersetzten wollte", erwidert Nick.

„Wer ist der Vater?", fragt Cameron mit eiserner Miene. „Ich meine auch nicht unbedingt den biologischen Vater, sondern den, der die Verantwortung für das Kind trug."

„Der ist schon lange tot", antwortet Nick.

28. Februar 2022, Psychiatrische Klinik, Zimmer 323, Sydney, Australien

Trembley sitzt in der psychiatrischen Klinik in Sydney ein. Er malt den ganzen Tag mit Buntstiften australische Tiere und Pflanzen, Kreise und Linien, so wie er es bei den

Aboriginal-Völkern gesehen hat. Er spricht kein einziges Wort; mit niemandem.

Erst als eine neue Pflegerin ihren Dienst antritt, sie ist eine Aboriginal, wendet er sich ihr zu und spricht sie an:

„Wir Aboriginals müssen zusammenhalten", gibt er von sich. „Wenn wir das nicht tun, werden wir unsere Kultur verlieren. Ich habe eine Bitte an dich", fährt Trembley fort: „Kannst du mir richtige Farben zum Malen besorgen? Du würdest mir einen großen Gefallen damit tun. Ich will nicht mehr mit Buntstiften malen."

Die Pflegerin bespricht das mit ihrem Chef und der hat nichts dagegen einzuwenden.

„Ungewöhnliche Therapieansätze können Blockaden lösen und Erinnerungen hervorrufen", ist seine Antwort.

Trembley erhält seine Farben. Die Pflegerin besorgte diese in ihrer Freizeit für ihn. Bedankt hat sich Trembley dafür nicht. Es folgt wieder das große Schweigen.

Von nun an findet Trembley eine neue Beschäftigung: Er baut die verschiedenen Farbeimer vor sich auf dem Tisch auf und betrachtet sie kritisch. Er überlegt stundenlang, nur um schließlich die Reihenfolge der Farbeimer zu verändern. Ist das erfolgt, zieht er etwa fünfzehn Minuten lang Grimassen, die ganz unterschiedlich sein können. Manche könnte der Betrachter als Freude, manche als Angst, manche als Wut und wieder andere als Trauer interpretieren. Auf die Grimassen folgt dann wieder mehrstündiges Betrachten, bis die Reihenfolge der Eimer wieder verändert wird und er wiederum neue Grimassen zieht. Zwischendurch führt er eine Art Tanz auf, indem er auf einem Bein hüpft und mit dem Arm versucht, die

Zimmerdecke zu erreichen. Da ihm dieses nicht gelingt, wird er zornig. Er ballt seine Fäuste und brüllt so laut er kann irgendwelche Phrasen über „Blut und Schmerz“ aus sich heraus. Anfangs kommen die Pfleger noch, um nach ihm zu schauen. Da er aber nicht sagt, was ihm auf dem Herzen liegt, verlieren sie bald das Interesse daran. Die Wutanfälle dauern nie lange an. Auf die Aggressionsschübe folgen jedes Mal eine halbstündige Erholungsphase, in der Trembley sich in Embryonalstellung auf den Fußboden legt und schläft. Anschließend widmet er sich wieder seinen Farbeimern und sortiert sie. So verbringt er seine Zeit. Benutzt hat er die Farben nicht.

02. Juni 2022, Wentworth, Australien

Am Nachmittag sitzt der Kommissar in seinem provisorischen Büro, als ein Telefonat vom zentralen Empfang durchgestellt wird. Am Telefon stellt sich eine Frau namens Tracey Ngooli vor – Tracey aus dem Tourismusbüro aus Wentworth.

„Wir kennen uns ja bereits Herr Kommissar“, sagt sie und erklärt ihm, sie wolle unbedingt wissen, wer ihr leiblicher Vater sei. Sie betont, dass sie, obwohl sie den Absprung aus dem Dorf geschafft habe, trotzdem regelmäßig vor Ort sei und immer noch zur Dorfgemeinschaft gehöre. Diese wolle sie auch nicht aufs Spiel setzen. Deshalb bitte sie um Verschwiegenheit über das, was sie ihm jetzt mitteile. Tracey erzählt, sie habe heute Morgen mitbekommen, wie die verwirrte Frau ihn so flehentlich um Unterstützung gebeten habe.

„Sicher hat ihnen niemand erklärt, was es mit ihr auf sich hat?“, fragt sie.

Cameron verneint und bestätigt, dass der Dorf-vorsteher und alle anderen Befragten abgewiegelt hätten, wenn er sie zu diesem Thema befragt habe. Lediglich von Nick habe er Gerüchte erfahren, was passiert sein könnte.

„Ich weiß nicht welche Gerüchte Nick Ihnen mitgeteilt hat", erwidert Tracey. „Ich habe von einer Person, die ich Ihnen nicht nennen darf, erfahren, dass das Kind von Frau Laarakuma ein Opfer des Ockerman sei und er sie umgebracht habe.

„Tracey, ich verspreche ihnen, dass kein Mensch von Ihrem Anruf erfahren wird. Aber das müssen wir wirklich persönlich besprechen. Ich bitte Sie, mich in meinem Büro zu besuchen. Ich habe auch noch eine Frage an Sie, die ich Ihnen am Telefon nicht stellen möchte. Können Sie morgen zu mir kommen? Es ist wirklich wichtig", bittet Cameron. Tracey stimmt zu und besucht den Kommissar – wie verabredet – am folgenden Tag.

„Frau Ngooli, zunächst einmal bedanke ich mich bei Ihnen, dass Sie so schnell zu mir gekommen sind und mir vertrauen", beginnt Cameron das Gespräch und spricht weiter: „Ich werde den Fall des verschollenen Kindes, auch wenn er schon so viele Jahre zurückliegt, aufnehmen und gegen alle Widerstände in ihrem Dorf aufklären. Das verspreche ich Ihnen und Frau Laarakuma. Deswegen bin ich auch für jede Information und jeden Hinweis dankbar. Aktuell beschäftige ich mich aber mit dem Fall des sexuellen Missbrauchs in ihrem Dorf. Diesbezüglich habe ich eine Frage an Sie. Sie müssen diese Frage auch nicht beantworten, wenn Sie das nicht können oder wollen."

„Ich kann mir schon vorstellen, welche Frage Sie mir stellen werden", antwortet Tracey nervös.

„Okay“, fährt Cameron fort. „Wurden auch Sie vom Ockerman, wie soll ich mich ausdrücken, belästigt?“, will der Kommissar wissen. Tracey schweigt eine ganze Weile. Schließlich nimmt sie ihren ganzen Mut zusammen und antwortet ganz leise: „Ja. Nach Lage der Dinge von meinem leiblichen Vater.“

Cameron plant, den Dorfvorsteher zu besuchen, um herauszufinden, ob nicht doch noch eine Person bekannt sei, über die man eine Spur zum Ockerman fände. Als er im Dorf ankommt, findet er etliche bemalte Aboriginals vor, die um eine Hütte tanzen. Cameron fragt den Dorfvorsteher, was es denn mit der Hütte auf sich habe, die da intensiv umtanzt und besungen werde.

„Das ist ein Sterbe- und Bestattungsritual, was hier vollzogen wird“, erklärt der Dorfvorsteher. „Wären Sie früher gekommen, dann hätten Sie den Verstorbenen fragen können. Er ist der letzte Alte, der Ihnen vielleicht über den Ockerman hätte Auskunft geben können“, antwortet der Dorfvorsteher, „aber jetzt ist er leider tot.“

„Und für wen sind die Krüge und das Essen, das die Leute in die Hütte tragen?“ will der Kommissar noch wissen.

„Für den Toten“, erwidert der Dorfvorsteher.

„Nimmt der das Essen und die Getränke mit ins Jenseits?“, will der Kommissar wissen.

„Nein“, antwortet der Dorfvorsteher. „Das isst und trinkt er noch im Diesseits.“

„Aber ich denke er ist tot, haben Sie doch gerade gesagt“, fragt der irritierte Kommissar weiter.

„Er fühlt und bezeichnet sich als tot, auch wenn er

physisch noch anwesend ist. Das ist bei uns kein Widerspruch", erläutert der Dorfvorsteher.

„Dann will ich den Mann sprechen", verlangt der Kommissar.

„Das geht nicht! Der Mann betrachtet sich selbst bereits als tot. Er hat mit dem Leben abgeschlossen. Er hat sein religiöses Wissen an die nächste Generation weitergegeben, damit dieses nicht in Vergessenheit gerät. Selbst seine intimsten Geheimnisse, die ihn zeitlebens belasteten, hat er vertrauten Personen erzählt, damit er ohne irdische Schuld außerhalb der physischen Begrenzung des Körpers in seinem Totem fortleben kann."

„Das werde ich mit der Staatsanwältin klären, ob in diesem Fall die religiösen Freiheiten der Aboriginals höher zu bewerten sind als das Recht des Staates, schwer wiegende Straftaten aufzuklären", macht der Kommissar geltend. „Sie werden morgen von mir hören!"

05. Juni 2022, Sydney, Australien

„Die Rechtslage ist kompliziert, Herr Cameron", doziert die Staatsanwältin. „Das ist auch politisch ein sehr sensibles Thema und außerdem ist es eine Frage der Pietät. Für die Aboriginals ist der Tod und der geordnete und sanfte Austritt der beiden Seelen – die Aboriginals haben gemäß ihrem Glauben zwei Seelen – einer sterbenden Person von enormer Wichtigkeit. Die Todes- und Sterberituale der Aboriginals zu stören, würde ich selbst in unserem schwerwiegenden Fall nicht verantworten können. Tut mir leid, Herr Cameron. Aber da würden wir vor Gericht nicht mit durchkommen."

Am nächsten Tag vollzieht sich der Akt des Sterbens: Der Geist verlässt den Körper des bereits toten Mannes und geht ins Reich der Ahnen.

20. April 2022, Psychiatrische Klinik, Zimmer 323, Sydney, Australien

Trembley zeigt in seiner Zelle irgendwann einen gewissen Bewegungsdrang. Er stellt sich aufrecht hin und macht Bewegungen mit Armen und Beinen, die von außen so aussehen, als klettere er eine Leiter hoch. Diesen Bewegungsablauf wiederholt er stundenlang. Der Psychologe weiß ihn nicht zu deuten.

Dann folgen einige Tage vollkommener Passivität. Auch seine Farbeimer interessieren ihn nicht mehr.

Irgendwann spricht er seine Lieblingspflegerin an und fragt sie, ob er eine Bibel bekäme. Trembley erhält sie und studiert sie intensiv. Er tut die kommenden Wochen nichts anderes, liest hochkonzentriert und mit unglaublicher Geschwindigkeit. Nur ab und zu unterbricht er das Lesen um laut „Hosianna, Hosianna" zu rufen. Als er das Neue Testament durchgelesen hat, gibt er es wieder zurück. Trembley hat sich eine Bibelstelle aus dem Evangelium nach Markus markiert:

Der Besessene von Gerasa, Mk 5, 1-20:

„... Als er (der Besessene) Jesus sah, lief er von weitem herbei und fiel vor ihm nieder. Und er schrie mit lauter Stimme (auf Veranlassung der Dämonen, die von dem Mann Besitz ergriffen hatten):

‚Was habe ich mit dir zu tun, Jesus, Sohn des höchsten Gottes? Ich beschwöre dich bei Gott: Quäle mich nicht!‘ Jesus hatte nämlich zu ihm gesagt: ‚Komm heraus du unreiner Geist aus diesem Menschen!‘ ...“

08. Juni 2022, Wentworth, Australien

Nick ruft den Kommissar an. „Nerida ist seit zwei Tagen verschwunden“, informiert er ihn aufgeregt.

„Wer ist Nerida?“, fragt dieser zurück.

„Nerida Laarakuma, die Frau, die so verwirrt ist, seitdem ihre Tochter verschwand. Sie kennen Sie. Ich befürchte, dass ihr etwas zugestoßen ist!“

„Ich komme sofort mit zwei Polizeibeamten“, kündigt Cameron seinen Besuch an.

„Nerida wurde vor zwei Tagen an das Sterbebett von Athan, das ist der Mann, der gestern gestorben ist, gerufen“, berichtet Nick: „Danach wurde sie noch einmal gesehen als sie in nördlicher Richtung unser Dorf verließ. Seitdem wird sie vermisst.“

„Warum wurde Frau Laarakuma an das Sterbebett gerufen? Halten Sie es für möglich, dass der Mann ihr kurz vor seinem Ableben eine Information über ihre verschwundene Tochter mitgeteilt hat?“, fragt Cameron Nick.

„Das kann durchaus sein“, antwortet dieser. „Wenn Athan diesbezüglich etwas wusste, dann wäre es normal, sein Wissen vor seinem Ableben weiterzugeben.

08. Juni 2022, in der Nähe der Stadt Wentworth, irgendwo im Outback des australischen Bundesstaates New South Wales, Australien

Cameron fordert sofort Verstärkung an. Mit mehreren Suchtrupps durchkämmen sie die Umgebung nördlich des Dorfes „Mugnugari" und finden die gesuchte Frau schließlich in zwei Kilometern Entfernung lebend, aber völlig aufgelöst, vor.

Mit bloßen Händen gräbt sie verzweifelt Löcher in den kargen Wüstenboden. Vollkommen verdreckt und entkräftet schaut sie kurz auf, als die Polizisten herannahen und gräbt weiter. Erst als sie Camerons Stimme vernimmt, hält sie inne. Sie steht auf, geht auf ihn zu und fleht ihn an:

„Herr Kommissar, Athan hat mir gebeichtet, dass er damals, zusammen mit dem Karadji und einem der Dorfältesten, meine Tochter an einen heiligen Ort gebracht habe, damit sie mit den Ahnen Kontakt aufnehmen sollte, die der Karadji für sie anrufen wollte. Meine Tochter hatte Angst vor einem Ritual, das Mädchen unseres Stammes durchlaufen müssen und wollte sich widersetzen. Die Ahnen sollten ihr die Angst nehmen und sie auf den rechten Weg bringen. Athan erzählte mir auch, sie wollten sie nach zwei Stunden wieder abholen und zurück in unser Dorf bringen. Sie wäre aber nicht mehr dagewesen. Er beteuerte, dass sie meiner Tochter nichts angetan und mit ihrem Verschwinden nichts zu tun gehabt hätten. Sie wollten nur auf sie einwirken, damit sie sich den Initiations-Ritualen stelle. Ich weiß nicht, ob ich das glauben soll. Athan hat mir die Stelle beschrieben, wo sie sie damals zurückgelassen haben. Es muss genau hier gewesen sein. Aber ich kann nichts von ihr finden!" Sie schluchzt auf und lässt sich auf die Knie fallen.

„Herr Kommissar, verstehen Sie mich? Ich muss die Überreste meiner Tochter finden, damit sie ordentlich beerdigt werden kann. Nur so können wir uns im Reich der Ahnen wieder finden. Bitte, bitte helfen Sie mir, die Gebeine meiner Tochter zu finden!"

Cameron, zutiefst berührt von dem traurigen Schicksal Frau Laarakumas und ihrer Tochter, spricht sanft zu ihr: „Frau Laarakuma, wenn das stimmt, dass an diesem Ort ihre Tochter vergraben wurde, dann finden wir ihre sterblichen Überreste. Das verspreche ich ihnen. Ich werde Bagger, Maschinen, Werkzeug und noch mehr Personal ordern. Morgen in aller Frühe fangen wir mit den Grabarbeiten an. Sie gehen aber jetzt mit mir zurück ins Dorf, damit Sie etwas essen und trinken können. Ich melde mich morgen bei Ihnen, sobald wir fündig geworden sind."

Cameron will keine Zeit verlieren und warten bis Hilfseinheiten aus Sydney einträfen. Deshalb fährt er nach Wentworth zum Feuerwehrstützpunkt. Dort erklärt er dem Wehrführer um was es gehe und fragt ihn, ob die Feuerwehr die Polizei mit Gerätschaften und Personal kurzfristig unterstützen könne. Der Wehrführer zeigt sofort seine Bereitschaft und lässt sich von Cameron noch die Stelle beschreiben, an der sie sich morgen früh treffen sollen. Abschließend erklärt er noch, dass er den Einsatz taktisch als „Übung im Gelände" anmelden werde, wodurch das Ganze offiziell abgesegnet sei.

Juni 2022, Bundesstaaten Victoria und New South Wales, Australien

Bei dem Massengentest werden insgesamt 253 Männer überprüft. Mehr Männer gibt es in dem dünn besiedelten Gebiet nicht, auf die das Anforderungsprofil gepasst hätte. Selbst 90-jährige Greise werden getestet. Alle Ergebnisse sind negativ.

Tracey kann für Cameron herausfinden, dass der Ockerman vor etwa einem Jahr das letzte Mal im Dorf gesehen wurde. Es ist vollkommen unklar, ob er sich überhaupt noch in der Gegend aufhält oder ob er noch lebt.

„Kann ja sein, dass es ein alter Sack ist", philosophiert Cameron.

14. Juni 2022, Sydney, Australien

Die Staatsanwältin nimmt Cameron zur Seite und redet ihm ins Gewissen:

„Wir haben das Blutbad von Wentworth bis heute nicht vollständig aufgeklärt. Wir kennen die Beteiligten, haben viele Tote zu beklagen und den Haupttäter in der Psychiatrie. Im Gefängnis sitzen nur die kleinen Fische. Warum die in diesem Dorf alle so durchgedreht sind, wissen wir bis heute nicht. Ebenso wenig, ob es nicht doch noch Hintermänner gibt, die vielleicht ganz andere Interessen haben beziehungsweise hatten?! Das gestorbene Wirtschaftsprojekt „New Australia" schwebt immer noch wie ein Damoklesschwert über allem. Zu allem Überfluss ist die Politik mit involviert. Was ich damit sagen will, Herr Hauptkommissar, ist: Wir brauchen mal wieder einen Ermittlungserfolg. Es kann nicht sein, dass wir diesen verfluchten Kinderschänder nicht finden – und dieser Triebtäter auch noch etwas mit der Ermordung eines jungen Mädchens zu tun haben soll, macht die Sache nicht einfacher. Herr Cameron, Sie haben die Hauptverantwortung bei diesem Fall. Sie sind in der Pflicht. Sie bekommen von mir jedwelche Unterstützung. Finden Sie den Täter!"

15. Juni 2022, Bundesstaaten Victoria und New South Wales, Australien

Cameron bekommt seinen Mitarbeiterstab aufgestockt. Sämtliche Einwohnermeldeämter im Umkreis von hundert Kilometern werden systematisch abgeklappert. Alle Sterbefälle und Umzüge der letzten zwölf Monate zurückverfolgt. Von den Hinterbliebenen der Sterbefälle werden Kleidungsstücke und persönliche Utensilien eingesammelt, um nach DNA-Spuren zu suchen, sofern die Verstorbenen in das Täterprofil passen. Verzogene Personen werden fast ausnahmslos aufgespürt. Auch sie müssen DNA-Proben abgeben. Alles ohne Erfolg.

Cameron reist in seiner Verzweiflung nochmals in das Dorf. An diesem Tag ist eine Opalsuchertruppe vor Ort, die in einer Ecke mit einigen Aboriginals zusammen steht und Whiskey trinkt. Ein Arbeiter sieht den Polizeihauptkommissar und spricht ihn an: „Nun Kommissar, haben Sie den Kinderschänder immer noch nicht gefasst?"

Man kommt ins Gespräch und die Arbeiter erzählen, dass sie von der Firma FMP seien und seit vielen Jahren in der Gegend nach Opalen schürfen. Cameron fragt sie, ob denn noch andere Trupps in der Gegend unterwegs seien.

Die Arbeiter antworten ihm, es gäbe etliche Bohrtrupps, die hier im Umkreis von hundert Kilometern tätig wären; und das teilweise schon seit Jahrzehnten. Die großen Steine fände man hier nicht mehr, aber zum Überleben reiche es noch.

Cameron spricht erneut mit der Staatsanwältin. Als weitere Maßnahme wird ein Flugzeug gechartert, das aus der Luft alle menschlichen Aktivitäten im besagten Umkreis von hundert Kilometer um das Dorf filmt, die sich außerhalb befestigter Siedlungen befinden. Dazu gehören Bohrtrupps, Schürftrupps, Farmen, Campingplätze, Flugplätze, Ferienhäuser, Schrottplätze und ein Survivalcamp. Alle Objekte werden mit dem Jeep angefahren und alle weißen Männer im gesuchten Alter müssen eine DNA-Probe abgeben. Auch der Opalbohrtrupp der Firma FMP wird gefunden.

Es ist ein Wochenende und Whincup besucht mal wieder seine Kumpels aus alten Zeiten. Auch er wird aufgefordert eine Speichel- oder Haarprobe abzugeben. Er weigert sich jedoch vehement und droht mit seinem Anwalt. Der Polizist ruft sofort den Polizeihauptkommissar an. Cameron bekommt vor Aufregung schweißnasse Hände. Ist der Fisch ins Netz gegangen?

Die Staatsanwältin versucht es zunächst im Guten. Sie redet mit Engelszungen auf Whincup und seinen Anwalt ein. Sie versichert, dass er nichts zu befürchten habe, wenn er nicht der gesuchte Täter sei. Die Fehlerquote der Untersuchung liege bei nahezu null Prozent. Es nutzt nichts – Whincup bleibt stur und die Staatsanwältin muss einen richterlichen Beschluss erwirken, der die zwangsweise Entnahme einer Speichelprobe beinhaltet. Ein Eilantrag des Anwalts beim Obersten Gericht Australiens, den richterlichen Beschluss zu kippen, wird abgelehnt.

„Ich lasse Sie von der Polizei abholen, wenn Sie jetzt nicht einlenken", droht die Staatsanwältin ein allerletztes Mal und ergänzt: „Ich lasse die Türen in Ihrem Privathaus aufbrechen und Ihr Haus von einem Spezialkommando erstürmen."

„Der hat Dreck am Stecken", ist sich Cameron sicher. Der Polizeihauptkommissar besucht zum wiederholten Mal das Dorf. Er hat ein Foto von Whincup dabei, das er den Dorfbewohnern zeigen will. Vielleicht erkennt ihn ja irgendjemand wieder. Er findet eine Gruppe von Frauen vor. Die meisten kennt er von früheren Befragungen. Zwei ältere Frauen sind ihm jedoch unbekannt. Er zeigt ihnen das Foto und fragt, ob irgendjemand von ihnen diesen Mann schon einmal hier im Dorf gesehen habe.

Die jüngeren Frauen verneinen eindeutig. Die beiden älteren Frauen tuscheln in ihrer Aboriginalsprache miteinander. Schließlich äußert eine der beiden Frauen auf Englisch.

„Ja", sagt sie. „Es liegt schon einige Jahre zurück. Aber diesen Mann haben wir beide hier mehrfach gesehen."

Erst als die bewaffneten Polizisten vor seinem Haus erscheinen, gibt Whincup auf. Er lässt sich widerstandslos mitnehmen, sodass die Probe entnommen werden kann.

Ernüchterung folgt. Die Tests von Whincup und allen anderen Personen aus dem Outback sind negativ.

09. Juni 2022, in der Nähe der Stadt Wentworth, irgendwo im Outback des australischen Bundesstaates New South Wales, Australien

Es dauert keine drei Stunden, da finden die Männer den ersten menschlichen Knochen. Er liegt auf der Schaufel des Minibaggers, den die Feuerwehr mitgebracht hat. Der Knochen, ein langer Oberschenkelknochen, wird gesichert. Der Bagger ruht und man gräbt mit Schaufeln weiter. Nach und nach finden die Männer das komplette Skelett des getöteten Mädchens. Die Gebeine werden sorgsam verpackt und zur Identifizierung sofort in die Gerichtsmedizin gebracht.

Cameron überbringt Frau Laarakuma die Nachricht des Fundes. Sie ist außer sich vor Erleichterung.

„Wann kann ich die Gebeine meiner Tochter bekommen und sie endlich ordentlich beerdigen?“, fragt sie ganz aufgeregt.

„Das wird einige Tage dauern“, antwortet der Kommissar. „So lange müssen Sie sich jetzt leider noch gedulden. Ich brauche außerdem noch eine Speichelprobe von Ihnen, damit wir auch sicher feststellen können, dass es sich bei den gefundenen Überresten tatsächlich um Ihre verschwundene Tochter handelt. Länger als zwei Wochen wird es aber nicht dauern.“

Frau Laarakuma erwidert: „Wenn ich an diese Kerle denke, die mein armes Mädchen auf dem Gewissen haben, dann kommt eine unendlich große Wut in mir auf. Sie war noch so jung, sie hatte das ganze Leben noch vor sich! Und vor allem: Sie hatte niemandem etwas getan. Was aber fast noch schlimmer ist, ist die Tatsache, dass diese Hunde jahrelang mit mir zusammen hier im Dorf gelebt haben. Hätte ich das vorher gewusst – ich hätte sie eigenhändig mit dem Speer getötet! So viele Jahre habe ich auf einen Hinweis gewartet, was meiner Tochter zugestoßen ist. Ich will gar nicht daran denken, wer noch alles aus dem Dorf davon gewusst hat. Wissen Sie Herr Kommissar, ich wäre vermutlich längst gestorben, wenn mich dieser quälende Wille, meine Tochter zu finden, nicht am Leben gehalten hätte. Wenn ich meine Tochter beerdigt habe, darf ich endlich auch sterben."

Sie macht eine kleine Pause, schaut den Kommissar an und fährt fort: „Ich bin für Ihre Hilfe so unendlich dankbar, da kommt es jetzt auf die zwei Wochen Warten auch nicht mehr an."

Cameron gibt nicht auf. Zum zweiten Mal schickt er seine Mitarbeiterin Joleen Webson in das Dorf. Dieses Mal soll sie mit den beiden älteren Damen reden, die Whincup erkannt hatten. Webson ist erneut erfolgreich.

Die beiden Frauen erzählen ihr bereitwillig von ihrer Bekanntschaft mit Whincup aus vergangenen Zeiten. Damals seien sie als junge Frauen sehr begehrenswert gewesen. Sie bestätigten, dass der auf dem Foto gezeigte Mann damals sehr attraktiv gewesen sei. Genauso wie die jungen Männer, die bei ihm waren. Sie hätten immer sehr großzügige Geschenke mitgebracht und waren überhaupt sehr spendabel. Sie kamen ein paar Mal vorbei und die beiden Frauen hätten sich mit ihnen eingelassen. Nach ein paar Monaten seien die Männer dann weitergezogen und keiner ward je wieder gesehen.

Dem Kommissar ist nun klar, warum Whincup sich mit Händen und Füßen gegen eine DNA-Untersuchung gewehrt hat – was aber mit dem Tatverdacht allerdings nichts zu tun hat.

Die gerichtsmedizinische Untersuchung ergibt, dass es sich bei den gefundenen sterblichen Überresten eindeutig um die vor zwanzig Jahren verschollene Tochter von Nerida Laarakuma handelt. Ein Loch im Schädel des Mädchens deutet darauf hin, dass man sie mit einem stumpfen Gegenstand, vermutlich einem Knüppel oder einem Stein erschlug.

Cameron übergibt die Gebeine persönlich Frau Laarakuma. Ihr ist es wichtig, dass die sterblichen Überreste möglichst vollzählig sind. Mitfühlend und klug weist der Kommissar nicht auf das Loch im Schädel und die vermutete Todesursache hin. Wozu soll er auch noch den Finger in die tiefe Wunde legen, die das Schicksal dieser armen Frau aufgebürdet hat?

„Ich werde meine Tochter ganz alleine beerdigen. Dazu brauche ich keine Hilfe; von niemandem. Ich habe so viele Begräbnisrituale in meinem Leben miterlebt. Das kriege ich auch ohne Hilfe hin. Ich bestimme das Ritual!“, gibt sich Frau Laarakuma kämpferisch. „Ich brauche keinen von dieser verlogenen Bande.“

20. Juni 2022, Wentworth, Australien

Cameron wacht nachts schweißgebadet auf. Das Gehirn ist ja manchmal ein merkwürdiges Organ. Tagsüber, wenn alle Sinne aktiv sind, fallen einem die simpelsten Sachen nicht ein. Man grübelt nach einem Namen, einem Datum, einer Übersetzung oder einer Verknüpfung und kommt zu keinem Ergebnis.

Irgendwann, während des Schlafes, laufen die Gedanken weiter und man wacht auf, manchmal auch erst am nächsten Morgen und plötzlich kommen einem die gesuchten Begriffe in den Sinn; auf einmal ist alles ganz klar. Das Gehirn schaltet einige Funktionen im Schlaf ab, arbeitet aber an anderer Stelle insgeheim und für den Schläfer unbemerkt, weiter.

So auch in dieser Nacht bei Cameron. Im Schlaf haben sich einige Neuronen im Gehirn verknüpft, die ihm die plötzliche Erkenntnis bringen. Nun versteht er den Zusammenhang zwischen dem Blutbad von Wentworth und der Kinderschändung im Dorf von Nick und Tracey. Die ganze Zeit ist ihm ein winziges Detail entgangen.

Er richtet sich im Bett auf. Jetzt sieht er sich in der Lage, beide Fälle in einem Streich zu lösen und fragt sich, warum er nicht schon viel früher auf die Lösung gekommen ist. Im Nachhinein passt alles zusammen und das Puzzle wird vollständig:

Bei der Suche nach dem Motiv für die Entführung (beziehungsweise deren Veranlassung) der deutschen Familie rücken vier Personen in den Vordergrund:

- Der Karadji: Er wollte die deutsche Familie für die „Schändung“ des „God Tree“ bestrafen

• Whincup und die Wirtschaftsministerin Cormack: Beide wollten ihr Wirtschaftsprojekt auf Biegen und Brechen durchsetzen. Das Geheimnis um die Osmiumvorkommen musste bis zur Unterschrift der Verträge unbedingt gewahrt werden.

• Trembley: Auch er verbarg ein Geheimnis, das auf keinen Fall an die Öffentlichkeit kommen durfte, nämlich der unethische Deal mit Whincup über die millionenschwere Luxusimmobilie in der Schweiz. Deshalb sollte die jüngere Tochter Mila eliminiert werden.

In der Nacht der traditionellen Gerichtsverhandlung zögerte Trembley, welche der beiden Töchter er (als erste) umbringen wollte. Er entschied sich schließlich für die ältere Tochter Nadja. Warum? Hat er Mila und Nadja verwechselt? Hat er sich gezielt Nadja ausgesucht?

Hier schließt sich der Kreis: Nadja führte Forschungen über Verwandtschaftsverhältnisse australischer Ureinwohner aus verschiedenen geografischen Regionen durch. Sie machte DNA-Untersuchungen, um Herkunftinformative DNA-Marker zu finden. Zur Einarbeitung in dieses Thema war sie 2017 nach Australien gekommen und ihre Familie hatte sie dort besucht. Nadja wollte bereits zu diesem Zeitpunkt Haarproben von Bewohnern des Dorfs „Mugnugari" für spätere Untersuchung mitnehmen; was ihr ja verwehrt wurde .

Erst Jahre später gelangte sie an die Proben, die schließlich zur Aufdeckung der Sexualstraftaten in dem Dorf führten.

Dieses Geheimnis, das viel schwerer wiegt als alle andren, die mit dem Wirtschaftsprojekt zu tun hatten, musste um jeden Preis gewahrt werden:

Nadja durfte niemals an Proben aus dem Dorf „Mugnugari“ gelangen, sonst wären die Sexualstraftaten ans Licht gekommen.

Das ist der Grund für die Entführung gewesen!

Trembley hat den Karadji dazu aufgestachelt. Im Rahmen der traditionellen Gerichtsverhandlung sollte Nadja durch das „Bleeding“ ihr Leben lassen oder falls nicht, durch den Speer des Baiame. Cameron ist sich hundert prozentig sicher, dass es so gewesen ist.

So wie es sich für ihn jetzt darstellte, haben Whincup und die Wirtschaftsministerin tatsächlich nichts mit der Entführung zu tun – auch wenn sie eigene Interessen verfolgten und ihnen die Entführung zunächst in die Karten spielte.

Von allen möglichen weißen Männern im näheren und weiteren Umkreis des besagten Dorfes wurden im Rahmen der Gen-Massentests Proben untersucht, um den Sexualstraftäter zu finden; ohne Erfolg.

Jedoch: *Eine* Person wurde bisher nicht untersucht: Sie befindet sich aktuell in der psychiatrischen Klinik in Sydney.

21. Juni 2022, Psychiatrische Klinik, Zimmer 323, Sydney, Australien

Wie schon bei Whincup erwirkt sich Cameron über die Staatsanwältin eine richterliche Anordnung zur Abnahme einer Speichelprobe. Zusammen mit der Amtsärztin und einem Polizisten fahren sie in die Klinik. Der Richter hat sie im Vorfeld telefonisch angekündigt – und so werden sie ohne Umschweife in sein Zimmer geführt.

Trembley erweckt fast den Anschein, als ob er auf sie gewartet habe. Er lässt sich widerstandslos die Speichelprobe entnehmen. Er spricht kein Wort, weder mit dem Kommissar, noch mit der Ärztin, sitzt einfach nur teilnahmslos da. Cameron schaut ihm in die Augen und wartet auf irgendeine Regung. Auf einmal ist er sich nicht mehr so sicher. Hat dieses Häuflein Elend diese entsetzlichen Verbrechen tatsächlich begangen?

Eine halbe Stunde nachdem die Polizisten gegangen sind, bringt ihm ein Pfleger sein Mittagessen. Trembley rührt es nicht an. Als der Pfleger das Tablett mit dem Essen später wieder abholt, findet er Trembley in sich versunken. Er weint. Tränen tropfen auf den Tisch und er murmelt leise vor sich hin:

„Mea culpa, mea culpa, mea maxima culpa. – Durch meine Schuld, durch meine Schuld, durch meine große Schuld."

Als er den Pfleger wahrnimmt, spricht er diesen an. Der ist verdutzt, denn Trembley hat während der gesamten Zeit seines Klinikaufenthaltes kein einziges Wort mit ihm gewechselt.

„Hat die Aboriginal heute zufällig Dienst?", will er wissen.

„Die ist nicht mehr bei uns“, erklärt ihm der Pfleger. „Die hat dem psychischen Druck hier nicht standhalten können.“

Trembley überlegt kurz und fährt fort: „Dann will ich den Pfarrer sprechen, den Klinikpfarrer.“

„Das geht ebenfalls nicht, weil er sich gestern in den Urlaub verabschiedet hat.“

Trembley fängt wieder an zu weinen und schluchzt: „Dann soll der Kommissar kommen. Rufen Sie ihn an und sagen Sie ihm, er soll sich beeilen. Ich kann nicht mehr warten!“

Der Pfleger ruft unverzüglich Cameron auf seinem Handy an.

„Ich bin doch gerade bei ihm gewesen! Da hat er kein Wort gesprochen“, wundert sich der Kommissar.

„Ich weiß“, erwidert der Pfleger. „Ich kann Ihnen nur das sagen, um was mich Trembley gebeten hat.“

„Ich komme“, gibt Cameron zur Antwort. „Es kann allerdings zwei Stunden dauern bis ich da bin.“

„Alles klar“, verabschiedet sich der Pfleger.

Cameron eilt, so schnell er kann und … kommt zu spät. Er findet Trembley erhängt in seiner Zelle vor. Wie er an den Strick gekommen ist, bleibt sein Geheimnis.

Trembley ist nackt. Sein Körper ist von Kopf bis Fuß mit rotem Ocker bemalt.

Ein kurzer Abschiedsbrief mit folgendem Inhalt liegt auf dem Tisch:

„Ich wollte meinen Freund, den Karadji, nicht töten. Der gleiche Dämon, der schon so oft von mir Besitz ergriffen hat, hat meine Hand geführt.“

20. Dezember 2021, Wentworth, Australien, kurz vor unserer Heimreise nach Deutschland

Ich weiß nicht mehr, wie ich darauf kam. Aber ich will von Nick wissen, welches denn das Totem ihres getöteten Karadji gewesen sei.

„Es war der Rote Eukalyptusbaum", antwortet Nick mir. Ich überlege noch einen Moment und frage weiter:

„Gehe ich recht in der Annahme, dass der ‚God Tree' ein..." Nick unterbricht mich.

„Ja", bestätigt er. „Der ‚God Tree' ist ein Roter Eukalyptusbaum."

Frühling 2022, Hainstadt, Deutschland

Unser massakrierter kleiner „God Tree", dessen Wurzelstock ich im Garten beerdigt habe, treibt tatsächlich im Frühling wieder aus. Ich pflanze ihn in einen neuen Topf ein und er steht jetzt wieder in unserem Wintergarten.

Es wird Jahre dauern bis er wieder so sein wird früher. Aber… er lebt!

27. Oktober 2021, Bundesstaat New South Wales, Australien

Am Tag des Blutbades findet an der Mündung des Darling in den Murray River ein merkwürdiges ornithologisches Ereignis statt: Obwohl es Frühling ist und alle Vögel der Region mit ihrem Brutgeschäft beschäftigt sind, fallen tausende von Schwänen auf den beiden Flüssen ein und versammeln sich zu einer riesigen Vogelgesellschaft, die sich bereits einen Tag später wieder auflöst. Woher sie kommen und wo sie hinfliegen, kann von den Experten nicht geklärt werden.

20. Dezember 2021, Wentworth, Australien, kurz vor unserer Heimreise nach Deutschland

Ich unterhalte mich etwas später mit Nick über diese merkwürdige Vogelversammlung. Er erwidert, dass er uns Europäer manchmal nicht verstehe und fragt mich, ob ich mich erinnern könne, welche Frage ich ihm bei unserer allerersten Begegnung im Mungo National Park 2017 gestellt habe. Ich kann mich noch gut daran erinnern.:

Auf dem Weg von Mildura nach Mungo fuhren wir mehrere Stunden durch das Outback. Die Straße war nicht befestigt. Sie bestand nur aus losem Sand. Netzverbindung für das Handy gab es nicht. Man durfte diesen Weg nur benutzen, wenn das Fahrzeug mit Allrad ausgestattet war. Unser Leihwagen war zwar entsprechend ausgerüstet, dennoch war mein gesamtes fahrerisches Können gefordert, um nicht in den Sandverwehungen stecken zu bleiben. Es herrschte eine mörderische Hitze und ich stellte mir vor, wie lange unser mitgeführter Wasservorrat von fünf Litern wohl für uns fünf Personen ausreichen würde, wenn wir auf halber Strecke liegen blieben. Autos kamen uns auf der gesamten Strecke weder entgegen, noch fuhr jemand in die gleiche Richtung. Nur ein paar Kühe und Kängurus sah man ab und zu. Ich fragte Nick damals, was man denn im Falle einer Panne machen könnte, um nicht zu verdursten. Damals schaute er mich verdutzt an.

„Was man machen muss, ist doch ganz einfach. Du hast doch Kühe und Kängurus gesehen. Die trinken doch auch

irgendwo. Da braucht Ihr doch nur den Tieren hinterher zu laufen. Dann findet Ihr auch Wasser."

Damals kam ich mir ziemlich blöd vor.

„Ihr seid doch gebildete, intelligente Menschen", unterbricht Nick meine Erinnerung. „Ihr macht DNA-Analysen, um Verwandtschaftsverhältnisse zu klären, entdeckt geringste Spuren von Metallen durch komplizierte chemische Analysen, erfindet die tollsten Apparate und Maschinen. Nur die Zeichen der Natur, die erkennt ihr nicht.

Die Luftaufnahmen von den riesigen Schwärmen von Schwänen auf dem Darling und Murray River in der Zeitung hast du doch gesehen?"

„Klar", sage ich. „Im Fernsehen waren sie ja auch zu sehen."

Nick zeichnet mit einem Stock die Mündung des Darling in den Murray River in den trockenen Sandboden. Dann zeichnet er die Vogelschwärme ein, so wie sie auf den Luftaufnahmen zu sehen waren. Die Schwäne haben sich an einer Stelle des Darling Rivers bis hin zur Mündung und von da aus flussabwärts entlang des Murray Rivers versammelt. Nick zeichnet die Schwärme so ein, wie er es von den Aufnahmen in Erinnerung hat. Er skizziert die Schwärme etwas schattiert, da sich die Vögel ja nicht gleichverteilt auf dem Wasser befanden.

„So", sagt Nick, „jetzt betrachten wir uns meine Zeichnung mit zusammengekniffenen Augen aus zwei Metern Entfernung. Was siehst Du?" Die einzelnen Schwärme bilden aus dieser Perspektive einen einzigen großen Schwarm.

„Sieht aus, als würde ein einziges riesiges Tier dort schwimmen", antworte ich und mutmaße: „Könnte eine Schlange sein."

Nick lächelt zustimmend und sagt: „Ein ganz hoffnungsloser Fall scheinst du nicht zu sein. Jetzt rate mal, welche Schlange das sein könnte? Sie hatte uns zwischenzeitlich verlassen. Jetzt ist sie zurückgekehrt."

In Australien sind die Schwäne – anders als im Rest der Welt – nicht weiß, sondern komplett schwarz befiedert.

ENDE

Epilog:

Die im Roman beschriebene zweite Australien-Reise hat niemals stattgefunden. Sie ist ausschließlich der Fantasie des Autors entsprungen.

Der Aboriginal-Stamm der „Mugnugari“ existiert ebenso wenig wie das gleichnamige Dorf. Das Gleiche gilt für die Abraumhalden in Broken Hill. Die Gegend um diese Stadt ist in Wahrheit flach und wenig spektakulär.

Auch die detailliert beschriebene Bestrafungs-Zeremonie des „Bleedings“ ist frei erfunden.

Viel Wissenswertes über die australischen Ureinwohner, ihre Geschichte, ihre Kultur, ihre Mythen und Rituale, von denen ich in meinem Roman berichte, habe ich dem folgenden Buch entnommen:

James G. Cowan: Offenbarungen aus der Traumzeit, 1997, Goldmann Verlag, München 1997

Handelnde Personen

- Ich-Erzähler: Dr. Claus Fischer
- Sabine Fischer, seine Ehefrau
- Nadja Fischer, ältere Tochter
- Mila Fischer, jüngere Tochter
- Louis Christensen, Nadjas Freund
- Lukas Kunz, Milas Freund
- Karadji, religiöser Führer des „Mugnugari"-Stammes
- Brandon Whincup, Hauptaktionär und Vorstandsvorsitzender der Minengesellschaft „FMP"
- Marc Trembley, Vorsitzender der internationalen Nichtregierungsorganisation „Society for Human Rights of Indigenious People (SHIP)"
- Juri Novikow, Gesellschaftervertreter der russischen Investorengruppe „Ruda Prom"
- Pamela Cormack, australische Wirtschaftsministerin
- Greg Keyman, australischer Finanzminister
- Wayne Johnson, australischer Premierminister
- Nick Ngooli, Aboriginal und Touristenführer
- Tracey Ngooli, seine Cousine und Mitarbeiterin im Tourismusbüro von Wentworth
- Tao Dong, junger chinesischer Wissenschaftler
- Djalu Bakana, Dorfvorsteher des Aboriginaldorfes „Mugnugari"
- Prof. Dr. Neil Kimberlake, Leiter des 14. Internationalen Symposiums über Heterogene Katalyse
- Mason McKing, Forschungsleiter der australischen Minengesellschaft „FMP"
- John Mitchell, Geschäftsführer der Minengesellschaft „FMP"
- Prof. Dr. Paul Walker, englischer Geochemiker

- Athan Wanganeen, Vertreter des „Barkindji“ Stammes
- Toora Namatjira, Vertreter des Dachverbandes der Aboriginals „Tasic“
- Vladimir Kusnezow, russischer Wirtschaftsminister
- Roger Cameron, Polizeihauptkommissar
- Deborah Wilson, Kommissarin und Kollegin von Roger Cameron
- Spencer Walsh, Kommissar und Kollege von Roger Cameron
- John und Susan Cormack, Eltern der Wirtschafts-ministerin
- Thomas („Tom“) Richards, Jugendfreund und derzeitiger Lebenspartner der Wirtschaftsministerin
- Nerida Laarakuma, „verwirrte“ Aboriginal, die ihre verschollene Tochter sucht
- Grace Bennett, Staatsanwältin
- Prof. Ernest Gilmor, Ethnologe der Universität Canberra
- Joleen Webson, Polizeihauptkommissarin, Kollegin von Roger Cameron
- Michael Pfingstmann, Falkner vom Edersee

Anhang[1]: ***Heterogene Katalyse***

Der deutsche Physikochemiker Wilhelm Ostwald hat die Wirkungsweise eines Katalysators mit der Wirkungsweise eines Schmiermittels auf ein mechanisches Räderwerk verglichen. Ungeölt bewegt sich ein Räderwerk nur sehr langsam, weil die Reibung der Bauteile groß ist. Ölt man die Achsen, so bewegt sich das Räderwerk viel leichter, obwohl die treibende Kraft durch das Ölen keine Änderung erfährt, lediglich die Reibung wird verringert. Fehlt jedoch die treibende Kraft, so nützt auch das Ölen nichts.

Das Gleiche gilt für Katalysatoren, die zur Beschleunigung chemischer Reaktionen eingesetzt werden. Ohne eigene „chemische Triebkraft" wird auch ein Katalysator keine chemische Reaktion in Gang setzen. Der Katalysator kann lediglich die der „chemischen Triebkraft" entgegen wirkende „chemischen Reibung" verringern.

Bei der heterogenen Katalyse besteht der Katalysator aus einem festen Stoff (einer Art Stab oder Elektrode) während die Reaktanten in flüssiger oder gasförmiger Form vorliegen und mit dem Katalysator in Kontakt treten.

Die reagierenden Stoffe werden durch Adsorption an der Oberfläche des Katalysators in eine Art „reaktionsbereiteren" Zustand überführt, so dass sie chemische Reaktionen eingehen, die sie im „unaktivierten" Zustand nicht eingehen würden.

Über besonders gute katalytische Eigenschaften verfügen die Vertreter der Platinmetalle. Hierzu zählen die chemischen Elemente Platin (als namensgebendes Element für diese Gruppe), Ruthenium, Rhodium, Iridium, Palladium und Osmium.[13]

Anhang[2]: ***Brennstoffzelle***

Ein praktisches Anwendungsbeispiel für heterogene Katalyse ist die Brennstoffzelle. Zukunftsforscher sehen in ihr die Zukunft des automobilen Elektroantriebs.

Eine Brennstoffzelle mit Wasserstoff als Brennstoff funktioniert umgekehrt wie die elektrochemische Zerlegung von Wasser durch Elektrolyse: Hierbei wird das Wasser durch Zusatz eines geeigneten Elektrolyten elektrisch leitfähig gemacht. Zwei Elektroden werden in diese Lösung getaucht und an einen Stromkreis angeschlossen. Mit Hilfe elektrischer Energie wird das Wasser in seine elementaren Bestandteile Wasserstoff und Sauerstoff zerlegt. Dieser Prozess verbraucht elektrische Energie.

Bei der Brennstoffzelle wird dieser Prozess umgekehrt. Wasserstoff und Sauerstoff reagieren unter Zuhilfenahme eines geeigneten Katalysators zu Wasser. Dabei wird elektrische Energie, umgekehrt wie bei der Elektrolyse des Wassers, freigesetzt, die genutzt werden kann, ein mittels Elektromotor betriebenes Fahrzeug anzutreiben. Die elektrische Energie wird also im Fahrzeug erzeugt. Das Vorhalten schwerer und ökologisch fragwürdiger Lithiumbatterien ist nicht notwendig

Leider ist die Brennstoffzellentechnik derzeit noch sehr teuer. Das liegt zum einen an dem hohen Preis für die Elektrodeneinheit, der im Wesentlichen durch den Einsatz von Platin als Katalysator bedingt ist. Ein weiterer Nachteil besteht in dem Wirkungsgrad, der bei mit Wasserstoff betriebenen Brennstoffzellen im Auto bei circa 60 Prozent liegt. An der Optimierung der Elektroden wird seit Jahren weltweit geforscht. Es ist damit zu rechnen, dass in zukünftigen Elektrodengenerationen deutlich weniger Platin eingesetzt werden muss und dass der Wirkungsgrad der Brennstoffzelle noch deutlich gesteigert werden kann.

Anhang[3]: ***Erweiterte DNA-Analyse***

Im Zellkern jeder menschlichen Zelle steckt das gesamte Erbgut des Menschen. Gebündelt ist das Erbgut in den Chromosomen, komplexen Zellstrukturen aus Proteinen und hauptsächlich DNA, auf der wiederum die genetische Information in Form von Basencodes gespeichert ist.

Mit Hilfe der DNA-Analyse, einem molekularbiologischen Verfahren, kann man die DNA untersuchen, um Rückschlüsse auf verschiedene genetisch fixierte Faktoren oder Eigenschaften zu schließen.

Eine Weiterentwicklung der DNA-Analyse ist die sogenannte „Erweiterte DNA-Analyse" zur Bestimmung von Aussehen, Alter und biogeografischer Herkunft einer Person auf Grund spezieller Basensequenzen in einem bestimmten DNA-Abschnitt.

Je näher aneinander die Herkunftsregionen von Personen liegen, desto geringer sind deren genetische Unterschiede. Mutationen, Wanderungsbewegungen, Isolation sowie Vererbung führen zu speziellen Herkunft-informativen DNA-Markern, die bei Bevölkerungsgruppen aus geografisch benachbarten Regionen vermehrt auftreten.

Diese DNA-Marker werden von Generation zu Generation auf verschiedene Art und Weise vererbt und geben so Hinweise auf die biogeografische Herkunft der Personen, von denen die DNA stammt:

□ manche Informationen werden geschlechtsunabhängig vererbt und zeigen somit die Herkunft beider Eltern an.

□ Befinden sich die Marker auf dem Y-Chromosom, so werden sie paternal vererbt, d.h. nur die geografische Herkunft der männlichen Vorfahren ist determiniert.
□ Sind die DNA-Marker in den Mitochondrien lokalisiert, werden sie maternal vererbt, d.h. sie zeigen die Herkunft der weiblichen Vorfahren an.

Bei der geschlechtsunabhängigen Vererbung wird der genetische Anteil der Eltern halbiert und damit verdünnt, wohingegen die DNA-Marker bei der paternalen beziehungsweise maternalen Vererbung über viele Generationen weitestgehend unverändert an die Folgegenerationen weiter vererbt werden.

Die genauesten Ergebnisse biogeografischer Herkunftsanalysen erhält man dann, wenn sowohl geschlechtsunabhängige als auch geschlechtsabhängige DNA-Marker untersucht werden. Bei einer Person, deren Vorfahren aus derselben geografischen Region stammen, liefern diese idealerweise eine übereinstimmende Aussage. Stammen die Eltern aus verschiedenen geografischen Regionen kann man mit Hilfe der autosomalen DNA-Marker Informationen über den Grad der Vermischung erhalten. Liegt die Vermischung allerdings bereits viele Generationen zurück und stammen die Vorfahren aus verschiedenen Regionen nimmt die Aussagekraft deutlich ab.[14]

Literaturverzeichnis:

[1] Boomerang Reisen, persönliches Tourenmanual, 2017
[2] *https://theguardian.com/commentisfree/2017/jul26/when-they-take-the-water-from-a-barkandji-person-they-take-our-blood,* abgerufen am 12.08.2020
[3] *https://www.pacicfic-travel-house/blog/2015/01/die-traumzeit-der-aborigines*, abgerufen am 12.08.2020

[4] James G. Cowan, Offenbarungen aus der Traumzeit, Goldmann Verlag, München 1997, S. 59

[5] modifiziert nach: James G. Cowan, Offenbarungen aus der Traumzeit, Goldmann Verlag, München 1997, S. 119-120

[6] *https://www.evolution-mensch.de/Anthropologie/Anangu,* abgerufen am 12.03.2020

[7] modifiziert nach: *https://taz.de/Kindsmissbrauch-endemisch-unter-Aborigines/l402940*, Urs Wälterlin, Ausgabe 8024, S.11 v. 18.07.2006, abgerufen am 24.11.2020

[8] modifiziert nach: James G. Cowan, Offenbarungen aus der Traumzeit, Goldmann Verlag, München 1997, S. 107-112

[9] modifiziert nach: James G. Cowan, Offenbarungen aus der Traumzeit, Goldmann Verlag, München 1997, S. 25-26

[10] *https://de.wikipedia.org/w/index.php?title=Buschbrände_in_Australien_2019/2020&oldid=2264006287*, abgerufen am 17.02.2020

[11] modifiziert nach: James G. Cowan, Offenbarungen aus der Traumzeit, Goldmann Verlag, München 1997, S. 161-171

[12] modifiziert nach: James G. Cowan, Offenbarungen aus der Traumzeit, Goldmann Verlag, München 1997, S. 143

[13] Ber.nat-med.Ver.Innsbruck, Bd. 57 Festschr. Scheminsky, S. 59-64, Innsbruck, Dez. 1969

[14] Dtsch. Ärztbl. Int 2019; 116:873-80; DOI: 10.3238/ ärztebl. 2019.0873, Verfasser: Schneider, Peter; Prainsack, Barbara; Kayser, Manfred

[15] modifiziert nach: *https://kriegsursachen.blog.spot.com*, 19.07.2010: Aborigines. Gewalt und Missbrauch. Entzauberung eines Urvolkes?, abgerufen am 10.07.2020